MONNÈ, OUTRAGES
ET DÉFIS

Désobéissant à Samory, empereur de tout le pays mandingue avec qui il a dû conclure une alliance, le roi de Soba, Djigui Keïta, n'a pas rasé sa ville à l'arrivée des troupes coloniales françaises dirigées par Faidherbe. Il n'a pas non plus, comme le lui avait demandé Samory, combattu jusqu'à la mort plutôt que de se soumettre à l'ennemi, trop sûr que la magie des ancêtres, la protection d'Allah et la muraille édifiée à la hâte suffiraient à repousser les « Nazaréens »… Lesquels prennent donc Soba sans coup férir, soumettent Keïta à leur autorité, lui font jurer fidélité au drapeau tricolore, instaurent des travaux forcés, installent un comptoir commercial sur ses terres et lui permettent tout au plus de conserver sa religion. La « civilisation » des Blancs se met en place et transforme tout le pays mandingue.

Et voici que les griots chantent la gloire de Djigui, celui qui les a préservés d'une conversion si redoutée au christianisme, celui dont le règne fut d'une longévité étonnante… Quant au roi déchu, fidèle aux rudes traditions de sa dynastie dont le totem en forme d'hippopotame symbolise force et sagesse, il s'enfonce dans une collaboration de plus en plus meurtrière avec un occupant pour qui il n'existe que « les Lois du Blanc et les besognes des Nègres ».

Sous les louanges adressées au roi de Soba, sous l'épopée tragique et dérisoire d'un peuple livré à la colonisation, perce la satire des États africains modernes livrés à leurs démons (amour de la gloriole, corruption, culte du parti unique, etc.), mais aussi un réquisitoire à la fois drôle et violent contre ces conformismes qui, partout dans le vaste monde, mènent parfois aux pires compromissions.

Ahmadou Kourouma est né en 1927 en Côte d'Ivoire. Après avoir vécu et travaillé au Togo, il vit actuellement dans son pays natal. Avec son premier livre, Les Soleils des indépendances, *il fut reconnu comme l'un des écrivains les plus importants du continent africain. Son dernier roman* En attendant le vote des bêtes sauvages *a obtenu le prix du Livre inter en 1999.*

Ahmadou Kourouma

MONNÈ, OUTRAGES ET DÉFIS

ROMAN

Éditions du Seuil

TEXTE INTÉGRAL

ISBN 2-02-034964-7
(ISBN 2-02-011426-7, 1re publication
ISBN 2-02-014629-0, 1re publication poche)

© Éditions du Seuil, 1990

A ma fille Aïssata, Nathalie

Un jour le Centenaire demanda au Blanc comment s'entendait en français le mot *monnè*.

« Outrages, défis, mépris, injures, humiliations, colère rageuse, tous ces mots à la fois sans qu'aucun le traduise véritablement », répondit le Toubab qui ajouta : « En vérité, il n'y a pas chez nous, Européens, une parole rendant totalement le *monnè* malinké. »

Parce que leur langue ne possédait pas le mot, le Centenaire en conclut que les Français ne connaissaient pas les *monnew*. Et l'existence d'un peuple, nazaréen de surcroît, qui n'avait pas vécu et ne connaissait pas tous les outrages, défis et mépris dont lui et son peuple pâtissaient tant, resta pour lui, toute la vie, un émerveillement, les sources et les motifs de graves méditations.

PREMIÈRE PARTIE

1

Un homme façonné avec de la bonne argile,
franc, charitable et matineux

Déjà, dans le profond du ciel de Soba, les charognards dessinaient des arabesques. Dans les flaques de sang, gorge tranchée, bœufs, moutons, poulets gisaient sur toute l'étendue de l'aire sacrificatoire. Il y avait trop de sang et c'était déjà enivrant.

« Du sang ! encore du sang ! Des sacrifices ! encore des sacrifices ! » commandait toujours le roi Djigui.

Affolés, sbires et sicaires se précipitèrent dans la ville, obligèrent, dans des concessions, le peuple à sacrifier. Les vautours arrivaient toujours. Un nuage noir plomba le ciel, les toits se couvrirent de voiles noirs.

« Du sang, toute sorte de sangs ! Des sacrifices, toute sorte de sacrifices ! »

Les sbires comprirent ; il manquait des sacrifices humains. Ils descendirent dans les quartiers périphériques, enlevèrent trois albinos et les égorgèrent sur les autels sénoufos des bois sacrés environnants. Ce fut une faute... Le fumet du sang humain se mêla à celui des bêtes et troubla l'univers. Les charognards enivrés piquèrent sur les sacrificateurs affolés et le roi stupéfait s'écria :

« Arrêtez, arrêtez les couteaux ! »

Les pythonisses, géomanciens, jeteurs de cauris et d'osselets interrogés répétèrent leur sentence : la pérennité n'était pas accordée.

« Au nom d'Allah, que veulent donc les mânes des Keita ? » se désola le roi Djigui en rentrant au Bolloda (le Bolloda était l'appellation par laquelle le peuple désignait le hall et la place à palabres : le palais, la cour royale et par extension le pouvoir, la force, l'arbitraire des rois de Soba). Pendant deux nuits et deux jours il dormit. Ragaillardi, le troisième matin il se réveilla, courba les nombreuses prières qu'il devait. L'*alphatia* prononcé, il commanda : « Bravons tout. Du sang, des sacrifices, encore des sacrifices ! » Les sbires et sicaires se précipitèrent à nouveau dans les concessions et les cases. Le peuple fut levé et dispersé. Tout le monde immola. Partout, derrière les cases, le long des sentiers et des rivières, au pied des fromagers et des montagnes. Sur les places publiques et les parvis des mosquées, on sacrifia. Les oiseaux réapparurent ; les grognements des fauves menacèrent. Djigui avait décidé de braver, de défier. Il ignora les interdits ; le carnage continua… Un moment seulement. Comme s'ils répondaient à un signal, les oiseaux piquèrent, les fauves sautèrent par-dessus les remparts. Les sacrificateurs, effrayés, hurlèrent et, pour échapper à la mort, se barricadèrent dans les cases. Cette fois l'univers révolté était définitivement troublé. Même les fauves de la nuit étaient sortis en plein soleil.

Les voyants et les marabouts furent interrogés. La sentence restait toujours la même : la pérennité de la dynastie n'était toujours pas acquise.

Djigui se fâcha – rarement cela lui arrivait –, enfourcha son cheval ; en tête de ses suivants, il parcourut toute la capitale, sortit les habitants des cases ; les rassembla sur le parvis de la mosquée et la place du grand marché. Avec les marabouts les plus savants, Djigui se cloîtra dans la nef de la mosquée.

« Puisque les mânes des aïeux se montrent incapables de nous accorder ce que nous voulons, demandons-le à Allah. J'ordonne à tous de prier le Tout-Puissant. Il accordera la pérennité ou nous mourrons tous de prière. »

Tout le monde pria. Toute la journée, toute la nuit. Quelques instants avant les premiers chants du coq, Djigui et plusieurs savants marabouts entendirent distinctement :

« La pérennité est acquise… Acquise à la dynastie des Keita. Elle régnera sur Soba tant qu'une seule case de la ville tiendra debout… Acquise… debout… debout. Acquise… Une case debout. »

Triomphant, Djigui sortit annoncer au peuple que la prière était exaucée. Royalement il enfourcha le cheval – les sbires le suivirent. Il traversa la capitale, s'engouffra et sombra dans un sommeil de deux jours et deux nuits. Ce n'était pas trop même pour un homme promis à un destin hors pair qui, pour la première fois, venait de rectifier son sort.

« Djigui ! Djigui Keita, roi de Soba, le pays que vous héritez est une œuvre achevée. Il n'y reste aucun *monnè* », avaient chanté les griots le jour de son intronisation.

Djigui les avait crus. Les premières saisons de son règne, il ne s'était livré à rien de vrai qu'à épouser de nombreuses vierges – il était le plus fort et le plus beau. Se faire célébrer par les adulateurs et les griots – il était le plus grand. Transformer ses esclaves en sbires et en sicaires – il était le plus intelligent du Mandingue. Comme tout jeune prince malinké, il avait chassé. Dans la brousse, on l'avait vu souvent arriver avant les chiens sur le gibier. C'étaient là les seules œuvres qui l'avaient préoccupé. Lui qui était notre roi, il avait régné sans bénir les offrandes et l'aumône qu'en son nom on distribuait aux mendiants. Sans casser aucune des sentences des juges mensongers. Il avait vécu sans rassembler les savants ni les sacrificateurs. Sans prier cinq fois par jour. Sans honorer les mânes des aïeux.

Heureusement pour la destinée du Mandingue et la nôtre – qu'Allah en soit loué –, Djigui avait été façonné avec de la bonne argile, une argile bénie. Rapidement il s'était lassé de cette vie frivole indigne du roi d'un pays aimé d'Allah comme le nôtre.

Un après-midi il s'était levé, était monté à cheval. « Suivez-moi, avait-il dit à ses suivants, je vais connaître tout mon royaume, je veux connaître dans les détails le monde achevé qu'on m'a légué. »

Le voyage, dès les premiers pas, avait dessillé les yeux du jeune roi. « Menteries, tout, tous m'ont menti. »

La vérité était que rien n'avait été renouvelé dans le Mandingue depuis des siècles. Le pays était un *lougan* en friche, une case abandonnée dont le toit de toutes parts fuyait, dont les murs lézardés s'écroulaient. Tout était arriéré et vermoulu. Le legs était un monde suranné que des griots archaïques disaient avec des mots obsolètes.

Le soir l'avait surpris avec ses compagnons dans un village de montagne où les habitants les avaient accueillis et avaient courbé avec eux la dernière prière. La nuit, un rêve l'avait éveillé : il arrivait trop tard ; une bourrasque à laquelle le pays ne pouvait pas résister s'approchait. Il avait fait lever ses compagnons dans la nuit, ils étaient retournés à Soba. Dans la même nuit les sorciers, les marabouts, les devins et les sages avaient opéré. Le rêve était prémonitoire, il annonçait un danger qu'eux, marabouts, sorciers et sages, ne voyaient ni ne sentaient. Le roi leur avait ordonné de regarder le ciel ; aucun n'avait lu dans les nuages les signes de danger imminent que Djigui distinguait. Il leur avait commandé d'écouter ; Djigui avait été seul à entendre les cris qu'apportaient les échos des vents soufflant des montagnes. Il les avait congédiés en s'écriant : « Le pays se perd et vous, gardiens de sa destinée, ne le pressentez pas », s'était adressé à la terre en la frappant des deux mains et en l'embrassant, au ciel en levant les bras et les yeux ; « Vous le voyez vous-mêmes, grands mânes des Keita ! Entendez vous-mêmes le Tout-Puissant ! Ils sont perdus. Aidez-moi. »

Le matin, il était allé au plus pressé : se sauver, sauver le pouvoir, et avait engagé le combat pour assurer, quoi qu'il advienne, la pérennité de la dynastie, la dynastie des Keita, les rois de Soba dont le totem est l'hippopotame. D'abord par les sacrifices, ensuite par les prières. Les sacrifices avaient été vains ; les prières avaient triomphé.

Tout autre, après un tel exploit, se serait proclamé prophète, se serait tout permis, aurait repris sa vie de délectation d'antan. Allah en soit loué ! Djigui n'était pas seulement façonné avec de la bonne argile, il était aussi franc, charitable et matineux. Des qualités qui ne trahissent jamais ! Les matineux voient tôt et loin ; Djigui avait aperçu ce qui se passait sur les marches du royaume. Les francs entendent juste et clair ; Djigui avait perçu, par-dessus les dithyrambes des griots, les râles lointains de certains peuples imprudents. Les charitables pressentent vite et fort ; Djigui avait présumé que sa vie serait une destinée de *monnè*. Il décida de s'y préparer. Par la prière, les sacrifices et la miséricorde, par le courage et l'inhumanité à l'endroit des méchants.

Nous fûmes fiers de le voir se former, s'épanouir, s'endurcir ; il grandit et se répandit. Tout le Mandingue parla de lui et, à force de le dire, il devint ineffable et multiple ; il acquit la force de réaliser tant de choses prodigieuses. Il avait toujours une journée d'avance sur tout le monde ; il se levait avant les chants des coqs, priait et méditait longuement.

Une nuit, au réveil, en faisant ses ablutions, il pensa au messager. En entrant en prière, il ne réussit pas à écarter l'image du messager. Dans le corps de la prière, la figure du messager continuait à apparaître, elle devint obsédante ; « Le messager arrive ! » conclut Djigui. Rapidement, les convictions se muèrent en certitudes. Il le sentit s'approcher de la ville ; à chaque instant, il était en mesure d'apprécier la distance qui séparait le messager du Bolloda. Au petit matin, il entendit de ses deux oreilles, comme on le lui avait tant décrit, le tambourinage lointain des trots entrant dans la ville, s'approchant du palais. Djigui retourna sa peau de prière, se leva et arriva à la porte du Bolloda en même temps que le cavalier.

C'était lui ! Le messager avec tous les signes distinctifs qu'on lui avait décrits : la grande taille et les barbes abondantes… le cheval alezan… la selle rouge… le grand sabre arabe dans son fourreau rouge… la chéchia rouge… les bottes rouges ; le sac en bandoulière rouge… rouge… rouge.

Djigui ne pouvait pas se méprendre ; ses sbires et ses sorciers qui le rejoignirent à la porte du Bolloda ne se méprirent pas eux non plus. Ils commencèrent les opérations d'exorcisme que chacun connaissait aussi bien que la liturgie des cinq prières quotidiennes.

C'est au XIIe siècle que Tiéwouré, le plus grand devin que le Mandingue ait engendré, à un aïeul de Djigui annonça : « Au petit matin, un jour arrivera à la porte de ce palais un cavalier. Un messager. De rouge de pied en cap il sera vêtu. Le Keita régnant devra le reconnaître. Les esclaves de la cour devront savoir exorciser le messager. Si le roi ne le reconnaît pas, si les esclaves ne l'exorcisent pas… Un grand malheur : la fin de la lignée des Keita, la fin de Soba. »

Cette prédiction avait été confirmée et précisée par d'autres devins et les Keita s'étaient toujours préparés à accueillir le messager. Apprendre à le reconnaître était une branche essentielle du programme d'éducation des jeunes princes. Depuis des siècles, les esclaves de la cour, le premier mercredi de chaque mois, faisaient des exercices d'exorcisation.

C'étaient, dans les détails, des pratiques fort compliquées mais qui, dans le principe, consistaient à maîtriser le messager avant qu'il ne prononçât un seul mot. A le conduire hors de la ville. A considérer les signes distinctifs comme autant de symboles. A les ôter, les assembler, les mélanger avec des objets ésotériques comme des toiles d'araignée. A brûler le tout. A enterrer poignée par poignée les cendres dans huit cent quatre-vingt-huit trous différents creusés au sommet de la colline Kouroufi.

Le messager exorcisé, guidé par des esclaves arriva au Bolloda habillé de neuf de pied en cap, les yeux bandés, les bras attachés au dos, assis sur un cheval blanc, sellé de blanc.

Devant le Bolloda, sous son arbre à palabres, l'attendait, assis sur son trône dans son habit d'apparat, Djigui, le roi des pays de Soba dans le Mandingue : « Sois le bienvenu, messager ! Tu es entré dans un pays de foi, d'hospitalité et d'honneur », salua d'une voix forte et sûre un Djigui visiblement satisfait d'avoir été à la hauteur de l'événement. Les griots répétèrent en les commentant les mots de salut du roi. « Nous n'avons pas voulu te maîtriser en tant qu'individu, mais annihiler ce que tu portais en tant que sorcier. Détachez-le ! »

Le messager libre de ses mouvements, effaré, se prosterna :

— Pendant huit soleils et soirs j'ai voyagé pour venir vous annoncer que les Toubabs de « Fadarba » descendent vers le sud. (Par « Fadarba », il fallait entendre Faidherbe, le général français qui conduit le Sénégal.)

— Nous fumes prévenus il y a des siècles et t'attendions.

— Ils sont invincibles.

— Mensonge. Retourne et regarde derrière toi (le messager se retourna et regarda la colline). Ils ne pourront la passer que s'ils réussissent la tâche impossible de reconstituer tes effets. Ils resteront englués comme des oiseaux pris au piège sur Kouroufi.

— Tous les pays du Mandingue deviendront des terres de l'hérésie.

— Encore un mensonge ! Le sol que tu viens d'embrasser restera une terre de foi. Allah !, qu'à jamais son nom soit béni, n'acceptera jamais que les pays de Soba soient possédés par les Toubabs « nazaras ».

Le maître griot pinça les cordes de sa cora et commença par chanter, s'interrompit et expliqua que « Fadarba » et ses hommes étaient des Français ; les Français, des Toubabs blancs chrétiens ; les chrétiens, des nazaréens, des « Nazaras ». Les « Nazaras » s'avouaient les ennemis de l'islam ; c'étaient des impurs. Leur contact, comme celui du porc et du chien, faisait perdre la pureté rituelle, la *tâhara*. L'orant, après leur avoir serré les mains, doit refaire ses ablutions, se purifier avant d'entrer en prière.

2

Nos larmes ne seront pas assez abondantes
pour créer un fleuve, ni nos cris de douleur
assez perçants pour éteindre des incendies

Depuis des siècles, les gens de Soba et leurs rois vivaient dans un monde clos à l'abri de toute idée et croyance nouvelles. Protégés par des montagnes, ils avaient réussi, tant bien que mal, à préserver leur indépendance. C'était une société arrêtée. Les sorciers, les marabouts, les griots, les sages, tous les intellectuels croyaient que le monde était définitivement achevé et ils le disaient. C'était une société castée et esclavagiste dans laquelle chacun avait, de la naissance à la mort, son rang, sa place, son occupation, et tout le monde était content de son sort ; on se jalousait peu. La religion était un syncrétisme du fétichisme malinké et de l'islam. Elle donnait des explications satisfaisantes à toutes les graves questions que les habitants pouvaient se poser et les gens n'allaient pas au-delà de ce que les marabouts, les sorciers, les devins et les féticheurs affirmaient : la communauté entière croyait à ses mensonges. Certes, ce n'était pas le bonheur pour tout le monde, mais cela semblait transparent pour chacun, donc logique ; chacun croyait comprendre, savait attribuer un nom à chaque chose, croyait donc posséder le monde, le maîtriser. C'était beaucoup.

Les deux exploits de leur roi (la rectification de sa destinée et l'identification du messager) avaient été célébrés par ceux de Soba par des nouvelles orgies de sang.

Et le roi était encore dans le sang et le fumet des immolations exposées pour remercier mânes et divinités lorsqu'un autre messager se présenta. Par la poudre, le feu et le fer, « Fadarba » et ses hommes venaient de subjuguer Bamako. « Bamako ! Bamako ! Bamako conquise ! »

21

s'exclama le roi pétrifié. Les nazaréens se rapprochaient. Il se livra à une courte prière et avec sérénité : « C'est vrai que Bamako n'est pas très loin de Soba, dit-il. Mais elle n'est ni dans nos terres ni dans notre destinée. Elle ne ressemble pas à Soba. Une fois encore je l'affirme : les "Nazaras" ne vaincront pas. »

Suivi de toute la cour, le roi galopa du nord au sud pour se rassurer ; il regarda loin, très loin. Rien n'apparut, même pas le lointain point noir d'une hirondelle dans les nuages. Il commanda des immolations. Les ultimes attitudes des victimes expirant ne prédisaient toujours pas de combat... Il était encore dans le sang lorsque la troisième estafette se présenta. Les troupes nazaréennes avaient vaincu les Traoré, les rois régnants de Sikasso, et investi leur capitale, forteresse réputée imprenable dont les murs d'enceinte avaient six pas d'épaisseur. L'estafette émue était intarissable : « Quand, de son palais, Babemba, le roi de Sikasso, entendit les pas de course des assaillants, il commanda à son garde : "Tiékoro, tue-moi pour que je ne tombe pas entre les mains des Blancs." Le garde déchargea son arme sur lui et le roi, qui gisait déjà sur le coup, eut la force de se redresser et de s'achever de sa propre main pour honorer son serment : "Moi vivant les nazaréens n'entreront pas à Sikasso !" »

Djigui avait à honorer le même serment. Pendant un instant, il resta silencieux, dissimulant ses surprise et émoi ; enfin, sur un ton solennel déclara : « Le suicide était dans le destin du roi de Sikasso. Je le savais, mes devins et ses devins aussi. Sikasso n'est pas sur notre chemin. Cette défaite ne nous préoccupe ni ne nous ressemble. Moi, Djigui, une fois encore je fais le serment... »

Bardé de gris-gris et de cartouches, en tête de nombreux archers et fusiliers, il parcourut le royaume de l'est à l'ouest pour entendre ; il écouta, écouta longuement. Rien ne vint écorcher ses oreilles, même pas le frémissement lointain d'un oisillon expirant.

Un quatrième envoyé arriva. Le preux Aly Bojury N'Diaye, roi du Djolof, avait été défait à Kolimina et Nioro, et tué à Dogoudoutchi à plus de cinquante journées de marche à cheval de son Djolof natal. Un cinquième et sixième vinrent informer Djigui de la chute de Ségou et de la fuite du roi Ahmadou vers le Sikoto, de celle de Ouagadougou et de la fuite de Naba Koutou, empereur des Mossis, vers le pays Dagomba... Un septième messager conta la chute de Oussébougou, où le chef bambara, Bandiougou Diarra – cousin éloigné de Djigui –, s'était retranché et avait été assiégé. « C'est case par case que les nazaréens ont pris la ville. Quand, enfin, les habitants ont compris que toute résistance était vaine, pour ne pas tomber dans les mains des Infidèles, les survivants, y compris les femmes et les enfants, sont rentrés dans les cases, s'y sont enfermés, se sont entourés de *seko* (nattes de paille) et y ont mis le feu. Pendant que les Français investissaient les cases pleines d'hommes, de femmes et d'enfants à demi carbonisés, tout à coup, une grande flamme a jailli du donjon : le chef Bandiougou Diarra venait de se faire sauter sur ses réserves de poudre. »

Djigui avait assez de ces nouvelles stupéfiantes : « C'est trop ! Allah sauvera comme Il l'a dit dans son Livre ceux qui sont morts en défendant la foi. Aux martyrs nous devons des prières. La mort ne laisse aux survivants d'autres lots, d'autres possibilités que les prières. »

Il se leva, entra dans le palais, en sortit en tenue de combat et le visage grave : « J'ai encore interrogé les mânes. Aucun, je dis bien aucun des princes vaincus n'avait attendu comme les Keita trois siècles durant une estafette couverte de rouge. » Le roi fit signe ; on lui amena son cheval harnaché ; il l'enfourcha et, à tous les sorciers, marabouts, griots et guerriers qui l'entouraient, Djigui hurla : « A cheval ! Tous à cheval, allons aussi loin que nous pouvons pour en finir avec les incertitudes et les balbutiements des mauvais augures ! » Et, sans attendre la fin des branle-bas, le roi se lança dans un galop insensé poursuivi par une cohue de cavaliers hétéroclites qui s'étirait sur plusieurs longueurs. Ils dépassèrent la mosquée, arrivèrent au marigot, au rempart, sortirent par la porte ouest de la ville et remontèrent la colline Kouroufi. Arrivé au sommet, le roi s'arrêta, tout le monde l'imita, même ceux qui étaient encore au pied de la colline. Bêtes et hommes en sueur soufflaient bruyamment.

Du sommet de Kouroufi, on avait une vue complète de la ville. Il faisait beau. Jamais les murs des remparts ne parurent à Djigui aussi minces, aussi bas. Dans une attitude de prière, avec force, avec tous les mots inusités, il chercha le petit signe rassurant susceptible d'écarter les incertitudes ; rien ne se distinguait. Il se retourna : « En vérité, je le redis encore, grâce à *Allah*, il n'y pas de ... » L'ébrouement des chevaux avait cessé ; les volées de vautours, d'éperviers et de gendarmes que le branle-bas avait levées et attirées continuaient de tournoyer dans le ciel. Djigui descendit de la colline, tout le monde le suivit. C'est une colonne défilant selon le protocole très compliqué de la cour des Keita qui se présenta à la porte de la ville et entra dans Soba. Les habitants étaient sortis des cases et s'étaient alignés en silence le long de la rue centrale. Sur les visages se lisait la peur...

Parce que n'était jamais revenu un seul des Nègres que les Blancs embarquaient, les Africains avaient fini par croire que les nombreux esclaves acquis étaient sacrifiés et consommés. On avait d'ailleurs expliqué que c'étaient les bénéfices des sacrifices humains qu'ils avaient offerts à leurs divinités et la force vitale de tous les Nègres qu'ils avaient consommés qui avaient donné aux Toubabs la sorcellerie du savoir-faire technologique, savoir-faire qui était le signe patent de leur damnation. Les habitants alignés le long du passage du roi croyaient dur comme du fer qu'en cas de chute de Soba, ils seraient d'abord christianisés, enfermés dans des parcs à bestiaux où des damnés viendraient les chercher un à un pour des offrandes et la boucherie. Chacun à part soi avait décidé de mourir musulman, plutôt que de subir un tel *monnè*. Djigui le vit, le comprit. Un défilé, fût-il aussi impeccable qu'à la parade, ne suffisait pas à rassurer. Arrivé à hauteur de la mosquée, il s'arrêta et descendit de son cheval. Toute la colonne l'imita. Il entra dans la mosquée suivi par une partie des collaborateurs et courtisans. De la nef, il organisa et dirigea lui-même une messe qui, par la participation de tous les habitants, devint une prière collective de toute la ville, de tous les pays de Soba. Djigui, la vie entière, croira à la vertu de la prière et ne cessera de le dire. Il éprouva tous les mots inusités du Livre, les prononça avec une force et une ferveur telles que le roi atteignit le Tout-Puissant Lui-même, Le perturba dans Sa splendeur et L'obligea à se débusquer. Les signes et les ombres de Sa présence devinrent si évidents que Djigui se leva de sa natte de prière et murmura : « Allah est toujours à nos côtés. »

C'était faux ; Djigui le sut en sortant de la mosquée. Car s'arrêta devant lui, accompagné de deux gardes de la porte de la ville, le huitième messager à cheval.

« *Kabako ! Kabako* (extraordinaire) ! Mettez-le à mort. Un seul cavalier en rouge avait été prophétisé ; celui-ci est un imposteur ! » s'écria Djigui.

Les sbires se précipitèrent, mais les gardes s'interposèrent. On ne pouvait pas toucher à un seul cheveu du cavalier ; c'était un envoyé de Samory.

Samory Touré, l'Almamy, le « Fa », était le plus valeureux du Mandingue ; il avait le savoir, la stratégie et les moyens de vaincre les Français et les avait défaits sur plusieurs fronts. « Exalté soit Allah ! Exalté soit Allah ! Le Mandingue ne sera pas entièrement une terre d'hérésie. » Djigui remercia plusieurs fois le Tout-Puissant par des prières.

Par la poudre, le feu et le fer, Samory s'était taillé le plus grand empire que le Mandingue ait rassemblé depuis Soundiata. Il descendait vers le sud et bivouaquait à quelque distance de Soba. Samory demandait, précisa l'envoyé, à tous les rois de la région de venir à lui pour boire le *déguè* de la suzeraineté et reconfirmer le serment de lutter jusqu'à la mort pour préserver la Négritie de l'irréligion.

L'enthousiasme de Djigui baissa ; même, il s'assombrit et se tut. Pouvait-il, fût-ce en raison d'une alliance pour vaincre les « Nazaras », accepter la suzeraineté ? L'envoyé, qui était un griot de grande expérience, comprit le silence du roi.

« Je vois votre foi et les raisons de votre flottement ; je prédis que vous accepterez. L'Almamy ne sera pas un souverain, mais un allié pour que nos terres dans leur totalité demeurent des terres d'islam, rassura l'envoyé. Mais, ajouta-t-il aussitôt, on ne répond pas non à Samory. Tous les rois qui l'ont fait ont par ce refus prononcé leur dernier non. Les mânes de nos aïeux ne secourent jamais ceux qui trahissent le sauveur du Mandingue. »

Le messager disait vrai. Samory combattait et détruisait les royaumes qui rejetaient son alliance. Djigui n'avait pas prévu Samory ; le devin ne l'avait pas annoncé ; il était inéluctable, un destin qui s'assume. Il faisait aller tout de suite et tout droit au sauveur du Mandingue.

Djigui enfourcha son cheval, commanda au messager de le suivre. Le roi n'avait pas besoin de pisteur pour arriver à Samory. Ils se dirigèrent vers le sud, traversèrent des plaines, des fleuves, des cantons rasés et incendiés, et débouchèrent sur le feu et les morts. Dans les cieux, des ballets de charognards se jouaient des flammes et des fumées ardentes. Les branches dénudées des fromagers et des baobabs étaient couvertes de grappes de vautours aux aguets. Dans les champs, les bandes d'hyènes et lycaons se disputaient des restes humains. A la fin ils atteignirent une victorieuse armée en bivouac fourmillant autour d'un solitaire en prière : c'était Samory, l'Almamy. Quand ils voulurent s'approcher, l'effroi que l'homme inspirait bloqua ses compagnons : Djigui seul parvint à marcher jusqu'à Samory assis dans un riche tapis. Son visage paraissait taillé dans de l'acier et malgré le sourire éclatant qu'il afficha, le regard était celui de l'oiseau de proie : insoutenable.

– *Salam alekou*, salua Djigui.

Tout en égrenant le chapelet, Samory répondit avec beaucoup de chaleur.

– *Alkoussalam!* Soyez le bienvenu, prince étranger. A vous la longue marche, les fatigues et les dangers encourus.

– Je suis croyant et malinké, de père et de mère Keita ; le fils de Mahancoura.

– Cessez donc de vous dire comme un griot. Tout le Mandingue sait votre foi et votre courage et vous connaît. On m'a d'ailleurs rapporté que vous êtes arrivé en tête de la colonne. Dites-moi Keita, comment, sans guide, avez-vous pu marcher jusqu'à moi dans ce vaste Mandingue ?

26

– J'ai été guidé par le sens des vols des charognards et celui des marches des hyènes. Tout convergeait vers vous, vous, l'Almamy.

– C'est possible… Les derniers jours ont été difficiles ; mes *sofas* ont beaucoup combattu. Nous n'absolvons plus ceux qui refusent le combat contre les nazaréens. Les cadavres des traîtres, des infidèles et des menteurs appellent plus de charognards que les restes des croyants.

– Qu'Allah nous préserve de l'irréligion et nous apporte la paix !

– Nous aurons la paix quand nous repousserons les « Nazaras » de la Négritie. Nous les repousserons quand nous saurons tout refuser, tout sacrifier. Ne nous dissimulons pas la vérité ; la fumée de la hutte qui brûle ne se cache pas. Sachons avancer, reculer aussi. Le combat final doit être soigneusement préparé. Pour sauter loin, sachons attacher la ceinture et retrousser les pieds du pantalon. Avant d'entreprendre le long voyage, nettoyons notre case de tous les rats.

– Moi, Djigui, je viens en croyant ; je viens boire le *déguè* de l'alliance ; vous jurer fidélité jusqu'à la mort ; vous promettre de refuser jusqu'à la mort l'irréligion.

– Ce n'est pas une surprise. Dans la défense du Mandingue, un Keita ne saurait se trouver en deuxième ligne. Si tous les chefs du Mandingue vous avaient ressemblé, les hyènes de notre pays seraient restées dans les cavernes.

Samory honora Djigui des présents des hôtes de marque : deux chevaux blancs, trois belles vierges et dix-huit esclaves. Sur le chemin du retour, trois nuits successivement, Djigui fut réveillé par le même cauchemar. Il était l'Almamy, un homme seul, assis dans sa peau de prière, qui, chaque après-midi, obsédé par la crainte que le soleil du jour refusât de se coucher sur le Mandingue, ne réussissait à s'adresser au Tout-Puissant que protégé contre les hyènes et les charognards par des *sofas* cruels qui allumaient d'innombrables incendies et coupaient de nombreuses têtes.

C'est un rêve qui toute la vie lui reviendrait chaque fois qu'il se souviendrait de Samory. Les devins avaient expliqué qu'il signifiait que l'Afrique, un jour, ne verrait pas, pendant d'interminables saisons, de nuit tomber ; parce que les larmes des déshérités et des désespérés ne peuvent être assez abondantes pour créer un fleuve ni leurs cris de douleur assez perçants pour éteindre des incendies.

3

Les hommes sont limités, ils ne réussissent pas des œuvres infinies

« L'Almamy nous demande des chevaux, des bœufs, du mil, des guerriers, des esclaves pour alimenter le combat contre les envahisseurs nazaréens », déclara Djigui à son retour à Soba à la foule enthousiaste qui lui dansait un accueil à la porte du rempart.

Les premiers mois, à chaque envoi de renfort et de provisions, Samory nous gratifiait d'une nouvelle victoire sur les « Nazaras » que des hérauts haletants venaient aussitôt nous annoncer. Notre roi criait sa fierté et son admiration, et organisait des festivités et des prières publiques, exposait des offrandes et faisait monter au front un autre convoi.

Rapidement, le pays s'épuisa et Djigui le sut à la révolte des paysans qui commencèrent à assassiner les sbires qui s'attardaient dans les montagnes. Les marabouts lui apprirent que c'était tout le Mandingue qui était épuisé ; ils l'avaient su au timbre haletant des hyènes hurlant aux couchers et aux levers des lunes et aux vols des oiseaux migrateurs qui, lorsqu'ils ne parvenaient pas à éviter notre région, se maintenaient très haut dans les nuages pour quitter au plus tôt nos contrées désolées.

Les nouvelles en provenance du front résonnèrent toutes mal du jour au lendemain. On nous annonçait le matin que Samory se dirigeait vers l'est avant d'apprendre le soir qu'il avait été défait à l'ouest. On entendait au début d'un mois qu'il avait détruit la capitale de tel ou tel roi avant de savoir à la fin du même mois que les Français avaient occupé dans le Konia natal de Samory un grand pan de l'empire.

En comptant sur les doigts, en écoutant les souffles des

vents du nord, en prolongeant les prières, en parcourant d'un bout à l'autre son royaume, en sériant les cris significatifs des bêtes et des oiseaux sauvages, les panégyriques clamés par les griots, les dires des réfugiés et les mensonges des colporteurs, Djigui parvint à discerner quelques vérités. La plus certaine était claire comme une pleine lune sur la savane en harmattan. De toute évidence, l'armée samorienne avait évacué le Nord ; elle ne protégeait plus le royaume de Soba contre l'avance des Blancs nazaréens. Inconfortables vérité et position à la fois ! Et, comme de tous les cantons ne lui montaient que des exclamations désespérées et des interjections de malédictions, qu'il ne savait plus que répondre aux interrogations et aux incertitudes qui, nuit et jour, l'assaillaient, Djigui a cherché Allah. Il n'avait pas fini de prononcer son *alphatia* final que s'arrêta à cheval, devant le Bolloda, un autre messager de Samory.

C'était au petit matin. Djigui, radieux, chapelet en main, se porta au-devant de l'arrivant et, après l'échange des salutations, le félicita avec une prolixité inhabituelle.

« A vous les longues marches et le courage ! On vous attendait à cause de la nuit qui nous environnait. Arrive immanquablement un messager quand on n'entend rien à cause des mensonges, on ne voit rien à cause de la fumée, on ne sent plus rien à cause de la puanteur des morts. Quand, à cause de la peur, les habitants ne se reconnaissent plus et que les villages mêmes deviennent plus dangereux que les profondes brousses des fauves ; alors forcément arrive un messager... »

Djigui, tout en égrenant son chapelet, parlait comme on récite une prière, et le griot chargé de redire et de transmettre les paroles du roi les répétait, une après une, comme tombent les gouttes d'eau du rocher dans le silence de la lointaine brousse. Dans la pénombre du petit matin, la scène avait un aspect irréel, onirique. Djigui, toujours prolixe et sentencieux, poursuivit :

« Il y a quelque temps, moi, je faisais égorger ou fusiller les *dioulas* qui apportaient les mauvaises nouvelles du front. Mais depuis, j'ai renoncé à ce genre de prévention qui à la longue ne se révèle guère plus efficace, car les oiseaux eux aussi ont commencé à chanter le matin les versets qui habituellement se disent la nuit. Moi-même, dans mes longues prières, j'ai senti que je n'atteignais rien de cohérent. Et mes devins, dans les ébats des poulets égorgés, les jets de cauris et d'osselets, ne relevaient rien de significatif. »

Djigui un instant porta son attention sur le chapelet. Le soleil continuait à se lever et de plus en plus se découvraient l'attitude du roi et son visage aussi – que nous, ses sujets, n'avions pas le droit de fixer – et qui reflétait ce quelque chose d'indicible, ce charisme avec lequel il pouvait faire soulever les montagnes aux gens de Soba. Quand le roi reprit les dires, ce fut pour monologuer : « Assurément, un messager devait arriver ; il ne devait plus être loin ! Quand tout se prépare à se dissoudre, à s'effriter, quand les vérités que nous tenons, en sortant de notre bouche, nous trahissent pour devenir des mensonges, alors, forcément, arrive un messager ! » Puis, se tournant vers le messager sur un ton chaleureux, mais un peu affecté, il poursuivit : « Soyez le bienvenu ! A vous nos félicitations ! A vous les longues marches ! A vous les peines et les adversités endurées ! »

La femme dont l'office était d'accueillir les hôtes de marque s'était, avec sa calebassée d'eau, agenouillée à quelques pas. Djigui fit signe. Elle se leva, s'approcha du cavalier, trempa les lèvres dans le breuvage et le proposa. Le messager ne descendit pas de cheval pour se prosterner comme le protocole l'exige ; pire encore, du revers de la main, il repoussa la calebassée. « Après !... Ce que j'ai à dire est plus pressant que l'apaisement de ma soif », et il se présenta. « Mon nom totémique est Diabaté ; je me nomme Kindia Mory Diabaté, le Djéliba, le plus grand griot que le Mandingue ait enfanté depuis Soundiata, je suis le plus proche confident de l'Almamy. Cela signifie que le message porté est important. »

Le griot souffla, se redressa, ajusta sa cora et son turban et, accompagnant chaque mot d'amples gestes, déclara à haute voix : « L'Almamy Samory commande à tous les rois du Mandingue de se replier sur le Djimini. Face à certains affronts venant d'incirconcis, il faut, comme le bélier, reculer avant d'asséner le coup définitif. Tous nos peuples doivent déménager, tous : Sénoufos, Bambaras, Malinkés. Les toits seront incendiés, les murs abattus. Ces païens d'incirconcis conquerront des terres sans vie, sans grains, sans eaux, sans le plus petit duvet d'un petit poussin et sauront que nous sommes une race sur la croupe de laquelle jamais ne sera portée une main étrangère. »

Djigui cessa d'égrener le chapelet et resta un instant interdit. Il ne pouvait pas incendier et détruire la ville de Soba. Il lui avait été révélé, et il le croyait aussi sûr que la nuit succède au jour, que le règne de la dynastie cesserait le jour où les murs de sa capitale tomberaient. Aussi pressa-t-il le messager d'accepter la calebassée d'eau de l'hospitalité, de rentrer dans la case et de prier, de prier un instant, un court instant.

Le *tabala* d'honneur et de guerre résonna. Djigui, suivi par ses sbires, griots, devins et marabouts, s'en alla à travers le pays ; dans les montagnes, les brousses. Dans les villages les plus reculés, par le feu et le sang ils mobilisèrent des hommes, enlevèrent des esclaves, les amenèrent autour de Soba où, avec les soldats, ils commencèrent à bâtir le plus gigantesque *tata* du Mandingue.

Fièrement, en caracolant le long des murs, aux chants des griots, il fit visiter son œuvre au messager-griot.

— Admirez ce *tata* ! Il entourera la capitale, sauf du côté de la montagne sur laquelle ont été enterrés les sortilèges qui interdisent le passage à tout envahisseur.

Le griot a souri.

— Votre *tata* ne sera pas la vérité. Celui qui cernait Ségou était deux fois plus haut et trois fois plus large ; il n'a pas résisté aux canons des « Nazaras ».

Djigui fit reconduire son hôte au Bolloda. Les hommes se remirent à l'œuvre ; ils rendirent le *tata* quatre fois plus haut et plus large. Il fit découvrir le chantier à son hôte qui une fois encore sourit.

— Les Traoré avaient autour de leur capitale un *tata* aussi épais et aussi haut, défendu par dix fois plus de cavaliers, de fusiliers et d'archers que ceux de Soba ne pourraient aligner ; ils ont été vaincus.

Les marabouts et les sorciers de Soba allèrent immoler

sur les pierres et les murs du *tata* des moutons, des bœufs, des poulets et même un nain et un albinos. Dans les ultimes tressaillements des victimes, les devins lurent que les sacrifices étaient acceptés. Les heureux augures furent confirmés par les cris et vols des charognards et par le brutal changement de sens des souffles des vents. Fièrement, Djigui annonça les bons présages au messager qui, ostensiblement, manifesta un certain agacement ; il ne comprenait pas l'entêtement du roi. Djigui se fâcha ; le roi ne pouvait accepter de la part d'un griot, un homme de caste, une certaine attitude à son endroit. Il le regarda fixement ; le griot entendit, s'excusa et se prosterna. Le roi, posément, put exposer les raisons pour lesquelles les « Nazaras » ne pouvaient pas nous vaincre à Soba :

— La dynastie des Keita a été la seule de toute la Négritie à être informée six siècles plus tôt de l'arrivée de l'irréligion. Aucun des rois vaincus n'a autant que nous prié Allah ; aucun n'a autant que nous vénéré les mânes des aïeux.

Toujours prosterné, le messager répondit :

— Vous vous méprenez toujours. Tout ce que vous énoncez reste dans l'entendement. Les « Nazaras » ont vaincu des rois huit fois plus riches, huit fois plus sorciers et plus croyants.

Il se releva :

— Je vous le redis, Keita, roi des pays de Soba, nous perdons de longues et précieuses semaines. Vous eussiez dû vous trouver depuis de nombreux jours loin d'ici en tête de vos sujets.

Le griot ne réalisait toujours pas... Moi, Djigui, je ne pouvais pas quitter Soba ! Comment le lui dire autrement ? J'étais une chèvre attachée à un pieu, obligé de brouter dans le lieu où je me trouvais. Comment le lui faire comprendre définitivement ?... A haute voix, Djigui commanda : « Suivez-moi. » Arrivés sur les murs en construction, le roi intima au griot : « Regardez-nous bâtir. »

Ceux de Soba commencèrent la réalisation du *tata* dont la crête devait se perdre dans les nuages, l'empattement aller de Soba à la mer, un *tata* en hauteur et profondeur, infini. La plus titanesque construction de la Négritie !

Le messager resta coi sur son cheval, nous suivant avec un scepticisme teinté d'ironie. Mais la fièvre et le sérieux avec lesquels le roi entreprenait, la rapidité avec laquelle les murs montaient, la cruauté avec laquelle les sbires maudissaient ou écrasaient sous les sabots des chevaux les travailleurs faméliques, tout l'entrain, la clameur, l'enthousiasme, finirent par l'impressionner. Il se crut obligé d'intervenir ; accourut à cheval, rattrapa les suivants et se mit à travers le chemin du roi, l'obligea à stopper.

— Sauf le respect que je vous dois, je vous redis que ce que vous entreprenez est utopique.

— Retourne annoncer à Samory que ceux de Soba vaincront les païens ; que tu nous a vus les défaire.

— Arrêtez ! Nous sommes limités et n'achevons jamais les œuvres infinies.

— C'est ce que nous allons démentir ; les hommes ne sont pas limités ; nous pouvons bâtir infini. A Soba, nous sommes illimités.

Djigui se lança ; le messager s'écarta. Les suivants emboîtèrent le pas en criant et chantant haut les panégyriques des Keita. La légende prétend que cinq fois le long du chantier, Diabaté, le messager de Samory, arrêta notre roi ; cinq fois, Djigui le bouscula. De l'immense chantier montait une clameur de chants, de cris et de prières qui avait appelé des charognards plus noirs et gros que ceux qui évoluent habituellement dans les cieux du Mandingue. Djigui le remarqua sans y attacher de signification. Les sorciers lançaient contre les Nazaréens les plus terribles sorts ; les marabouts les maudissaient avec les versets les plus secrets ; les griots louangeaient le roi. Les sbires administraient des coups aux bâtisseurs. La légende prétend que, ce jour-là, le soleil était immense et écrasant.

C'est quand Djigui arriva en tête de l'escorte du côté de Kouroufi, au bout du chantier, qu'il trouva, arrêtée, une colonne française. La vraie colonne française, en tête à cheval, le capitaine et le lieutenant blancs, casque colonial et costume blancs, le pistolet à la ceinture, les jumelles et le sifflet en sautoir, l'interprète à droite des Blancs. Suivaient les sous-officiers mulâtres à cheval également ; ils portaient aussi le casque colonial, mais des fusils au lieu des pistolets, et commandaient à près de deux cents tirailleurs noirs, à pied, armés tous de longs fusils avec des baïonnettes. Les tirailleurs, dans les derniers rangs, avec les fusils en bandoulière, conduisaient des mulets qui tiraient des canons, ou croulaient sous des faix d'armes. La queue leu leu des porteurs également croulant sous des faix s'étirait après les tirailleurs.

Oui ! Djigui était nez à nez avec une vraie colonne française. Les nazaréens étaient entrés à Soba par la colline Kouroufi, par Kouroufi truffée de sortilèges ! Ils l'avaient escaladée comme s'enjambent le seuil de la case et les cuisses d'une femme déhontée ; s'étaient emparés de l'arsenal. Sans tirer un coup de fusil ! Sans faire hurler un chien ! Sans tuer un poussin ! Sans effarer une seule poule couvant ses œufs !

Le capitaine blanc, dans son langage d'oiseaux – pour une oreille malinké, le français, en raison des nombreuses sonorités sifflantes, ressemble à des chants d'oiseaux – parla au tirailleur – interprète qui avança, et dans un pur malinké du Nord, interrogea :

– Êtes-vous le roi de ce pays ?

Un vrai chef ne décline pas lui-même ses titres ; il serait incomplet par pudeur. C'est la fonction des griots, et les griots serinèrent à l'interprète tous les panégyriques de Djigui et des Keita. Mais, quand l'interprète demanda :

– Contre qui bâtissez-vous ce *tata* ?

Djigui se crut en devoir de répondre au défi. Il le fit en prince légitime. C'est dans de telles circonstances que se reconnaissent les vrais chefs, les authentiques. Djigui se dressa sur les éperons de toute sa hauteur – il était grand. Ses narines battaient comme les naseaux de son cheval. Courageusement, il déclara :

– Dis au Blanc que c'est contre eux, Nazaras, incirconcis, que nous bâtissons ce *tata*. Annonce que je suis un Keita, un authentique totem hippopotame, un musulman, un croyant qui mourra plutôt que de vivre dans l'irréligion. Explique que je suis un allié, un ami, un frère de l'Almamy qui sur tous les fronts les a vaincus. Présente

35

celui-ci – il désigna du doigt le messager –, son nom est Diabaté. Traduis que Diabaté est le plus grand griot de l'Almamy. Affirme que Samory me l'a envoyé pour achever la construction du plus grand *tata* du monde. Répète au Blanc que c'est par traîtrise que vous avez violé la ville de Soba. Rapporte que je le défie ; le défie trois fois. Adjure-le qu'en mâle dont l'entrejambe est sexué avec du rigide, il consente un instant à repasser la colline Kouroufi ; qu'il nous laisse le temps de nous poster. Je fais le serment sur la tombe des aïeux. Nous les vaincrons malgré leurs canons. Redis, redis encore qu'Allah des croyants n'acceptera pas que la victoire finale reste aux incroyants.

On prétend qu'à l'instant où Djigui terminait sa péroraison, un gros vautour noir sortit des nuages, piqua sur un Blanc qui le descendit avec son pistolet. C'était un présage heureux pour le camp des croyants.

Le dialogue était pathétique. Le curieux était qu'il ne semblait pas impressionner celui qui était au cœur de l'événement, le tirailleur-interprète. Celui-ci affichait un sourire sarcastique qui ne finissait pas d'agacer Djigui.

Le tirailleur traduisit, dans le langage d'oiseaux, les dires du roi, montrant tour à tour au capitaine Kouroufi la ville de Soba et ensuite la colline. Le capitaine écoutait comme si le défi le laissait indifférent. Djigui pensa que c'était une sérénité feinte. A sa grande surprise, le capitaine s'approcha et lui serra la main en baragouinant deux mots de malinké. Chevaleresquement, les Blancs levaient le défi ; Djigui l'annonça à son armée. Les griots frappèrent les tambours de guerre et d'honneur. Le roi fit faire une volte à son cheval et allait foncer vers le Bolloda où se trouvait le donjon dans lequel il devait se poster pour l'ultime combat contre les infidèles. « Attends ! Attends ! » l'apostropha l'interprète qui le rejoignit au galop. « Les nombreux sacrifices que tu as immolés ont été exaucés ; les bénédictions que tes aïeux ont prodiguées ne sont pas tombées. Tu as de la chance, une double chance… » Djigui ne comprenait pas, ne cernait pas les intentions de l'interprète. Aussi regarda-t-il du côté des Blancs, craignant que l'interprète ne menât une ruse de guerre. « Ne regarde pas trop du côté des Blancs, ce que j'ai à te dire est secret. » Djigui fit éloigner ses suivants. L'interprète poursuivit : « Tu as deux fois la chance. Ta première chance est qu'aucun des officiers blancs ne comprend le malinké. Il est rare que des officiers de la campagne du Soudan ne le parlent pas. La seconde est que je me nomme Moussa Soumaré ; je suis du clan des Soumaré, les frères de plaisanterie des Keita et, en raison du pacte qui lie nos deux clans depuis les temps immémoriaux, je ne peux te faire du mal. Il ne peut exister que plaisanterie entre Keita et Soumaré en toute circonstance. »

Djigui tira les rênes et écouta ; jusqu'ici il ne percevait pas les intentions réelles de l'interprète.

— Je suis ton frère de plaisanterie, donc je te connais. Comme tous les Keita tu es un fanfaron irréaliste. Je n'ai pas traduit un traître mot de tes rodomontades.

— Perfide fils d'esclave ! s'écria Djigui. (Entre frères de plaisanterie, il est coutumier de se traiter réciproquement de fils d'esclave.) Menteur de fils d'esclave ! Si tu n'étais pas un Soumaré...

— Un Soumaré authentique n'a cure des menaces d'un Keita. Arrête de gesticuler ; le Blanc pourrait avoir des soupçons. Il croit que tu es heureux de l'arrivée des Français, que tu nous as offert la colline Kouroufi pour nous installer et te protéger. C'est pourquoi il t'a félicité et serré la main.

— C'est une main d'infidèle et d'incirconcis qui m'a souillé.

— Il y a quelques semaines, des troupes de Samory ont traîtreusement massacré une colonne française. Plus de compromis possible entre « samoriens » et nous ; systématiquement, nous fusillons tous les chefs alliés de Samory. Sans moi, c'eût été ton sort.

Djigui resta interdit sur son cheval.

Sur le chantier, l'inattendue apparition d'une colonne française au sein du *tata* avait paru aux gens de Soba la manifestation d'une sorcellerie supérieure à celle du roi. Tous les guerriers étaient descendus des murs et s'étaient réfugiés dans les tranchées d'où, de temps en temps, apparaissaient, pour aussitôt disparaître, des têtes tressées de guerriers.

— Commande à tes hommes. Dis-leur que la guerre est finie ; d'abandonner les armes ; d'entrer chez eux.

Djigui ne répondit pas. L'interprète se chargea lui-même de l'annonce. D'abord sur le cheval arrêté, puis en le faisant trotter le long du *tata*. Il lança : « Le roi ordonne ! La guerre est finie. La construction du *tata* arrêtée. Laissez les armes sur place. » Les tirailleurs reprirent les mêmes appels. Les guerriers restaient camouflés dans les tranchées. Le capitaine dégaina son pistolet et tira en l'air. Les tirailleurs se regroupèrent en unités de combat. Le capitaine tira un autre coup. Les tirailleurs firent écho par des canonnades et des salves de fusils qui firent trembler le sol. L'interprète, à nouveau, lança ses appels.

D'abord un à un, puis le long du chantier en détalant et criant comme des bandes de singes, les guerriers déguerpirent dans la brousse.

Ô *monnè* ! Ô honte ! Deux généraux s'effondrèrent sur les chevaux. Nous accourûmes ; au sang dégoulinant des ventres des chevaux et des étriers, nous sûmes qu'en silence, ils s'étaient suicidés à l'arme blanche. Des guerriers de la garde tentèrent de charger les fusils de traite ; les tirailleurs, plus rapides qu'eux, se précipitèrent et les désarmèrent. Ils voulurent, dans la foulée, désarmer le roi. Après un court conciliabule entre l'interprète et le capitaine, ordre fut donné aux tirailleurs de renoncer. Le capitaine fit arrêter Diabaté, le messager de Samory. Tranquillement, la colonne monta vers la colline où les tirailleurs incendièrent l'arsenal.

Entouré de ses suivants, Djigui resta un temps à écouter les explosions, à regarder les fumées envelopper la colline. Ensuite, ils trottèrent paresseusement le long du rempart inachevé. Dans les fossés, traînaient des fusils, des sagaies, des pioches ; achevaient de se consumer les amoncellements de matériels et de vivres auxquels les guerriers avaient mis le feu avant de déguerpir. Les fumées des multiples incendies, l'odeur irritante de la poudre insuffisamment brûlée avaient fait descendre des nuages de charognards noirs à l'apparition desquels, le matin, Djigui n'avait pas cru devoir donner de signification. Ils voletaient lourdement au niveau des cimes des fromagers et on distinguait nettement leurs serres et leurs becs monstrueux.

Après les chantiers et les quartiers, ils arrivèrent au

Bolloda qui à Djigui n'avait jamais paru si petit et burlesque. Les rayons du soleil couchant délimitaient nettement les contours de ce qui pouvait être appelé les deux principales bâtisses de la cour et éclairaient en partie derrière le palais les toits des cases du harem, harem qui, il le saurait bien plus tard, avait été abandonné par les épouses et les enfants partis se réfugier dans des villages de brousse.

Dès que le cheval s'arrêta, les esclaves aidèrent Djigui à en descendre. Son premier mouvement fut d'aller aux ablutions ; il devait deux prières. Devant tous les suivants en pleurs, il pénétra ensuite et s'enferma dans le palais avec un fusil et une épée arabe. Des généraux lui avaient montré le chemin de l'honneur. Deux séides s'arrêtèrent devant la porte. Ce n'était pas pour en interdire l'accès, mais pour être prêts à aider le roi. Les autres suivants encerclèrent la bâtisse. Les marabouts commencèrent à réciter à haute voix les versets du Livre et les griots à déclamer les panégyriques des Keita.

C'est à ce moment qu'arriva l'interprète, qui tout de suite comprit la situation. Sans saluer, il pénétra dans l'habitation. Le fusil était accoté au mur. Djigui, en habit d'apparat, était en prière sur un riche tapis. On ne s'adresse pas à un orant. Soumaré, qui, lui aussi, était en retard dans ses prières (il devait la deuxième et la troisième ; la journée avait été bien remplie), se plaça entre le roi et le fusil et se mit également à honorer le Tout-Puissant.

Après les derniers *rackat*, les deux hommes chuchotèrent jusqu'à la nuit tombante. Un guerrier entra à pas feutrés et alluma la lampe à huile. Ils continuèrent à égrener les chapelets et à murmurer – nous n'avons jamais su ce qu'ils s'étaient dit ce soir-là. La flamme vacillait et fumait ; la pièce était remplie de la senteur de l'huile de karité brûlant. Quand Soumaré demanda à repartir, Djigui quelque temps continua à égrener son chapelet avant, sur un ton neutre et à peine audible, d'énoncer :

« Que sur toute la terre la volonté d'Allah se réalise. Dans tous les cas, Il est le Seul qui sait, le Seul qui décide. Toute ma nuit, je vais Le prier et le jour ne viendra pas sans qu'Il m'ait indiqué Sa voie, Sa volonté. Que devant la porte, les séides attendent avec des fusils chargés. »

4

*Chaque fois que les mots changent de sens et
les choses de symboles, les Diabaté retournent
réapprendre l'histoire et les nouveaux noms
des hommes, des animaux et des choses*

Mory Diabaté, le Djéliba, le messager de Samory qui fut
retenu prisonnier, était un célèbre griot issu d'une grande
famille de griots du Mandingue, et, comme il aimait s'en
vanter, un des plus talentueux que le Mandingue ait engen-
drés depuis Soundiata.

Les griots constituent une caste, à la fois crainte et mépri-
sée dans le Mandingue, appelée la caste des *diéli : diéli*
signifie sang. L'interprète expliqua au capitaine commandant la colonne française pourquoi la caste est appelée
caste de sang. Les griots sont des frères de sang des nobles.
Ce sont d'authentiques nobles dont les aïeux, à l'époque
préislamique du Mandingue, ont accepté la déchéance pour
louanger. Un noble ne paraissait pas sans être suivi de son
panégyriste. Ceux qui n'eurent pas la fortune de s'attacher
un griot demandèrent souvent à des cadets – l'obéissance
était obligatoire entre frères – de les louanger. Ces cadets
en obéissant furent déchus, eux et leur descendance.

Pour convaincre le capitaine blanc de libérer le messager de Samory, l'interprète Soumaré raconta toutes les
sagas des griots. Les griots n'étaient pas seulement des
panégyristes, mais aussi des entremetteurs, des généalo-
gistes et des historiens. Comme hommes de caste, ils
avaient des droits, importants et imprescriptibles, ceux de
n'être ni prisonniers de guerre ni esclaves, et n'étaient pas
tenus par l'engagement d'honneur des nobles.

« Mon capitaine, vous ne pouvez que vous attacher le
service de Diabaté, c'est tout. Notre prisonnier est un
grand panégyriste, un savant historien, un talentueux
coraïste dont la renommée a dépassé les frontières du

Mandingue ; son maintien en prison ne peut attirer que le mépris des Malinkés pour les Français. »

Le capitaine entendit et libéra Diabaté qui, dès son élargissement, rendit une visite d'adieu à Djigui. Le roi de Soba qui, depuis sa défaite, était en retraite dans sa petite mosquée accepta de le recevoir. Djéliba s'agenouilla à deux pas du roi en prière et parla de la façon que lui seul connaissait.

« Keita ! Totem hippopotame ! J'étais chez vous en messager. Ma mission n'a pas su se parfaire. Samory et le Mandingue sont vaincus. Aucune rapidité de pas, aucun long voyage ne peuvent plus me conduire à mon mandat. Je ne pourrai pas lui décrire votre résistance. »

La voix de l'orateur était envoûtante. Djigui, qui était affalé sur son tapis, se redressa et acquiesça de la tête.

« Je rejoins mon Konia, rechercher pourquoi tant de feux allumés, de morts abandonnés, de prières dites, de sacrifices exposés pour la religion et contre les Nazaréens n'ont pas accueilli plus de bénédictions et secours d'Allah. Apprendre les nouvelles vérités. L'infini qui est au ciel a changé de paroles ; le Mandingue ne sera plus la terre des preux. Je suis un griot, donc homme de la parole. Chaque fois que les mots changent de sens et les choses de symboles, je retourne à la terre qui m'a vu naître pour tout recommencer : réapprendre l'histoire et les nouveaux noms des hommes, des animaux et des choses. Dans mon Konia natal, j'observerai pour reconnaître les nouveaux symboles, et recommencerai l'existence pour retrouver les nouvelles appellations du soleil, de la lune, du courage, de la passion, de la lâcheté, celles des jours qui se lèvent et se couchent, des herbes qui attendent l'hivernage pour pousser, croître, et l'harmattan pour mûrir et sécher ; celles de l'homme qui doit posséder la vierge et l'enfanter ; du rebelle qui refuse et de la honte qui tue. Reconnaître les nouvelles significations des chants des oiseaux dans la nuit et le geste des passereaux qui viennent mourir à vos pieds au milieu du chemin où vous êtes en train de marcher. Savoir par quelles supplications évoquer des aïeux, par quels surnoms invoquer Allah contre la souffrance, la misère et l'injustice. Je m'en vais pour réapprendre les nouvelles appellations de l'héroïsme et celles des grands clans du Mandingue. Comment se nomment maintenant les Touré, les Koné, les Kourouma, les Traoré, les Bamba, les Keita, les fils de Dio, maintenant que leur terre mandingue est vaincue et possédée par des infidèles d'incirconcis, fils d'incirconcis et de non incisées ? »

Assurément, Djéliba était un griot talentueux, le plus grand poète-louangeur de notre siècle ; un roi ne pouvait pas le laisser partir. Djigui devait l'attacher à la dynastie des Keita. Il le lui demanda :

– Je ne peux pas. J'ai fait lé vœu de ne plus louanger. J'ai renoncé à la grioterie. La voix qui a dit des héros comme Samory et ses *sofas*, des héros comme vous, Keita, ne s'honorera pas et ne vous honorera pas à dire ceux qui viendront après vous, ceux qui vivront sur une terre conquise. Avec la fin de l'ère de Samory a fini la vaillance, donc la grioterie. La soumission, l'esclavage et la lâcheté dont viendra maintenant l'ère n'ont pas besoin de louanges : le silence, le regret, la nostalgie leur siéront mieux que la cora du griot.

Djigui, une fois encore, demanda à Diabaté de demeurer à Soba.

– Je ne peux pas : les cordes de ma cora ne vibrent plus ; j'ai oublié la généalogie des grandes familles ; ma voix, elle aussi, s'est éteinte. Seuls me restent mes bras ; seul me convient le labour. Je suis Diabaté de la grande lignée des grands griots ; nous retournons à la terre quand les *horon* (les nobles) et les *fama* (les princes) cessent d'être des héros. J'irai cultiver jusqu'à ce que de nouveaux exploits de ceux que mes aïeux ont loués des siècles durant m'appellent des *lougans*.

Pour la troisième fois, Djigui commanda à Diabaté de rester à la cour des Keita : pour la troisième fois, le griot refusa. Non seulement il avait renoncé à son métier de griot, mais il devait aussi retrouver sa famille. Il était sans nouvelles de ses trois femmes (les plus belles griotes du Mandingue, qui lui avaient été offertes par Samory) et de leurs cinq enfants.

– Non ! Roi Keita, *fama* de Soba, je ne me mettrai pas à votre service ; je partirai. Avec regret, je vous quitterai. L'ère qui s'ouvre est celle des regrets.

Le griot se leva, mais n'avait pas fait trois pas que déjà Fadoua, le chef des séides à qui Djigui avait fait un clin d'œil complice, se plaçait devant lui, le maîtrisait et le poussait dans une case du Bolloda où il passa la nuit.

Au réveil, le griot découvrit devant sa porte quatre chevaux blancs harnachés dont trois étaient montés par trois belles griotes, jeunes, vierges et couvertes de bijoux. Après les chevaux, cinq esclaves s'affaissaient sous des cantines chargées d'habits et de bijoux. Un vieillard s'avança et salua :

— Maître, pour le viatique de votre long voyage, Djigui Keita, roi des Soba, vous offre ces jeunes filles crues, ces chevaux et ces richesses.

— Merci ! Merci ! s'écria le griot stupéfait.

Il repénétra dans sa case, décrocha sa cora, la porta en bandoulière, accorda les cordes et d'un pas sûr et souple arriva à la porte de la case où Djigui faisait sa retraite. Un bienfait toujours oblige. A un bienfait, un griot comme tout homme est tenu à la reconnaissance. Dans le Livre, Allah – que sur toute la terre sa volonté soit faite – l'a dit. Qu'a un griot pour manifester sa gratitude ? Des louanges, des poèmes, de la musique. Ce sont les louanges, les poèmes et la cora du plus prestigieux griot du Mandingue qui, ce matin-là, réveillèrent Djigui Keita, le *massa*, le *fama* de Soba, toujours en retraite dans sa mosquée privée. Envoûté par la voix métallique et la musique magique, le roi murmura : « Le plus grand ! Assurément le plus talentueux ! » Dans un demi-sommeil, il multiplia des signes avec les orteils et les doigts. Les sbires offrirent au griot : trois autres femmes, des chevaux, des cases et des richesses, et le chargèrent et l'obligèrent si bien qu'il accepta de rester à Soba. Le bienfait et l'honneur enchaînent plus solidement l'homme de bien que ne parviennent à l'accomplir la force et la corde qui retiennent l'esclave ou l'éhonté.

Offrez un bon cheval et un bon griot à un prince malinké. Demandez-lui l'univers : il vous l'amènera à l'attache. Djigui avait déjà un très bon cheval : Sogbê, une jument blanche (toute la vie il monterait une jument de cette robe) ; il venait de s'attacher un excellent griot. Qu'allait-il attaquer et conquérir ?

44

Dans le Mandingue, toutes les guerres victorieuses se terminaient par l'indispensable cérémonie de consommation du *déguè*. Le *déguè* est une bouillie de farine de mil ou de riz délayée dans du lait caillé. C'était une cérémonie publique, au rituel réglementé, qui avait lieu sur le champ de bataille où le combat avait été gagné. Dans le camp des vainqueurs, autour du roi à cheval, se regroupaient les suivants et les généraux, également à cheval. Leurs griots, auxquels se joignaient ceux des vaincus, les entouraient, jouaient de la cora, du balafon, louangeaient et chantaient les panégyriques du vainqueur. Une double et très longue file de guerriers s'alignait devant le roi. Les guerriers levaient les fusils, les pointaient en l'air et une salve partait. La cérémonie commençait.

Le roi vaincu, sa cour et ses généraux arrivaient à cheval jusqu'au premier rang des guerriers. Ils descendaient des montures et marchaient entre la double haie des vainqueurs balançant en l'air leurs fusils. Les guerriers hilares tout le long du trajet proféraient des insultes à l'endroit des malheureux battus. A six pas du roi victorieux, le vaincu et ses suivants se croisaient les bras dans le dos et se prosternaient. Parfois on exigeait d'eux qu'ils frottent la bouche contre le sol comme les poules le font avec le bec pour fouiller les immondices. Les griots se taisaient. Le roi vaincu parlait :

— En circoncis et croyant musulman, et devant Allah, je déclare que j'ai été vaincu en rase campagne et en plein jour sans la moindre supercherie.

Lui et ses généraux juraient, sur le Coran et les mânes des aïeux, allégeance et fidélité toute la vie au vainqueur. On leur proposait le *déguè*. Tour à tour, chacun le consommait en déclarant :

— Je prie Allah de transformer le *déguè* que je viens de consommer en poison mortel si je me parjure.

Le fils aîné du roi vaincu, le dauphin, était amené en otage ; il se joignait aux suivants du roi victorieux.

La consommation du *déguè* était le point de rupture indispensable marquant le changement de suzerain. Tant qu'elle n'avait pas eu lieu, les vaincus ne se sentaient pas les vassaux des vainqueurs. Souvent, les princes musulmans vainqueurs faisaient suivre la consommation de *déguè* de la conversion forcée des vaincus.

Tant qu'ils poursuivaient les Samoriens, les Français ne demandèrent pas la consommation du *déguè* à Djigui.

Un matin, Soumaré, l'interprète du capitaine Moreau, se fit introduire près de Djigui toujours en retraite. Il ne salua pas ni ne parla en frère de plaisanterie, mais en officiel.

« La conquête de l'empire de Samory et de la totalité du Mandingue est achevée. La puissance et le pouvoir de Samory sont finis comme ses soleils. La France, par la sorcellerie de ses chefs et de ses savants, le courage de ses guerriers, a gagné en rase campagne dans un franc combat et sans supercherie. Le capitaine a décidé de récompenser le combat que Soba a engagé contre Samory en tentant de monter le *tata* incommensurable. Le traité de protectorat qui a été conclu avec les Keita ne sera pas dénoncé. Vous, Djigui, vous ne serez pas détrôné. Il vous est seulement demandé de monter au camp le vendredi prochain après la grande prière boire le *déguè* de la soumission et promettre que vous renouvellerez chaque vendredi, après la grande prière, le serment d'allégeance des Keita à la France par une visite au capitaine commandant le *kébi*. Au cours de ces visites, le capitaine vous dictera ses volontés. »

Depuis la défaite, Djigui se livrait à de longues prières ; elles étaient à demi exaucées. Il craignait et priait pour qu'on n'exigeât pas de lui la conversion au nazérisme. Cette malédiction ne se présentait pas. Il priait aussi pour qu'on ne lui demandât pas de boire le *déguè*, de se parjurer. Ce déshonneur ne lui était pas épargné. Nous redoutions tous la réaction de notre roi et il fallait faire vite car Soumaré, en sortant, avait lancé à la cantonade :

« Donc à vendredi. N'oubliez pas de vous faire accompagner par toute la cour en tenue d'apparat et toutes les danses. »

Les séides, les premiers, entrèrent dans la case ; ils attendaient des ordres pour se glisser dans le camp des Français, assassiner les deux Blancs et l'interprète avec des serpents venimeux et des flèches empoisonnées. Djigui ne répondit pas. Il ne répondit pas non plus au chef de guerre qui se présenta à son chevet et jura que ses hommes pouvaient, les bras nus, débusquer la colonne française de Kouroufi. Il prêta une oreille discrète aux sorciers, sacrificateurs et pythonisses qui, par des vaticinations convergentes, révélèrent qu'il y aurait du glorieux et du riche dans les « soleils » qui débutaient. « D'ailleurs, ajoutèrent-ils, nous ne nous sommes jamais trompés : les Blancs sont restés sur la colline Kouroufi comme nous l'avions prévu. » Entrèrent les griots (sauf Diabaté) et les marabouts qui puisèrent dans le Livre et l'histoire les exégèses disant qu'Allah et les mânes nous demandaient la soumission à ceux qui nous avaient vaincus par les armes, tant qu'il ne nous était pas demandé de changer de religion.

Mais un vendredi prochain n'est guère éloigné ; il y avait cinq jours que l'interprète était passé. Le va-et-vient des notables consolateurs se poursuivait et Djigui, toujours têtu, inébranlable, persévérait dans le refus de vivre et de faire allégeance aux Blancs. C'est alors que Diabaté arriva sur son cheval blanc, chantant et jouant sa cora. Il était coiffé d'un turban de soie et vêtu d'un ample boubou d'apparat. Les six belles griotes qui lui avaient été offertes par Djigui l'accompagnaient en battant des mains ; leurs voix étaient limpides et prenantes ; l'éclat de leurs dents éblouissant ; redisons qu'elles étaient belles ! A huit pas de la case, le griot par trois fois cria : le ciel se vida des fumées, le soleil brilla, les charognards se réfugièrent dans les touffes des fromagers et des baobabs ; tout se tut, même les gendarmes bavards des tamariniers (ce serait plus tard que nous saurions que, par respect pour la hauteur et l'intensité de son ténor, tout l'univers se taisait quand il louangeait). Le griot, triomphant, s'arrêta devant la porte de la case ; ses femmes se turent elles aussi. Il nous montra – nous en étions tous ébahis – le ciel harmattanesque que son charisme venait de créer. Son cheval fit deux pas d'écart et piaffa. Alors, dressé sur les étriers, il nous ébranla de cette voix qui nous manquait et dont le souvenir plus d'un siècle après continue à retentir dans les oreilles de tous les enfants du Mandingue.

« Keita ! Keita ! Totem hippopotame ! Levez-vous pour triompher ; votre griot est là pour vous accompagner et vous glorifier. »

Puis un silence suivit et de ce silence jaillit comme une étincelle un mot, de ce mot émergea une note, de la note un chant que les griotes reprirent et entonnèrent en battant des mains à un rythme que Djéliba récupéra avec sa cora pour en tirer une première épopée de laquelle sortit une deuxième, et de la deuxième une troisième, de la troisième une quatrième et ainsi de suite jusqu'à ce qu'il nous eût prouvé que Djigui restait le plus courageux de nos savanes et qu'il devait immédiatement se lever pour collaborer avec ceux qui avaient vaincu en rase campagne.

Envoûté, moi Djigui, roi de Soba, je me suis réveillé, levé. J'ai décidé de parler, de marcher, de manger, de respecter mes femmes, de prier, de vivre... J'ai marché jusqu'à la case royale ; je l'ai ouverte et je suis entré, en suis sorti, coiffé du turban de laine orné d'or et d'argent et j'ai demandé au chef de mes séides :

— Tous les habitants sont-ils chassés des cases ? Sont-ils tous réunis sur les places publiques ou alignés le long de mon passage ?

— Oui, Djigui Keita, roi de Soba, totem hippopotame, plus un poussin dans les cases. Du Bolloda à la mosquée et de la mosquée au Kébi le peuple danse et chante et vous attend pour vous célébrer, vous adorer.

J'ai enfourché mon cheval Sogbê qui depuis ma retraite attendait sellé et attaché à la porte du Bolloda. Suivis par toute la cour en tenue d'apparat, nous avons traversé une foule criarde, colorée, dansante. Plusieurs fois j'ai été obligé de m'arrêter ; il fallait relever et éloigner les exaltés qui s'étaient couchés à travers mon chemin pour mourir écrasés sous les sabots de ma monture. Devant la mosquée qui, avec toutes les rues et places environnantes, était chargée et grouillante de croyants, j'ai levé les yeux et ai vu le nouveau ciel de mon pays ; il s'ouvrait limpide et profond, débarrassé des charognards qui depuis la défaite le hantaient. J'ai été descendu par mille mains de mon cheval et installé à ma place. J'ai profondément prié. A Allah, je devais trop d'explications ; j'ai trouvé fugaces les sourates du Livre, mécaniques les génuflexions et rapides les prosternations. A la fin, j'ai sombré dans un demi-sommeil bercé par les murmures des croyants, essoufflé et assommé que j'étais déjà par le crépitement du soleil de midi des vendredis toujours pleins de mirages dans nos arides régions. J'ai repris connaissance ou ai été réveillé à la fin de la messe. Tout l'univers debout au-dessus de moi comme un *tata* m'entourait et me protégeait du soleil.

— Allah ne finira point, ai-je murmuré.

— Et Il n'est, a répliqué Djéliba, de la classe d'âge ni le frère de plaisanterie de personne d'ici-bas.

Les griots ont entonné alors le chant traditionnel qui louange les Keita et au rythme duquel tous les ancêtres Keita ont fait trotter tous les vendredis, depuis des siècles, les chevaux de la mosquée au Bolloda.

Allah engendra le monde, mais ne conçut pas l'égalité
Bailla à chacun ce qu'Il voulut
Aux Keita, la Puissance et la Force…

Je ne leur ai pas laissé le temps d'achever ; je leur ai commandé de fermer les bouches. Ils ne voyaient pas que mes bras et armes inhabiles étaient courts comme nos forces, que le Mandingue était couché. Je me suis expliqué :

— Musulmans ! la possession de soi est terminée. Nous devons monter au *kébi* pour un serment d'allégeance aux « Nazaras ». Comment peut-on, dans la dépendance, caval-cader au rythme du couplet disant la force des Keita ?

— Vous n'aurez pas le silence, vous ne méritez pas le silence, a répondu Diabaté qui, en s'approchant, égrénait sur sa cora un nouvel air.

Le soleil rougit, ombre pour que la nuit triomphe
Les fromagers se déverdissent avec l'harmattan
Se reverdissent avec l'hivernage.
Arrête de soupirer, de désespérer, Prince.
Rien ne se présente aussi nombreux et multicolore que la vie.

Le rythme m'a plu, les paroles correspondaient à mon état d'âme. Je me suis levé et ai monté mon cheval. Toute la cour m'a imité.

Djéliba une fois encore a repris son air qui, aussitôt, a été appelé le chant des *monnew*.

Je me suis lancé avec toute mon équipe dans une folle

cavalcade vers le *kébi*, évitant de justesse ceux qui s'écartaient de la foule assemblée sur les côtés de la route.

La visite de vendredi aux « Nazaras » blancs qui allait être un des rites les plus marquants du règne de Djigui Keita, roi de Soba, venait de trouver son cérémonial.

DEUXIÈME PARTIE

*Les hommes reviennent toujours dans les lieux
où, à la faveur d'une première incursion,
ils ont rencontré et pris des épouses*

L'interprète, au garde-à-vous, écouta religieusement le capitaine blanc ; puis exécuta un salut, un demi-tour, trois pas cadencés, s'arrêta à deux pas du roi, s'esclaffa de la façon dont l'hyène, dans les nuits de la lointaine brousse, ricane en sortant de la caverne ; puis m'apostropha.

— Keita ! Keita ! Le savez-vous ? (L'impertinence du ton me stupéfia.) Le savez-vous ? Après le combat entre deux lutteurs qui ont tous les deux pour totem le caïman, le saurien du vaincu devient un vil margouillat. Le caïman-totem des Noirs s'est avili, réduit en margouillat ; celui de la France émerge en plein crocodile car, avec la capture de Samory, les nazaréens français instaurent leurs paix et force dans toute la Négritie, du sud au nord. Gloire et joie aux vainqueurs ! Malheur aux vaincus !

J'allais répliquer, mais l'interprète me fit signe ; je n'avais pas la parole.

— Le salut d'un Blanc français n'est pas *Salam alekou* comme chez nous les musulmans, mais « l'esclavage est fini ».

Il salua le drapeau français qui flottait au sommet du mât et, en nous le désignant, déclara :

— Regardez bien ce drapeau, aimez-le, retenez bien ses trois couleurs ; jamais plus il ne vous sera permis de les ignorer. Sur les terres et les mers sur lesquelles elles flottent, il n'y a pas d'esclavage ; pas un esclave dans un pays conquis par la France.

J'allais demander : « Comment sans esclaves peut-on dans un pays… » Mais l'interprète ne me permettait toujours pas de l'interrompre.

– Je traduis les paroles d'un Blanc, d'un Toubab. Quand un toubab s'exprime, nous, Nègres, on se tait, se décoiffe, se déchausse et écoute. Cela doit être su comme les sourates de prière, bien connu comme les perles de fesses de la préférée.

Le capitaine alla s'installer dans le hamac vide derrière lequel étaient alignés les gradés et au pied duquel se tenaient deux éventeurs. L'interprète s'approcha et admonesta le griot Diabaté. Il le laissait parler seul comme un esclave ; il n'accompagnait pas ses dires, ne les reprenait pas, ne les commentait pas comme ceux d'un noble. Le griot s'excusa ; il ignorait que le langage de la force et du pouvoir blancs avait besoin de la voix des griots pour s'imposer.

– Le pouvoir, qu'il soit toubab ou nègre, est la force. Les louanges sont indispensables à la force comme la parure l'est à la belle femme, rétorqua l'interprète avant de dire et commenter les instructions du capitaine.

Les deux Blancs, des sous-officiers mulâtres, des tirailleurs et lui-même, l'interprète resteraient définitivement à Soba : « Celui qui craint la destruction de ses épis par les singes demeure dans son *lougan*. » Et quand les Blancs et leurs suivants résidaient dans un pays, cela était un grand événement.

La loi de l'hospitalité exigeait des habitants qu'ils fournissent assez de grains, de légumes, de condiments, de volailles, de moutons et de bœufs. Un couple de porteurs et un hamac en permanence seraient affectés à chaque Blanc et à chaque gradé noir : « Donc à moi, Soumaré, j'ai le rang de brigadier-chef. » Les Blancs et les Noirs qui leur étaient proches ne marchaient pas à pied ; les tirailleurs n'avaient pas droit aux hamacaires : « Leurs pieds de Nègres ne souffrent pas des chiendents. » Les couples de porteurs destinés aux Blancs et aux mulâtres seraient complétés par des éventeurs : « Car la peau du Toubab, comme du beurre de karité, fond au soleil et celle des métis est à demi blanche. » L'interprète conseilla à Keita d'affecter, volontairement, des éventeurs aux gradés noirs qui, réglementairement, n'y avaient pas droit : « Ce n'est pas parce qu'on est nègre qu'on ne souffre pas du maudit soleil de notre damnée Négritie. »

« Ceux qui nous ont vaincus sont en sagesse et en savoir plus riches que nous. A plus sage et savant que soi, on offre ce qu'on a de mieux : les plus belles femmes du pays. » Vingt de ces femmes seraient des vierges et parmi ces vierges cinq seraient de jeunes Peules à la peau blanche et au nez droit.

« Ceux qui nous ont vaincus sont plus nobles et bénis que nous. A des héros bénis, on propose des demeures meilleures que les nôtres ; les leurs doivent être plus grandes et hautes. » Pour bâtir les résidences des Blancs et le camp, seraient réquisitionnés les meilleurs maçons, forgerons, sculpteurs, couvreurs du pays.

Trois jours après, le capitaine inspecta le tribut apporté par ceux de Soba. Manifestement, il parut content. Publiquement, l'interprète félicita le roi et les notables et en profita pour nous apprendre le nom de l'opération : les prestations. Les bêtes, les choses et les vivres fournis constituaient des prestations. Les hommes, les garçons et les jeunes filles réquisitionnés étaient des prestataires. Faute de trouver le mot correspondant en malinké, l'interprète utilisa dans notre langue le mot « prestataires » que le griot eut de la peine à articuler et à changer en *pratati*. Le roi eût aimé savoir ce qu'étaient des *pratati*, mais l'interprète lui fit signe d'attendre et se mit à converser avec le lieutenant. Brusquement, il commanda qu'on l'écoutât (nous étions déjà, tous, tout oreilles) et, dans une attitude de sermonnaire, se mit à regarder tour à tour le ciel et la terre. Plus tard nous saurions que c'était là son attitude favorite quand il avait une communication importante à traduire. Un moment il s'arrêta, regarda fixement l'assistance et ordonna au griot de répéter haut ce qu'il allait énoncer.

– Les Blancs sont bons. Qui sous un arbre dira le contraire verra la foudre fendre l'arbre.

– Le Blanc est bon, se contenta de crier le griot.

– Le nazaréen est bon, très bon : les hommes, les jeunes filles et les garçons réquisitionnés ne sont pas des esclaves. Le Blanc a aboli l'esclavage.

Nous fûmes heureux de savoir que nos enfants, sœurs et frères réquisitionnés ne seraient pas emmenés.

– La prestation dure deux semaines ; ensuite, le réquisitionné est relevé, libéré et renvoyé chez lui.

Le lieutenant sélectionna, parmi les filles peules vierges, les quatre ayant la peau la plus claire et le nez le plus droit ; elles furent réservées aux deux Blancs. L'interprète commanda qu'on les conduisît au marigot et les nettoyât dans tous les recoins et particulièrement sous les cache-sexe ; elles étaient trop sales pour être consommées crues.

Les prestataires furent regroupés et chargés de vivres. Les tirailleurs les encadrèrent, tirèrent une salve en l'air et démarrèrent. Nous les regardâmes monter vers le bivouac avec nos vivres, nos fils, nos femmes et nos enfants, et tout de suite nous comprîmes qu'ils allaient revenir. Les hommes reviennent toujours dans les lieux où une première incursion leur a fait gagner des épouses. Chaque conquérant, ce jour-là, s'était attribué une femme. Après la sélection des vierges destinées aux Blancs et aux mulâtres, l'interprète et les gradés noirs s'étaient réparti les vierges à la peau noire et au nez épaté. Le rébus constitué de jeunes femmes, généralement des esclaves, mais dont aucune ne totalisait plus de trois maternités, avait été comme des mousquetons, indistinctement distribué aux tirailleurs.

Nous n'attendîmes pas longtemps ; le vendredi suivant, Djigui et ses hommes trouvèrent l'interprète devant le bureau.

– Les Blancs et les mulâtres se consultent, expliqua-t-il. Le capitaine est satisfait ; il le dit. Tous les hôtes le sont ; on le voit. C'est vrai comme la paume de la grenouille ; en réglant les préoccupations nocturnes de l'hôte, on règle en grande partie celles du jour. Votre pays sera célèbre et vous deviendrez, vous, Djigui, un grand chef.

Le capitaine arriva.

– Les filles ont été extraordinaires ; beaucoup de mes tirailleurs, gradés et moi-même conservons comme épouses celles qui nous ont été envoyées pour quinze jours. C'est une chance pour elles et pour Soba. Nous ferons de nombreux mulâtres, des demi-Blancs pour Soba qui sera une grande ville et vous un grand chef.

L'interprète, qui était figé dans son interminable garde-

à-vous, exécuta le repos, se retourna vers Djigui et traduisit les félicitations par :

— Vos prières sont exaucées, vos sacrifices acceptés.
Djigui, vous avez de la chance ; on mettrait le monde
entier dans une gourde, des chanceux comme vous y
obtiendraient assez d'espace pour suspendre leur hamac.
Le Blanc prédit de grands honneurs et même le titre de
chef des chefs.

Il se remit longtemps au garde-à-vous, le capitaine lui
parla puis le congédia.

— Diabaté ! Diabaté ! s'écria-t-il. Répète pour que Keita
l'entende bien. Le Blanc a annoncé quelque chose d'important.

— Important et nombreux, ajouta le griot.

— Le Blanc a dit que les prestations ont réussi, mais
qu'elles ne sont rien ; rien que la croupe d'un éléphant.

— Quand tu as entrevu, dans un fourrage, la croupe d'un
éléphant, tu dois deviner que ce que tu as aperçu n'est
qu'une insignifiante partie de la bête, commenta le griot.

L'interprète expliqua pourquoi les *pratati* du griot n'étaient
rien. Elles ne faisaient pas gagner de l'argent. Elles n'étaient
pas le grand dessein de la colonisation ; ce dessein s'appelait
la civilisation que, faute de mot correspondant, il traduisit
par « devenir toubab ». Les mots firent sursauter Djigui.
L'interprète rassura tout le monde en expliquant que civiliser ne signifie pas christianiser. La civilisation, c'est gagner
de l'argent des Blancs. Le grand dessein de la colonisation
est de faire gagner de l'argent à tous les indigènes. L'ère
qui commence sera celle de l'argent.

— Quand il t'échappera un pet avec de l'argent, tout le
monde s'en accommodera ; mais, sans argent, on te ros-
sera. Quand tu te coucheras et t'assoiras sans argent, tu ne
seras ni couché ni assis.

— C'est encore plus que ça, ajouta l'interprète ; quand tu
invoqueras… Sans argent.

— Quoi ! Même le Tout-Puissant ?

— Vrai comme une noix de cola blanche.

Avec le sourire, l'interprète regarda fixement Djigui et
expliqua que sans argent les prières ne vaudraient pas les
paroles futiles et mensongères d'un mangeur de hari-

cots... Puis, avec le sérieux qu'exigeait la situation, il exposa que rien ne serait plus vrai ou bon ou bien sans argent et que pour être vrai, bon ou beau il faudrait posséder l'argent. Devant le regard interrogateur et sceptique du roi, il baissa le ton et minutieusement exposa ce qu'il appela « les paroles de l'argent du Blanc qui sont plus nombreuses que mille millets et leurs milliers de plumes ».

— La semaine prochaine, un Blanc tiendra un comptoir à Soba. Chacun pourra y échanger son or et ses ivoires contre des billets de banque et des pièces de cuivre. C'est cela, l'argent du Blanc, qui aura cours dans toute la Négritie et remplacera vos cauris et pièces d'or. L'argent sera dur à acquérir pour un Noir ; impossible pour un Nègre fainéant.

L'interprète un instant souffla, d'un rapide regard circulaire s'assura que tous les Nègres le suivaient.

— Comme le besoin d'évoluer n'a jamais résidé dans la tête du Noir, il faut l'amener à vouloir la civilisation, à rechercher l'argent plus que le gibier, plus que l'amitié et la fraternité, plus que les femmes et les enfants, plus que le pardon d'Allah. Et pour cela le Blanc a deux lois.

— Deux comme les deux lèvres de la féminité, s'écria Djéliba en souriant pour détendre l'atmosphère.

— Juste... juste..., acquiesça l'interprète. La première s'appelle l'impôt de capitation. Il sera demandé à chaque chef de clan de s'acquitter d'un impôt pour chaque membre du clan qui prend et lâche l'air. Cet impôt est l'impôt du prix de la vie.

Soumaré se tut un instant, se tourna vers Djigui, adopta son attitude sermonnaire et menaçante, puis en détachant les mots annonça :

— Celui qui n'a pas l'argent pour s'acquitter de l'impôt du prix de la vie le paiera quand même.

— C'est comme les paroles du refrain de la chanson.

En fredonnant, Djéliba récita :

> *Si tu n'en as pas : tu en auras quand même.*
> *Si tu n'en veux pas : tu l'aimeras quand même.*
> *Si tu ne peux pas : tu le réussiras quand même...*

Soumaré démontra comment les chefs qui n'avaient pas d'argent parviendraient quand même à payer l'impôt du prix de la vie. Ils seraient enfermés dans des cases où on les enfumerait avec du piment et, si la toux ne parvenait pas à leur arracher l'argent, on mettrait des braises sous leurs pieds et dans leurs mains. Avec le feu et le piment...

— Soumaré ! Soumaré ! cria le griot pour interrompre et louanger l'interprète. Avec deux éléments les plus brûlants des matières, nul ne saura résister ?

— Avec le piment et le feu ils vendront leur or, poursuivit l'interprète. S'ils n'ont pas d'or, ils se sépareront de leur bétail ; s'ils n'ont pas d'animaux, ils vendront leurs filles, leurs femmes, leurs cache-sexe. Tout le monde doit savoir qu'il est préférable de consommer de son totem plutôt que de refuser de payer l'impôt de capitation. Allah pardonne ; le Toubab, jamais, au Nègre qui ne s'acquitte pas de son impôt.

— Soumaré ! Soumaré ! s'écria le griot.

— La deuxième loi du Blanc est la recherche du confort. Le Blanc « nazara » n'hésite pas à faire le bonheur de l'autre quand même celui-ci ne le désire pas. On ne circoncit pas sans mutiler et faire saigner. Les bienheureux seront les indigènes qui après le paiement de l'impôt de capitation auront de l'argent de reste pour se procurer du confort ! Ils pourront se civiliser en achetant au comptoir : des miroirs, parapluies, aiguilles, mouchoirs de tête, plats émaillés et des chéchias rouges avec des pompons, plus belles que celles des tirailleurs.

L'interprète salua le Blanc, exécuta un demi-tour à droite, continua à parler de l'argent et de la civilisation sur le même ton de prédicateur.

— Le paradis, c'est au ciel pour les élus. Sur terre ici-bas, ce qui est le plus rapprochant, c'est avoir de l'argent. Comme le Tout-Puissant pour ses fidèles, la France n'institue pas d'obligation pour ses indigènes sans leur donner les moyens de les satisfaire. Pour gagner de l'argent, trois besognes sont offertes aux Nègres. Trois comme les trois ?

— Les trois de la masculinité ; les deux... Et le magistral qu'on circoncit, s'exclama le griot d'un trait.

– Juste, juste. Et comme ces trois, deux rabougris et frustrés resteront toujours en surface. (L'interprète promena un regard pour trouver un œil ou un geste approuvant sa grossièreté, en vain.) La première besogne est le labour et la cueillette des produits de rente. Il sera demandé à chaque chef de clan, en même temps que l'impôt de capitation et avec les mêmes soins (c'est-à-dire avec le feu et le piment), de vendre au Blanc qui tient le comptoir des mesures de coton, d'arachide, de karité et de gomme. Celui qui n'a pas les quantités les aura quand même. Les paysans qui, par peur de la famine, consacreront beaucoup de journées à planter le mil et le manioc manqueront à la moisson de produits de rente et s'en mordront les doigts de regret. Les deux autres besognes pour devenir riches ne se disent pas – c'est un secret – mais se vivent.

La nuit, avant l'appel du muezzin, dans les concessions, le bruit courut que les Nazaréens avaient investi les portes de la ville et posté les tirailleurs le long du *tata*. Le matin, les premiers qui tentèrent d'aller au *lougan* revinrent nous apprendre que les tirailleurs ne laissaient sortir que les femmes et les enfants ; tous les mâles circoncis étaient systématiquement refoulés. En début de matinée, les patrouilles de tirailleurs, en tirant en l'air, descendirent dans les quartiers, les ratissèrent concession par concession. Les habitants terrorisés furent refoulés et regroupés au Bolloda.

A Soba, tout se comptait et se pratiquait par classe d'âge. Dès que le jeune garçon atteignait ses quatorze ans, il était circoncis et entrait dans l'association *ton* pour sept ans. Vers vingt et un ans, il était incorporé dans le *lo*, le service militaire. Vers vingt-huit ans, il participait à la danse *n'koron* avant de passer à trente-cinq ans pour un vieux qui, ayant tout appris, su, entendu et pratiqué, méritait le respect.

Tous les membres des *ton, lo, n'koron* et tous les vieux de Soba étaient là au Bolloda vers l'heure de l'ourébi. Les nazaréens arrivèrent : le capitaine en personne, le lieutenant, une douzaine de gradés mulâtres et noirs et l'interprète en hamac, portés par des prestataires. Lorsqu'ils mirent les pieds à terre, les tirailleurs qui les accompagnaient tirèrent une salve. Nous tremblâmes de peur. Guidés par l'interprète, les « Nazaras » se livrèrent aux salutations d'usage ; Djigui eut le salut digne de son rang. Le capitaine s'installa à droite du roi. Les vieux furent séparés et regroupés à droite. L'interprète, le lieutenant et l'infirmier-major procédèrent à un tri parmi les jeunes et les adolescents. L'interprète expliqua que les triés étaient désignés pour les travaux forcés.

Les travaux forcés étaient la deuxième besogne qui permettait aux Noirs d'entrer dans la civilisation. Les réquisitionnés iraient travailler pendant six mois dans les mines, les exploitations forestières et agricoles des Blancs. Les travaux forcés n'étaient pas l'esclavage : les travailleurs forcés seraient nourris, logés, vêtus et rémunérés. A leur départ, ils auraient un couvre-pieds ; au retour, un pécule, c'est-à-dire de l'argent, qui leur permettrait de s'acquitter de l'impôt de capitation et d'acheter des miroirs et des aiguilles ; autant de choses qui civilisent.

L'interprète et le major procédèrent à un choix parmi les triés, à une sélection parmi les choisis et élurent parmi les sélectionnés les quatre mâles ayant la taille de fromager, la poitrine de lion, la dentition de caïman et la santé de taureau. L'interprète les présenta au capitaine qui, après les avoir examinés, décocha un sourire de civilisé satisfait. Soumaré se tourna vers les élus et emphatiquement leur annonça :

– Vous avez gagné la troisième besogne, la virile, la meilleure. Vous entrerez dans les tirailleurs. Même dans les flammes de l'enfer, il existera un arbre qui prodiguera de l'ombre à quelques chanceux. Les tirailleurs appartiennent aux bienheureux qui seront à l'ombre pendant tout le règne du Blanc.

« Vous serez les mieux nourris, les mieux logés, les mieux payés. Vous pourrez arracher aux autres indigènes leur nourriture, leurs bêtes et leurs femmes. Ce ne sera pas un péché : Allah pardonne les fautes commises par les hommes qui ont les armes et le pouvoir.

Le fluet interprète commanda aux quatre mastodontes ; ils se penchèrent pour l'écouter ; il leur chuchota :

– Attention ! La taille, la poitrine et la santé ne suffisent pas pour être un bon tirailleur. On entre dans les tirailleurs comme dans un bois sacré ; on rompt avec son clan, sa famille, son groupe d'âge ; on vend son âme aux Blancs et on cesse d'avoir de la compassion pour le Nègre. Allah a fait le vaincu et a dans Ses mains le destin des défaits.

Les chefs de clan avaient été séparés des autres vieux et regroupés à droite du roi. Rassemblement de vieillards valétudinaires dont les mieux portants s'appuyaient sur des bâtons, alors que les autres pour qui le palabre semblait interminable somnolaient. L'interprète commanda au griot de commenter et de crier ce qu'il allait révéler, afin que tous, même les sourds, l'entendent bien et jamais n'ignorent ce qui serait énoncé.

– Maintenant qu'on vous a enseigné les lois des Blancs et les besognes des Nègres, vous êtes assez sagaces pour percevoir qu'un arbre qui produit des fruits a des branches ; que les branches sont sorties d'un tronc qui plonge par les racines dans un sol qui reçoit de l'eau. Vous avez deviné que les prestataires, les travailleurs forcés et les tirailleurs seront accompagnés de jeunes femmes solides pour cuire le mil et que ce mil et les condiments viendront de vos greniers. Vous êtes assez perspicaces pour percevoir qu'un margouillat ne se taille pas une culotte sans aménager un trou pour la sortie de la queue : vous avez entrevu que les prestataires, les travailleurs forcés et les tirailleurs ne pourront pas déserter. Ô Diabaté ! Que du nord au sud du grand Mandingue, les griots le chantent, les tam-tams des initiés le répètent, afin que nul ne l'ignore. Le chef du clan du déserteur recevra vingt coups de fouet et un des frères du déserteur sera requis. Que le déserteur soit sans frère, son chef de clan sera puni de cinq coups supplémentaires, chacun des oncles, de vingt coups, et un de ses cousins sera mobilisé. Que, par double malchance, il soit sans cousin, alors son chef de cour méritera cinq coups encore, les oncles, cinq coups supplémentaires, chaque chef de clan du village, vingt coups et un de ses frères classificatoires le remplacera.

Les vieillards se regardaient. C'était aussi vrai que l'eustache du circonciseur que personne parmi eux ne pourrait, après les épreuves du feu et du piment, survivre aux vingt plus deux fois cinq coups de fouet.

L'interprète expliqua que la désertion serait inutile. Elle ne pourrait jamais aboutir. L'indigène serait dans son canton comme un cob dans une brousse cernée par les archers et les chiens ; impossible d'en sortir sans se faire abattre ou capturer. Aucun Nègre ne pourrait quitter son canton, sans laissez-passer... sans laissez-passer... (le fluet bonhomme, obnubilé par l'expression, la répéta trois fois de suite) : le laissez-passer se porte comme une amulette et, comme l'amulette, protège contre le mauvais sort. Mieux, il sera le seul talisman qui sera efficace contre le mauvais sort que l'indigène pourrait encourir dans les terres conquises par le Blanc.

L'interprète s'approcha du roi et conclut : « Quand Soba appliquera les lois du Blanc et les besognes du Nègre et toutes leurs implications, vous deviendrez un grand chef ; les griots chanteront pour l'éternité le panégyrique des Keita. »

Ce fut là un mensonge aussi gros que les immeubles que le Blanc allait bâtir ; mensonge dont Djigui très souvent se souviendrait. Ce qui advint fut tout autre ; de l'urine de ceux de Soba sont sortis les crocodiles qui les ont mordus.

La première réalisation des nazaréens à Soba fut le bureau du commandant. On l'appela le « Kébi », ce qui signifie « les briques », parce qu'il fut le premier bâtiment en brique cuite du pays. Le mot fut adopté par tout le Mandingue et devint en malinké l'appellation des sièges des administrations coloniales.

Les gradés mulâtres et les tirailleurs noirs dirigèrent les travaux de la construction du Kébi avec des soins frôlant la manie. Ils se déplaçaient à travers les chantiers en hamacs ou à cheval et l'essentiel de leur travail consistait à chicotter les travailleurs forcés. Quand ils se lassaient de frapper, ils mettaient les pieds à terre et s'alignaient. Le premier se saisissait d'une brique, l'examinait, la passait au second qui l'inspectait à son tour et la transmettait au troisième, puis au quatrième et même parfois au cinquième et le plus haut gradé mulâtre rejetait ou retenait la brique.

Le Kébi de Soba existe toujours comme il a été bâti,

sauf le toit de paille qui a été remplacé par des tôles ondu-
lées. Grande bâtisse coloniale blanche avec, tout autour,
de larges vérandas limitées par des piliers massifs qui sou-
tiennent des arcades étroites. Des balustrades clôturent
une terrasse large de plus de quinze pas qui va de l'entrée
principale jusqu'à de vieux manguiers lépreux pleins de
fourmis. On a de la peine à croire que sa construction ait
été faite avec tant de soin, au prix de tant de souffrance, de
peur et même d'une douzaine de morts.

Le Kébi monté et couvert, les visites de vendredi du roi
de Soba aux nazaréens, la cérémonie la plus caractéris-
tique du règne de Djigui, s'organisa et se figea dans des
rites rigoureux.

Le dernier *alphatia* de la grande prière de vendredi prononcé, le roi changeait de visage. Les traits se creusaient,
les yeux rougissaient, la respiration devenait saccadée. Un
bref silence s'instaurait ; tous les yeux se levaient et inter-
rogeaient Djéliba qui se redressait et, à pas mesurés, toujours dans un de ses grands boubous d'un blanc immaculé,
contournait la mosquée, s'éclipsait après l'angle de la
bâtisse, réapparaissait sur son cheval caracolant, et s'arrêtait au milieu du parvis. Là, Diabaté, l'ex-griot de Samory,
égrenait quelques notes sur sa cora, brusquement s'interrompait, se redressait sur les étriers et, comme si c'était au
ciel, à Allah même qu'il s'adressait, vocalisait de toute la
force des nerfs du cou le chant des *monnew*. Djigui sur-
sautait, se redressait en colère, abandonnait le tapis de
prière, et se pressaient d'innombrables bras serviles pour le
hisser sur la selle de Sogbê qu'un *sofa* précipitamment
avait amenée à la porte de la mosquée. Tous mes séides et
sofas m'imitaient ; le griot changeait de ton, d'allure, d'attitude, de rythme. En tête de tout mon monde, dans une
folle calvacade et un nuage de poussière, évitant de justesse les acclamateurs trop hardis qui débordaient, nous
montions au Kébi où l'interprète m'introduisait seul dans le
bureau du commandant alors que, dehors, sous les manguiers, à mon signal, se taisaient les chants, la musique et
les cris de louanges des Keita.

Je répétais lentement et de la même voix cassée et résignée :

– Le roi de Soba, Djigui Keita, vient vous saluer. Voilà renouvelé pour cet autre grand jour de vendredi, jour d'Allah par excellence, le serment d'allégeance de la dynastie des Keita. Dans ma bouche est le mot paix et celui de remerciement aussi ; rien ne vaudra jamais aussi grand et nombreux que la paix.

L'interprète me retraduisait la réponse du capitaine.

– Le Représentant de la grande Puissance victorieuse et miséricordieuse, la France, reçoit le serment, note votre fidélité à mon pays, votre amitié pour la grande œuvre humanitaire et civilisatrice que nous bâtissons au Mandingue.

Le Blanc énonçait des instructions et des ordres ; l'interprète les répétait et les commentait.

– Les lois du Blanc, les besognes des Nègres et leurs corollaires ont déjà été énoncés ; un petit remuement des lèvres suffit pour les faire entendre et les appliquer.

A un signe de l'interprète, pour un nouveau chantier, nous offrîmes des tirailleurs, des travailleurs forcés, des femmes à cuire, des vivres, des porteurs… Et des batteurs de tam-tams et de balafons, parce que Soumaré avait estimé que : « Ce qui ne se construit pas dans la fête ne se perpétue pas. » Il avait même ajouté : « Nous, les Noirs, nous avons été mal fabriqués : il faut nous chicotter au rythme des tam-tams pour nous faire bien travailler. C'est à se demander si Allah ne nous a pas créés après les autres races et par dérision. Ces dernières réflexions ne sont pas des dires du Blanc ; elles sont mes propres exégèses. De même que le mil ne se sert jamais sans assaisonnement, il ne faut jamais traduire les paroles sans commentaires. »

Le capitaine, une dernière fois, visita le chantier ; les pailles étaient de bonne qualité ; l'hivernage et les vents ne pouvaient pas les emporter. Il décida que le bâtiment serait l'école. Le maître blanc arriva. Nous l'accueillîmes et lui livrâmes tous les droits du Blanc, de la jeune fille peule vierge aux *panca* et aux tireurs de *panca*. Le *panca* était un écran de toile ou de papier qui se suspendait au plafond pour éventer la chambre.

« L'œuvre de la civilisation commence par l'instruction. Le premier écolier sera le prince héritier qui, dans quatre ans, partira pour l'école des otages, l'école des fils de chefs, expliqua l'interprète. »

Nous amenâmes le prince héritier ; l'interprète s'aperçut de la supercherie. Nous avions filé au maître blanc un petit esclave requinqué à la place du dauphin que l'interprète connaissait et qu'il alla dénicher au Bolloda. Une trentaine d'incirconcis dont beaucoup auraient dû être des fils chefs inaugurèrent l'école du Blanc avec Kélétigui, le premier fils de Djigui.

Malgré les avertissements de l'interprète, nets comme un clair de lune sur un brûlis de l'harmattan, des écoliers s'évadèrent ou furent enlevés. Ils étaient indispensables aux *lougan* ; ils protégeaient les cultures et les récoltes ; sans eux les récoltes étaient irrémédiablement perdues. L'interprète resta ferme ; il ne voulut rien entendre, il décida de faire un exemple. Les parents des enfants insoumis furent déshabillés et publiquement fouettés. L'interprète aurait voulu, en plus, les envoyer sur les chantiers de coupe de bois, mais le Blanc s'y opposa et les condamna à suivre, pendant un mois, les cours d'alphabétisation avec leurs petits-enfants. Ce fut pour ces vénérables vieillards une humiliation. Tout le Mandingue en déduisit qu'il était préférable de perdre la moisson que de tenter de récupérer les garçonnets désignés pour l'école.

Nous cuisîmes des briques et édifiâmes deux autres bâtiments. Quand, pendant l'hivernage, il apparut qu'aucune fuite n'existait dans les toits et qu'aucun serpent ne se perdait dans les recoins, nous vîmes surgir de la brousse, dans un hamac porté par quatre gaillards et éventé par trois autres, un Blanc avec la barbe, la pipe, le casque colonial comme un toubib. C'était un vrai Toubab toubib ! Nous le gratifiâmes aussitôt d'un *panca*, d'un nouveau hamac, de porteurs, de chevaux, d'œufs, de filles peules et surtout... de malades pour son dispensaire. Oui, de vrais malades ! Que pouvaient-ils faire de nos moribonds ? L'islam nous interdit de laisser finir des coreligionnaires entre les mains d'infidèles. Des sorciers hardis – en dépit des monitions de l'interprète et des sicaires –, dans la nuit, se glissèrent entre les cases du dispensaire pour récupérer leurs agonisants. L'interprète trouva ces sorciers téméraires et sauvages ; il ordonna. Les fautifs furent fouettés, torturés et envoyés dans les chantiers du Sud. Nous sûmes que les ravisseurs de malades avaient, là-bas, ramassé les chiques, la toux et mille autres maux comme l'humidité et l'éloignement qui les avaient vidés de leurs sang, humeurs et de toute leur vie. Rien n'y fit, nous n'acceptâmes pas. Nous préférions mourir plutôt que de laisser nos moribonds finir entre les mains des nazaréens. Le toubib comprit et trouva la solution. Les sorciers ravisseurs de malades furent condamnés à vivre au dispensaire où, *de visu*, ils constatèrent que le Blanc ne vidait pas les malades de leurs forces vitales ni de leurs âmes pour les tuer, qu'effectivement il guérissait le pian, le pied, la main, et le ventre. Tout le Mandingue sut que les nazaréens ne consommaient pas les morts et en déduisit que le toubib et la civilisation guérissaient.

L'interprète, heureux, conclut par une de ses redondances favorites : « Chef Keita, vous êtes vous-même né dans le pouvoir et vous savez que tout cela est clair, licite et humain ; la force est la vérité qui est au-dessus des vérités. »

Ce deuxième vendredi du mois de sorgho, le Blanc parla et l'interprète euphorique s'exclama :

– *Tjogo-tjogo ! Tjogo-tjogo !*

– Que signifie *tjogo-tjogo* ? demanda le Blanc.

– Cela signifie coûte que coûte dans notre langue.

En criant le mot de ralliement *tjogo-tjogo*, tout Soba se rassembla, le lendemain matin de bonne heure, dans la brousse, à l'ouest de la ville. Les Blancs, les mulâtres et les gradés noirs dans des hamacs. Les Blancs étaient flanqués des éventeurs et suivis de leurs maîtresses peules en hamac également. Djigui, sa cour et les sicaires étaient à cheval. Les Blancs et les sous-officiers mulâtres alignèrent des piquets. Les griots chantèrent ; les tam-tams et les balafons jouèrent. Au rythme de la musique, les tirailleurs et les sicaires levèrent les chicottes et les abattirent sur les dos nus des habitants qui s'effarèrent. Les hommes coupèrent avec les machettes, débroussaillèrent avec des *daba*, abattirent avec des haches, cavèrent et fouirent avec les pioches. Les femmes et les enfants, comme des milliers de fourmis, chargèrent sur leur tête des paniers de pierres et de terre, remblayèrent les vallées et damèrent la piste de leurs pieds nus. La route petit à petit se dégagea et s'étira indéfiniment sur les monts, les rivières et les bas-fonds.

« C'est la plus efficace et la plus belle des réalisations : la route. Elle est le cordon du sac contenant les pieds et les yeux de la civilisation. C'est faute de route que le Mandingue n'a pas connu la civilisation », conclut l'interprète en guise de remerciement.

La route ouverte, nous vîmes débarquer, au milieu de la chaussée, un Blanc vêtu de blanc : le casque colonial, la longue soutane et les chaussures étaient tous d'un blanc immaculé. Il était couché dans un hamac balancé par quatre porteurs nègres, à l'ombre d'un parasol soutenu par un cinquième, et rafraîchi avec de larges éventails par deux autres. Il portait des lunettes noires, deux chapelets noirs (l'un à la main, l'autre en sautoir) et avait la barbe abondante. Ce fut l'évangélisateur. Il était précédé d'un Nègre marchant pieds nus et levant haut une croix noire, la croix triomphante. Quatre portefaix chargés de lourdes cantines de livres et de médicaments le suivaient, et deux tirailleurs, armes en bandoulière, l'escortaient. Au total, c'étaient quatorze accompagnateurs nègres qui s'empressaient autour de lui ; à cet effectif, nous mesurâmes l'importance du nouvel arrivant.

On nous commanda de l'appeler le marabout des Toubabs, de l'accueillir avec les fêtes que nous réservions aux hôtes de marque, de lui construire à l'entrée du quartier des Sénoufos animistes une mosquée nazaréenne et une école dans laquelle seraient envoyés les incirconcis des tribus non islamisées, et un dispensaire où tout le monde irait se soigner : musulmans et cafres.

La seconde étrangeté que nous apporta la route s'appela le commandant civil. Cette arrivée ne fut pas une surprise. Deux lunes avant, on nous l'avait annoncée.

« Maintenant que, dans les villages, les habitants vaquent tranquillement au travail de la paix et de la civilisation, que tous les envoyés du pouvoir sont accueillis avec les fêtes, votre pays est pacifié et cesse d'être une région militaire pour devenir un cercle qui sera placé sous l'autorité d'un commandant toubab civil. C'est un changement important, une notable promotion pour le pays et un insigne honneur personnel pour vous, Djigui. Le capitaine, le lieutenant et les tirailleurs quitteront Soba. Les gens en armes qui remplaceront les tirailleurs s'appelleront des gardes-cercles. Moi, Soumaré, je resterai, mais non plus comme militaire, je deviendrai un fonctionnaire. C'est une promotion que j'ai méritée pour mon rôle dans la pacification rapide, sans effusion de sang, des pays de Soba. »

Le lendemain matin, l'interprète se vêtit d'un ensemble « saint-louisien » blanc, comportant le bonnet, le sous-vêtement, le grand boubou proprement dit, le pantalon bouffant et les babouches ; mise que, d'ailleurs, tout le reste de la vie, il n'allait plus renouveler et qui, en enrobant son étisie, atténuait sa claudication et lui donnait en définitive, plus que la tenue militaire collante, la prestance, la contenance et la démarche qui seyaient à son autoritarisme, son regard flamboyant et sa voix cassante.

« Maintenant que je suis en boubou, donc civil, mon chef est le commandant civil que nous aurons à accueillir avec les plus grands honneurs et les plus grandes fêtes pour manifester notre contentement. »

Dès les premiers chants des coqs, le matin de l'arrivée, de la rivière au Kébi, nous alignâmes les tam-tams et les balafons et plaçâmes en éclaireurs bien loin après la rivière les chasseurs qui tirèrent des salves d'honneur quand le nuage de poussière annonçant le convoi se leva à l'horizon. Les habitants sortirent des cases pour voir leur nouveau maître et seigneur qui, dès la rivière, fut escorté par des cavaliers. Tout au long de la traversée de la ville, il resta assis dans son hamac porté par quatre gros Nègres en sueur, à l'ombre d'un dais de cotonnade tendu par quatre autres. La sécurité du convoi était assurée par un détachement de gardes-cercles, une théorie innombrable de portefaix chargés de cantines et de ballots le suivait. Notre commandant parut ravi de notre accueil ; de distance à distance, il nous faisait des signes, à nous simples curieux et aux danseurs et batteurs de tam-tams, qui, sous le soleil de feu, frappaient, sautaient, hurlaient, suaient, s'exténuaient comme des possédés.

Devant le Kébi, l'arrivant sauta de son hamac, serra les

mains des Blancs : le capitaine, le lieutenant, le toubib, l'instituteur ; celles de quelques Nègres : l'interprète Soumaré en boubou le premier, Djigui, le grand marabout de Soba et un chef de village qui s'était trop avancé. Les deux commandants, le militaire et le civil, s'arrêtèrent l'un à côté de l'autre. Derrière eux s'alignèrent les gardes-cercles et les tirailleurs qui présentèrent les armes. Les Blancs se mirent au garde-à-vous. Les indigènes se décoiffèrent et ceux qui portaient des babouches se déchaussèrent. Le clairon sonna le salut aux couleurs. Rien qu'à la ressemblance entre les deux chefs blancs, le militaire et le civil, à la même application avec laquelle les gardes-cercles et les tirailleurs présentaient, au silence respectueux que nous avions observé pendant toute la cérémonie, et à ce maudit soleil de notre pays qui écrasait et étouffait au point que les vautours avaient déserté le ciel, nous dîmes que le changement ne pouvait et n'allait rien apporter, tout de suite vîmes et comprîmes que le régime militaire et le régime civil étaient l'anus et la gueule de l'hyène mangeuse de charognes : ils se ressemblaient, exhalant tous les deux la même puanteur nauséabonde.

6

Celui qui s'engage à tisser un coutil
pour couvrir la nudité des fesses
de l'éléphant s'est obligé à réussir
une œuvre exceptionnelle

Au cours des six premiers mois du pouvoir toubab, protégés par les tirailleurs, guidés par les sicaires, le capitaine
blanc, Djigui et l'interprète étaient montés dans toutes les
montagnes, avaient parcouru toutes les savanes, avaient
traversé toutes les rivières des pays de Soba pour visiter
chaque chef-lieu de canton. Partout, des fêtes et des danses
les avaient accueillis et leur avait été offert tout ce qui se
propose à des hôtes de marque, même les vierges peules
pour le repos. La paix, l'œuvre civilisatrice française, les
lois du Blanc et les besognes du Nègre avaient été expli-
quées à tous. Tous les indigènes les avaient comprises et
sues, et le capitaine blanc, l'interprète et Djigui avaient
cessé de diriger les missions de recrutement, de réquisitions et de civilisation, laissant leur responsabilité entière
aux tirailleurs et aux sicaires.
L'interprète présenta exhaustivement la situation au
commandant civil ; la pacification était achevée, il n'avait
pas besoin de pénétrer dans les brousses. Mais le commandant était un Blanc consciencieux qui avait des principes ;
il ne croyait pas aux dires d'un Nègre. Il entreprit sa tour-
née et constata que les indigènes savaient effectivement ce
qu'était un Toubab. Un homme qui ne pouvait sortir nu-
pieds et nu-tête, qui, pour aller d'un village à un autre, se
faisait porter dans un hamac à l'ombre d'un dais de pagne ;
un homme à qui il fallait offrir tout ce qu'il y avait de
meilleur dans le village parce qu'il n'entendait aucune
de nos langues et était d'une race qui avait subjugué tout le
Mandingue. Le commandant exprima sa joie et ses sentiments : il était agréablement surpris de l'instauration totale

de la paix française, et remercia tout le monde. Fier, l'interprète commenta les propos du Blanc :

« Votre réputation de grand chef est édifiée, Djigui. Vous êtes connu et félicité partout, même à Saint-Louis du Sénégal. C'est un renom qu'il faut toujours défendre. Le singe magistrat, quels que soient par ailleurs les autres inconvénients de la blancheur de ses favoris, ne veut jamais sacrifier cette marque qui le distingue des autres singes et lui donne la prestance et la beauté qui font sa renommée. On a tellement vanté notre réussite et notre autorité sur le pays (les vôtres et les miennes) que nous sommes obligés de toujours nous surpasser pour ne pas décevoir. »

Vint ce vendredi, vendredi qui scella le destin de Djigui, vendredi dont toute sa vie il se souviendrait. Oui, c'était l'harmattan car, chaque fois qu'il revivrait l'événement, il reverrait le jaune des feuilles mortes jonchant sous les sabots des chevaux, il reniflerait la poussière et le vent qui avaient rempli ses narines et les avaient desséchées, elles et les lèvres. Tout lui avait paru proche et possible ce jour-là. Il avait été heureux d'être né Keita, avait remercié Allah de sa miséricorde. Il avait eu plus qu'habituellement d'admirateurs pour l'acclamer, plus de bras qu'habituellement pour le descendre du cheval.

– Ce qu'Allah vous a destiné *tjogo-tjogo*, coûte que coûte, vous atteint. Sûrement avez-vous cette nuit rêvé avoir attrapé un cob de vos mains ? C'est le genre de généreux songes prémonitoires que nous faisons quand doit nous atteindre un grand honneur, un grand bonheur. Le commandant est heureux de vous annoncer ce matin de très bonnes et importantes nouvelles. Le gouverneur de la colonie, Toubab qui est le chef du commandant, et à qui nous, Nègres, appartenons tous jusqu'à nos cache-sexe, récompense votre dévouement et votre amour pour la France ; il vous a nommé chef principal, le chef nègre le plus gradé de la colonie. Et comme cette distinction ne suffisait pas – les Blancs sont toujours entiers ; quand ils veulent vous honorer, ils vous comblent, vous grandissent au point que vous vous sentez frêle et petit sur vos jambes –, le gouverneur a ajouté à cet honneur celui, incommensurable, de tirer le rail jusqu'à Soba pour vous offrir la plus gigantesque des choses qui se déplacent sur terre : un train, un train à vous et à votre peuple.

— Interrogez le commandant, a-t-il bien dit un train ? demanda une première fois Djigui.

— Oui, c'est vrai.

— Le vrai train qui part et s'arrête ?

— Oui.

— Le train qui siffle et fume ?

— Oui, un train entier en fer qui est offert à Djigui et à Soba.

Pour la énième fois, le roi nègre posa la même question à l'interprète qui autant de fois confirma. Alors Djigui sollicita la main du Blanc, la serra et l'embrassa ; vacillant, le supplia ; ils entrèrent s'asseoir dans le Kébi ; comme Soumaré l'avait prévu, le prince malinké faiblissait sous le poids de l'honneur. Au bureau, il murmura des versets, termina par des remerciements à la France pour la munificence qui, au-delà de la personne de Djigui, rejaillissait sur toute la dynastie des Keita et la Négritie entière, une première fois. Une quatrième fois, il remercia et bénit la France. A la énième bénédiction, le Blanc se crut en devoir de tempérer l'enthousiasme du chef nègre. Il expliqua que ce n'était pas encore arrivé ; ce n'était pas demain que le train s'arrêterait à Soba. La besogne de tirer le rail était une fatigue immense qui consommerait des hommes, des moissons, du bétail, de l'argent et de nombreuses saisons. D'une moue, le roi écarta les objections du nazaréen et, en martelant les mots de sa surprise, il répondit.

Le commandant se salissait le cœur avec des inquiétudes qui ne résistaient pas à un revers de la main — joignant le geste à la parole — il balaya de la main les ergoteries du Blanc.

Pour faire arriver le train, on pouvait compter sur moi, Djigui. Je connaissais mon pays, je savais où récolter le vert quand tout a jauni et séché sous l'harmattan et saurais l'obtenir quand même le désert parviendrait à occuper toutes nos plaines. Je saurais toujours y tirer des fêtes, du bétail et des récoltes. Je jurais qu'on pouvait extraire du pays des hommes et des femmes pour les prestations et les travaux forcés, des recrues pour l'armée coloniale, des filles pour les hommes au pouvoir, des enfants pour les écoles, des agonisants pour les dispensaires et y puiser ensuite d'autres hommes et femmes pour tirer le rail. Nous, les Keita, nous avons toujours des bras pour les œuvres qui nous honorent. Mais, en conséquence, je réclamais, pour qu'il ne subsiste pas de doute sur le nom de la personne à qui le train appartiendrait et par qui il arriverait à Soba, que la gare fût bâtie contiguë au Bolloda, mon palais. De sorte que, même dans mon sommeil, je puisse entendre, voir le train monter, descendre, fumer et siffler.

Non, non, le Blanc ne me le recommandait pas. Une gare n'était pas une petite mosquée qui se construit attenante à une chambre. Une gare ne serait pas un voisinage paisible et facile : plusieurs fois par jour, un véritable marché se tiendrait à la gare ; le brouhaha, les sifflements et les fumées qui sans cesse s'échapperaient des locomotives deviendraient insupportables pour le palais et tous les résidents du quartier.

Je rétorquai aux nouveaux ergotages du Blanc, en précisant que tout ce qu'il citait ne m'incommoderait nullement.

« Un vacarme pour l'honneur ne pourrait fatiguer un homme d'honneur. Je veux ma gare et mon train à ma porte : c'est tout réfléchi. On ne craint pas la nuisance quand on se porte acquéreur d'un panier de grelots. »

Au Bolloda, Djigui exalté refusa qu'on lui enlevât les éperons ; il monta sur la terrasse d'où on apercevait l'univers entier. Sa destinée se révéla. Comment avait-il pu, avec son savoir, parcourir tant de signes sans les avoir déchiffrés ? Comment avait-il pu se tourmenter tant de jours sans avoir vu qu'il était un élu, un comblé, un chanceux dont tous les sacrifices avaient été acceptés ? D'abord, les nazaréens n'avaient jamais occupé le Bolloda et Soba : ils résidaient au sommet de la colline où Djigui les avait plantés avec ses sortilèges. Djigui n'avait jamais été subjugué : il restait roi. Il était là, entier dans les honneurs et dans ses prérogatives, debout sur sa terrasse, essayant en vain de cerner la diversité et les limites de son pouvoir et de sa force. A sa droite, au couchant : sa mos-

quée pour ses prières, le marché, son marigot ; au-delà :
des falaises, les *lougan* de ses sujets et la brousse, sa
brousse. Devant lui, la montagne de Soba. A sa gauche,
au levant : le cimetière, les bois sacrés, des champs et la
brousse. Au nord : le marigot, les champs et toujours la
brousse. Seul lui échappait son Sud où s'élevait le Kébi,
et, en vrai, le Kébi ne s'attribuait que le Sud-Ouest. Les
nazaréens n'occupaient que ce rien de son univers, une
insignifiante parcelle de son ciel, portion d'ailleurs maudite, tourmentée qu'elle était en permanence par les
orages infernaux de l'hivernage. Cela valait-il des sacrifices, des colères, des insomnies et des prières ? Non ! Il
était descendu de la terrasse – incapable de tenir dans un
lieu, de se concentrer dans des prières –, s'était fait hisser
sur son cheval. Suivi par ses séides (sicaires, griots et
gardes), au trot et dans les fêtes des louanges, ils étaient
montés dans les montagnes, avaient parcouru les pistes,
les champs, avaient, par les fusillades, cris, chicottes, tor-
turé, chauffé les pays à faire sortir les caïmans des biefs,
en avaient tiré des hommes valides pour les prestations,
les travaux forcés et pour la construction du rail de son
train. Djigui était monté au Kébi dans la nuit, avait fait
réveiller le commandant et l'interprète pour leur présenter
un échantillon de ce que pouvait le roi de Soba. Le Toubab et son interprète l'avaient félicité.

« *Sissa-sissa, sissa-sissa...* » Le roi nègre n'avait que ce
mot sur les lèvres, le Blanc intrigué demanda à l'interprète
le sens. Il signifiait immédiatement, incontinent.

De très bon matin, les premiers convois descendirent
sissa-sissa sur le Sud pour aller tirer le train de Djigui.

Le vendredi suivant, après la prière, mes louangeurs
entonnèrent l'hymne des *monnew*. Je cillai et sourcillai
sans attirer leur attention sur mon agacement. Indigné,
d'un geste incongru de la main, je fis fermer les bouches,
taire les coras et, dans le silence qui suivit, aux croyants
muets et étonnés, je proclamai que les *monnew* étaient
finis, vengés et oubliés.

« Le suprême dans ce monde, c'est l'honneur. Qui vient
à votre rencontre avec l'honneur, irrémédiablement, vous
vainc. Ce revers n'est pas la défaite ; l'histoire la par-

donne. Les panégyristes chanteront que les Toubabs nazaréens vainquirent les Keita non pas par les armes, mais par
l'honneur. Quel honneur peut être plus magnifique que
l'offre d'un train ? Le monde d'Allah est un fleuve qui
coule ; quand son courant t'emporte et que tu n'as pas le
moyen de remonter pour retrouver ton ancien chemin,
laisse-toi transporter, il existe d'autres villages en aval. »
Donc Djéliba devait taire son chant des *monnew* et inventer un autre poème. Et, comme Allah, en créant Djéliba, l'avait à son image gratifié du don d'imaginer, d'une
voix sûre le griot récita d'un trait le nouveau sonnet
monnè bana, comme si depuis l'existence de l'univers, les
stances prononcées avaient été écrites, et ne s'arrêta que
pour interroger sa cora et tirer de celle-ci un nouvel air, au
rythme duquel mon cheval, qui jamais ne se méprenait sur
le sens et les pas d'une musique, me conduisit à petits pas
royaux. Suivi de mes séides et louangeurs, nous arrivâmes
au Kébi où un soleil radieux, le commandant en costume
et souliers blancs et son interprète en boubou également
blanc m'attendaient.
— Maintenant que je vous ai comblé de travailleurs de
grains et de cuisinières, annoncez-moi tout de suite le jour
d'arrivée de mon train à Soba pour qu'à temps je prépare
son accueil, dis-je après les échanges de poignées de
main.
— La date… la date, le Blanc ne peut pas encore la fixer,
répondit l'interprète. Quand on s'est engagé à tisser un
pagne pour couvrir toute la nudité des fesses de l'éléphant,
on s'est engagé à réaliser une besogne importante. Le train
est un monstre qui, avant de courir sur la terre ferme, a
besoin de marcher au-dessus de la mer sur un pont. Le travail a donc commencé à Petit-Bassam par la construction
de ce pont appelé le wharf. Il faut que la volonté réelle
d'Allah ait été, après nous avoir noircis, d'empêcher que la
civilisation ne débarquât en Afrique ; sinon, pourquoi
aurait-Il interdit l'entrée de notre pays par cette chose plus
scabreuse que l'anus de l'hyène qu'est la barre ? La barre
d'une lame enlève, du tablier du wharf, les solides travailleurs qui, sans avoir le temps de crier « *Bissimilai* »,
sont dépecés par les féroces requins qui pullulent dans les

vagues. La mer écumante sous les pilotis est constamment rouge de sang. Tous ceux qui n'ont pas déserté ont été dévorés. Qu'Allah sauve les âmes des braves et à jamais maudisse les déserteurs. Il faut des travailleurs, beaucoup de travailleurs, des grains, des femmes. Nous nous sommes promis une œuvre plus importante que le pagne couvrant la nudité de l'éléphant; il faut la réaliser.

– Nous continuerons, nous continuerons, répondis-je. Le train est un cadeau superbe. Le labeur entrepris pour le tirer jusqu'à Soba est un travail d'honneur; ceux qui ont péri sont tombés pour la grandeur de leur roi, du Mandingue, et de l'islam. C'étaient des croyants; nous leur devons une dévotion.

Nous priâmes, récitâmes abondamment des sourates pour tous ceux qui étaient morts sur le wharf. Mais, *sissa-sissa*, à mon commandement, *sofa*, sicaires et sbires, protégés par les gardes, remontèrent dans les montagnes, redescendirent par les pistes, purent tirer des cases beaucoup d'hommes valides qui furent expédiés au Sud.

Cet autre vendredi, je demandai au Toubab quand devait m'arriver mon train. Le Blanc parla longtemps. L'interprète traduisit et commenta :

« Le Toubab ne saurait encore vous l'annoncer. Djigui, il faut savoir se mettre à la hauteur des présents qui nous sont attribués, des honneurs qui nous sont faits. Quand on ambitionne de sauter jusqu'à toucher des doigts les nuages, on effectue de hauts et nombreux essais. Le chemin de fer ne s'achève pas en deux jours, il est plus phénoménal que le rempart infini que vous avez voulu bâtir autour de Soba. Le wharf est construit et la mer est couverte. Mais après la côte, le train passe sur la lagune qui, certes, n'a ni barre, ni requins, ni barracudas, rien que des crocodiles nains dont les crocs n'ébranleront pas une petite fille minée par le *kwashiorkor*, mais son lit est fangeux et ses berges grouillantes de chiques. Il faut qu'Allah, après nous avoir noircis et tenté d'interdire l'entrée de notre pays par la barre et les requins, ait voulu faire obstacle à l'ouverture à la civilisation. Sinon, pourquoi aurait-Il conçu notre lagune à la fois fangeuse et infectée de chiques ? Quand, dans la lagune, le travailleur n'est pas englouti par la boue, il est sur la berge agressé par d'innombrables chiques. Les chiques pénètrent entre les orteils et sous les ongles, pompent le sang et, en moins que rien de temps, tuméfient le pied et les jambes jusqu'aux genoux, les pourrissent de mille plaies, et le malheureux, vidé, tombe perclus. Forcément, à cause des lois du Blanc et des besognes des Nègres, les coreligionnaires sont obligés d'abandonner le malade, plus puant qu'un lépreux, aux fourmis, aux mouches et aux chiques jusqu'à ce que le Tout-Puissant vienne reprendre ce qu'Il avait laissé dans la matière. Oui, tous les travailleurs envoyés, sauf ceux qui ont déserté, sont morts ou sont en train d'expirer sur les berges des lagunes.

Ma prière de roi, après les sourates, fut : « Allah sauve les âmes de ces croyants à cause de la solitude dont ils ont souffert les derniers jours de leur vie. Ils sont morts pour un roi croyant et pour la grandeur du Mandingue. » Nous observâmes les instants de silence. Mais, *sissa-sissa*, les gardes et les sicaires repartirent dans les villages et des travailleurs forcés furent expédiés au Sud.

– Mon commandant, quand enfin m'arrivera mon train ?

– Authentique descendant des Keita, le rail est long. Après la barre, la fange et les chiques, nous sommes bloqués par la forêt tropicale. Allah n'a jamais voulu que la forêt soit habitée. Par malédiction, des Nègres cafres appelés « boussmen » s'y sont aventurés. Des troncs immenses entretenant entre eux des trames de ronces et de lianes inextricables font de la forêt du Sud un fouillis dense et impénétrable. Elle est, de plus, infectée de serpents, de mouches, de moustiques géants et de mille autres bêtes maudites. Des pluies constamment l'arrosent et l'inondent. Sous les arbres, la chaleur moite et la puanteur des feuilles et des bêtes mortes rendent son atmosphère irrespirable. Qu'une insignifiante égratignure effleure votre peau, aussitôt la moiteur, la pourriture, la moisissure et les venins pénètrent dans votre corps et vous empoisonnent. Vous gonflez, chancelez et tombez raide mort, ballonné comme un mouton qui a consommé une forte calebassée de riz pilé. Tout cela n'est pas le plus malfaisant de la forêt. Son fléau, c'est les « boussmen » qui l'habitent. De vrais sauvages sur lesquels les Blancs n'ont pas encore mis la main et qui, dans la nuit, creusent et descellent les rails placés le jour. Des cannibales qui, à l'affût derrière chaque tronc géant, se saisissent du malheureux travailleur qui s'écarte si peu que ce soit du chantier, le tuent et le dépècent. Au nom d'Allah, il ne reste rien du dernier contingent de travailleurs qui sont descendus au Sud ; ceux qui n'ont pas déserté ont été dévorés.

Nous priâmes, répétâmes les sourates qui sont dits pour le repos des musulmans ensevelis sans les dévotions des coreligionnaires, les oraisons récitées pour ceux qui tombent au champ d'honneur. Mais *sissa-sissa*, à cheval et dans des hamacs, les gardes guidés par mes sbires se dispersèrent dans la brousse et les montagnes pour traquer les travailleurs.

Il devint de plus en plus dur d'arracher aux villages le nombre d'indigènes réclamé par les Blancs. Les gardes furent obligés d'inventer des parades aux multiples feintes et réticences que les Nègres, préparés et mûris par l'échappatoire à un siècle de chasse aux esclaves, avaient fini par opposer aux razzias de la civilisation. Ces parades, l'interprète appela la première : la méthode des *magnan* ou de la voix de la poudre ; la seconde : la recette du renfrognement des visages ou du refus de la calebassée d'eau.

Les tirailleurs et les sicaires, en dépit des aboiements infernaux des chiens et des brusques vols des oiseaux de nuit, se glissaient et parvenaient dans la nuit aux premiers abords des villages qu'ils encerclaient sans éveiller l'attention ni le flair des habitants. Dès les premiers rayons du jour, la fusillade éclatait et les habitants qui connaissaient la signification de la voix de la poudre se réunissaient sur la place de palabres où on procédait tranquillement au recensement et prélevait ce qui est dû aux Blancs en humains, bestiaux, bottes ou paniers de moissons. C'était la recette des *magnan* ou de la parole de la poudre.

Parfois aussi, les sicaires et les tirailleurs, les visages renfrognés, l'air rébarbatif, surgissaient en plein jour dans un village. Ils refusaient les salutations, les calebassées d'eau, les présents et les acclamations, et tout de suite, sans desserrer les mâchoires, ils se saisissaient du chef du village et des notables, les attachaient, les fouettaient et

79

les tourmentaient jusqu'à ce qu'ils aient crié le nombre exact d'hommes, de femmes, de vierges, d'enfants, de chevaux, de bœufs, d'ânes et de chèvres de chaque clan. C'était la formule du renfrognement des visages ou du refus des calebassées d'eau.

Comme aimait le dire Soumaré à la fin de ses longs commentaires :

« C'est vraiment malheureux qu'Allah nous ait mal fabriqués, nous, Nègres ; Il nous a créés menteurs de sorte que le Noir n'accepte de dire la vérité que la plante de pied posée sur la braise. »

Et ce fut pourtant à cette époque qu'un architecte sénégalais approcha Djigui.

« Roi Keita, vous êtes le plus grand chef de la Négritie. Vous devez habiter un palais digne de votre rang, je saurai vous le bâtir. Il dominera l'Afrique entière, sera, de chaque point de l'espace et au-delà du temps de votre règne, de partout aperçu. Plus haut que les hauts immeubles, il sera digne de votre train et de votre gare. »

Un tel palais était aussi une œuvre pour mon honneur, ma gloire. J'ai accepté. Après avoir pourvu les dispensaires en lépreux, sommeilleux, ulcéreux, hernieux, goitreux, tuberculeux et femmes en couches ; l'instituteur et le curé en garçons incirconcis ; les chantiers du chemin de fer, des routes, d'abattage de bois et les exploitations agricoles en travailleurs forcés ; tous les Blancs en jeunes filles vierges, éventeurs ; les tirailleurs en porteurs : j'ai mobilisé des hommes, des femmes et des enfants pour me bâtir un palais aussi grandiose que mes rêves.

La première pierre fut posée le jour recommandé par le marabout : le premier jeudi du mois des chenilles. La construction ne s'achèverait jamais – les ruines du palais, avec celles du *tata*, symbolisent encore de nos jours ce que fut ce règne : inégal et inachevé. Un matin, Djigui était en discussion sur le chantier avec son architecte sur les moyens de prévenir les désertions lorsqu'on vint le mander pour le Kébi.

Nous avons sursauté en arrivant : le Blanc attendait sur la terrasse sans le casque blanc sur la tête. Nos sorciers nous avaient prévenus : surprendre un Toubab sans son casque était d'aussi mauvais augure que de rencontrer un buffle unicorne. Ils eurent raison. Le commandant feuilletait fiévreusement des dossiers. Avant que j'eusse demandé quand mon train arriverait, l'interprète d'emblée m'annonça que les « Allamas » avaient attaqué les Français. Les « Allamas » étaient comme les Français des Blancs, mais des Blancs plus grands et plus méchants. Ils projetaient de se saisir de toute la Négritie pour la seule méchanceté de chicotter tous les matins le Noir, de fusiller les soûlards, les voleurs et les menteurs, d'instituer des travaux forcés plus durs et meurtriers sans tirer un bout de rail ni offrir un petit train à Djigui. Ou l'interprète avait mal prononcé le nom des agresseurs, ou nous avions mal entendu ; je lui ai demandé de se répéter : il nous paraissait invraisemblable que les « Allamas » dont le nom signifie en malinké « sauvés par Allah seul » puissent être aussi mécréants et cruels qu'il le traduisait. L'interprète Soumaré, bien qu'agacé par la méprise, patiemment expliqua en détachant les mots que les « Allamas » n'étaient pas des sauvés par Allah seul mais une race de méchants Blancs et que ce qui m'était demandé *sissa-sissa* s'appelait fournir des hommes solides capables d'être de bons tirailleurs, de bons guerriers, pour combattre les « Allamas », parce que tous les chantiers étaient arrêtés, tous les travailleurs solides avaient été incorporés dans l'armée et envoyés en France, et que déjà de nombreux bateaux vides attendaient le long du wharf d'autres contingents de recrues.

J'aurais souhaité demander plus d'informations sur la guerre et les chantiers abandonnés ; l'interprète ne se laissa pas interroger ; c'était la guerre et la mobilisation. Tous les hommes devaient passer devant le conseil de révision, le pays devait se surpasser ; fournir plus de résine, d'arachide, de mil, de coton. Chaque chef devait se lever, se multiplier, se sacrifier.

L'après-midi, pour montrer l'importance de l'événement, le commandant, l'interprète et moi-même, accompagnés par les gardes, sommes partis – démarche exceptionnelle – dans les villages pour informer les habitants de l'inhumanité des Allemands et pour nous saisir des jeunes gens qui ont été aussitôt envoyés à Soba. Là, ceux parmi eux reconnus aptes ont été coiffés de chéchias rouges, habillés de complets (veste et culotte kaki), ceinturés de bandes de laine rouge sur lesquelles ont été bouclés des ceinturons de cuir ; les mollets ont été protégés par des bandes molletières. Ainsi, vêtus de neuf de la tête aux chevilles, mais les pieds nus – les nouvelles recrues auraient été incapables de marcher avec les chaussures –, la gamelle et le bidon en bandoulière, le couvre-pieds en sautoir, le sac contenant les brodequins, les chaussettes et la capote au dos, le contingent à marche forcée, le commandant dans le hamac en tête, est descendu dans le Sud.

Les Nègres sont des maudits et des sans cœur, de vrais maudits – ce n'est pas sans raison que Dieu les a fabriqués noirs. Rien de plus méchant pour un Noir qu'un autre Noir. Cette fois, le commandant était très fâché, il convoqua l'interprète et le chef Djigui. Ce que l'interprète appelait le travail dans le travail ou le travail avant le travail et que le Blanc dénommait simplement du travail noir nègre se poursuivait pendant la guerre malgré les interdictions plusieurs fois signifiées par le commandant.

Qu'était donc le travail dans le travail ou avant le travail ? A l'origine, une chose simple et justifiable. Les requis attendaient, parfois trois semaines chez le représentant du chef, la formation du contingent et le départ pour le Sud. Il paraissait normal au représentant qui, pendant cette période, devait les nourrir, de les envoyer labourer son propre champ ou, contre des petits cadeaux, avantages ou privilèges, ceux de l'interprète, des gardes, des fonctionnaires ou de simples urbains, à charge pour ceux-ci de nourrir les travailleurs ou les appelés. Mais, rapidement, les cadeaux et privilèges devinrent des prix négociables et tous ceux qui participaient (gardes, sicaires, interprète, etc.) à la capture des Nègres voulurent en profiter. Le pauvre diable capturé dans son village et descendu à Soba travaillait chez le sicaire, le représentant, le chef de canton et l'interprète gratuitement ; l'interprète, le chef de canton, le représentant et le sicaire vendaient le travail du fatigué au plus offrant. Le système fonctionna si bien qu'on vit des hommes ayant quitté leurs villages effectuer six mois de travail au noir nègre (s'ils ne réussissaient pas à déserter) avant d'être présentés au Blanc complètement vidés, maigres et malades (les employeurs noirs nourrissaient très mal les manœuvres à leur service).

Le commandant voulut pendant la guerre, par charité chrétienne (et aussi parce que la France essoufflée avait besoin de tirailleurs solides), mettre fin à cet abus. Mais le Blanc n'en eut pas les moyens. Comment distinguer chez les Nègres une chevelure crépue d'une autre, quand tout autour l'interprète, le chef de canton, le représentant, les sicaires trafiquaient, combinaient, s'enrichissaient avec la sueur de leurs coreligionnaires ?

Les Noirs naissent mensongers. Il est impossible d'écrire une histoire vraie de Mandingue. Pendant cette même première grande guerre, l'épidémie de grippe espagnole qui sévissait en Europe gagna l'Afrique. On l'appela la maladie du vent. Les Malinkés sont tellement fabulateurs qu'il est encore impossible d'estimer le nombre des victimes de cette maladie Les griots, qui sont les chroniqueurs officiels, ajoutent, dramatisent et amplifient tout ce qu'ils rapportent. A les entendre l'épidémie fut si décimante qu'on vit des enterrés, sans là moindre dissimulation, se dégager et émerger des tombes pour marcher et revenir tranquillement au village, dans les cases récupérer les objets importants que la mort ne leur avait pas laissé le temps de choisir et d'emporter ; des cadavres abandonnés ressusciter, s'assembler, creuser leurs propres tombes, prier et s'enterrer réciproquement ; des vautours, en plein vol, s'abattre sur des tombes, ricaner des sourates du Coran, même des soleils pointer à l'ouest et disparaître à l'est. Que tirer de solide de telles extravagances ?

Un jour, tout le monde (tam-tams et balafons compris) se porta à l'arrivée du postal. Les premiers rapatriés sanitaires venant de France débarquèrent. Au nom d'Allah ! au vrai ! les Allemands avaient justifié leur réputation de méchants : nos compatriotes nous revenaient méconnaissables ; pas un à qui les boches n'avaient pas arraché soit un membre, soit un œil ou une oreille. Les Français avaient confirmé leur renom de bons Blancs ; à nos compatriotes abîmés par les Allemands, la France généreuse avait laissé : le casque en fer, la chéchia rouge, la ceinture de flanelle, la capote sur laquelle étaient épinglées les médailles. Ils portaient tous des brodequins ; les culs-de-jatte et les unijambistes les avaient sur les épaules, les autres aux pieds (au-delà des mers, on leur avait appris à marcher avec des chaussures et à manger avec des fourchettes). C'était magnifique et, pour rien au monde, nos compatriotes n'acceptèrent de se dévêtir, se déchausser, se séparer de ce qu'ils avaient et qui les distinguait des autres Noirs. Ils étaient heureux et fiers d'avoir combattu pour la liberté de la France. Ils le proclamèrent en chantant : « C'est nous les Africains » dès qu'ils aperçurent les premiers toits de Soba ; quand ils mirent les pieds à terre, ils se rassemblèrent et entonnèrent *La Marseillaise*. Ils parlèrent français (c'est plus tard que nous saurions que c'était là un charabia à eux, que les natifs de France n'entendaient pas). Leurs dires étaient hérissés d'éloges, de mensonges et de merveilles. Ils prétendaient avoir en deux ans oublié nos dialectes et nos manières sauvages telles que manger à la main, marcher nu-pieds, se soulager derrière le buisson, se torcher avec les feuilles et se moucher avec les doigts. Ils étaient devenus des étrangers, des non-Nègres.

Parmi eux, on fit de ceux qui n'étaient pas aveugles, ni impuissants, ni culs-de-jatte, ni unijambistes ; ceux qui n'avaient pas les poumons termités par la tuberculose, ni la tête déménagée par la folie ; on fit de ces rares chanceux, sauvés des Allemands par Allah seul, des gardes-cercles, des infirmiers, des interprètes ; bref, des privilégiés qui avaient droit aux porteurs, aux hamacs, aux éventeurs, mangeaient du poulet, des œufs, et couchaient avec les plus belles femmes du pays.

La France leur était reconnaissante pour leur bravoure au feu. Elle honorait en eux la mémoire des coreligionnaires qui avaient péri pour la liberté de l'homme et la gloire de la France. Pour quelle cause donc avaient péri les morts des chantiers et des exploitations agricoles ? Le néant et dans l'anonymat ; le jour de la résurrection, ils ne seraient pas appelés, répondaient les anciens combattants qui ne toléraient pas qu'on les comparât aux torturés et tués sur les chantiers de travaux forcés et de pose de rail. En France, eux, anciens combattants avaient participé à une guerre mondiale à côté, et comme des égaux, d'Arabes, d'Asiatiques et d'Européens. Ils ne finissaient pas de s'en vanter, et racontaient (il est vrai qu'ils mentaient beaucoup) que la France bénie, tout compte fait, s'était révélée avec le froid, la neige, la tuberculose, les tranchées, les avions, les chars et les canons, le gaz et l'éloignement, beaucoup plus meurtrière que notre maudite terre africaine avec la barre, les requins, les fanges, les chiques, la pluie, la forêt, la battue et la famine.

Un matin d'harmattan – nous étions occupés dans le brouillard à pleurer, prier et enterrer nos morts –, on nous commanda à tous de monter au Kébi avec nos danses. Le commandant de la terrasse annonça qu'il était heureux, que nous Nègres nous l'étions aussi : la France notre mère patrie à tous venait de gagner sur les Allemands la plus grande guerre de l'humanité. Il nous ordonna de danser deux jours et nuits, de danser follement, tout le monde pouvait danser, les déserteurs et les insoumis pouvaient sortir et participer aux réjouissances de l'armistice. Malgré les assurances prodiguées par le commandant, la fête ne fut pas belle. Les habitants de Soba pratiquèrent la danse des crabes : à chaque pas, le danseur se retournait afin de s'assurer qu'un garde ne fonçait pas sur lui pour l'enlever et l'amener.

Jamais les singes rouges ne croiront aux civilités des chiens chasseurs.

7

Les vautours évitaient de le survoler,
les soleils ne se couchaient plus pour lui
et il n'approchait pas une femme plus
d'une fois pour lui appliquer un enfant

— Au nom d'Allah, est-ce cela la totalité du train ?
— Ne vous paraît-il pas suffisant ? Qu'attendiez-vous ? Une montagne ? N'est-il pas plus gros que le plus gros des éléphants et aussi long qu'un fleuve ?
— Au nom d'Allah !
— Il peut tirer les habitants de trente villages et tous leurs biens, en moins de cinq voyages il peut déménager tout Soba.
— Mais, pourquoi est-il si ?…
— Il est si meurtrier parce qu'il ne navigue pas, ne se faufile pas, ne contourne pas, ne descend pas. Il faut avant qu'il arrive couvrir les eaux, percer les forêts, éventrer les montagnes et remblayer les vallées.

Le Blanc guidait Djigui et ses suivants dans la petite gare. Les échanges étaient entrecoupés de silence. Le bâtiment proprement dit était encore en chantier ; un train qu'on avait chauffé pour la démonstration soufflait en bout de rail. Le Blanc sauta dans un wagon-trémie, s'y assit, en descendit avec une agilité qui amusa tous les Nègres. Ensemble ils s'approchèrent de la locomotive ; les Nègres avec des pas hésitants. L'effroyable bête bouffait du feu, pissait, fumait, suait, ronronnait et puait. Le Blanc expliqua tous les prodiges qu'un train savait réaliser. La locomotive siffla ; Djigui et ses compagnons sursautèrent en béant d'étonnement et recherchèrent activement la gueule de la bête. Dans un grincement de ferraille, la bête démarra ; tout le monde s'affola et les gardes eurent toutes les peines du monde à rattraper deux suivants qui avaient détalé vers la lagune. La visite se poursuivit. A la sortie du hangar, le Blanc, avec des gestes amples, expliqua que la gare de Soba serait dix fois plus haute et large que tout cela.

Les longues explications du Blanc, l'enthousiasme de l'interprète et du griot ne convainquirent pas le roi ; tout le monde constata avec découragement que Djigui dissimulait mal un certain désenchantement. Ils poursuivirent vers la mer où le roi de Soba avait d'autres chantiers à visiter.

Cinq requins géants happèrent Djigui qui dégagea ses jambes tuméfiées par des chiques grouillantes et sautillantes. Des éclats de pierres le déchirèrent, par mille plaies béantes et répugnantes ; l'humidité lui monta dans le corps, ballonna son ventre, termita ses poumons. Il cria au secours, tua des sacrifices ; des flots de sang l'emportèrent. Il prononça des prières qui ricochèrent sur des amoncellements de cadavres, sur les pires malédictions et sur les soupirs de souffrance. Il eut faim ; ne se restaura pas ; son couscous était plein de bris de dents mortelles de requins. Il eut soif ; ne se désaltéra pas pour ne plus reprendre l'humidité. Il désira écouter les louanges et la musique de Djéliba ; ne l'entendit pas ; ses oreilles bourdonnaient des souffles des agonisants. Des foules de morts en quête d'Allah apparurent, le cernèrent et le menacèrent des tortures des damnés. Il tenta de crier, de courir. Sans succès ; son cheval s'enfuyait dans le lointain : Djigui était perdu. Dans les affres du désespoir, il risqua un suprême effort... Ses yeux s'ouvrirent. Djigui était en nage ; le lit était mouillé. Il se leva, poussa la fenêtre : la nuit était avancée ; les coqs ne devraient pas tarder à chanter. Il réveilla ses compagnons ; ensemble, ils courbèrent la première prière, montèrent sur les chevaux. La lune apparut.

Ils montèrent sur Soba. Le chemin du retour fut long. Des jours et des nuits, Djigui chevaucha muet et pensif, ressassant continûment les images de son rêve, n'acceptant de s'arrêter que pour prier Allah par de longs offices.

Il faut remonter aux réjouissances de la fête de la victoire. Les indigènes avaient eu raison de danser les pas de crabes pour ne pas se laisser surprendre. Les sicaires et les gardes, après la fête, s'étaient camouflés en danseurs, mêlés aux joueurs de tam-tams et de balafons, et avaient pu entrer en catimini dans les villages où, brusquement, ils s'étaient démasqués et avaient prétendu organiser de grandes palabres sur la grande guerre et expliquer comment la France avait gagné grâce à la bravoure des nôtres. Le stratagème n'avait pas réussi ; la foule escomptée ne s'était pas présentée… Les paysans n'avaient pas collaboré ; ils étaient restés dissimulateurs, menteurs et déserteurs, et les prises n'avaient pas été substantielles. Le maigre contingent constitué avait été envoyé au Sud. La construction du chemin de fer avait repris, mais le travail était encore retardé par des montagnes qu'il fallait excaver, des montagnes constituées de roches granitiques et de surcroît peuplées de mille djinns. Sous les pointes des pioches des travailleurs, les éclats de granit jaillissaient, meurtriers, et le sang coulait.

Djigui, au Kébi, avait posé sa sempiternelle question. Il lui avait été répondu qu'on manquait de manœuvres pour éventrer la chaîne de montagnes, pour poursuivre la pose des rails. Le roi n'avait pas commandé *sissa-sissa*, incontinent. Le commandant lui avait alors dit :

« Chef et noble Keita, le gouverneur de la colonie vous décorera le 14 juillet prochain. Nous descendrons ensemble au Sud et visiterons les chantiers où sont envoyés ceux de Soba. »

La première visite avait été réservée à une petite gare où la démonstration du train avait fait fuir les suivants du roi. Djigui en était sorti déçu mais non affligé. C'est ensuite qu'il avait été horrifié. Dans les autres chantiers : le port, les carrières et les exploitations forestières ; la souffrance, la misère, les maladies, la mort des coreligionnaires envoyés au Sud étaient plus laides que ce qu'il avait imaginé, pires que ce que l'interprète lui en avait dit. Dans un chantier, des enfants de Soba l'avaient menacé ; dans un autre, ils lui avaient tendu les mains en pleurant et chantant des sourates.

C'était à un Djigui accablé que le gouverneur avait accroché la Légion d'honneur. Il lui avait reparlé de la magnificence et de la bonté de la France et lui avait révélé que le Blanc Marc Simon avait été expulsé de la colonie. Le Toubab Marc exploitait un chantier à quelque distance

de la capitale et avait une curieuse pratique pour sanctionner les Nègres déserteurs, voleurs et menteurs ; il les faisait grimper sur des branches et les descendait à la cara-
bine comme on descend un gibier dans une partie de
chasse. Ceux de Soba s'étaient soulevés et avaient tous
déserté. Marc avait été embarqué comme rapatrié sani-
taire.

C'est après la réception au palais, dans la nuit, que Djigui avait été réveillé par le rêve accablant qui l'avait
obligé à quitter précipitamment la capitale. A son retour,
dès que Djigui fut entré dans le Bolloda, les devins et onirocritiques furent interrogés sur le sens du songe qui avait
fait fuir le roi. Leur sentence fut unanime : le grand sacrifice. Djigui ne voulait pas en entendre parler. Le grand
sacrifice était une institution de la dynastie, la suprême
des adorations qu'un chef Keita pouvait exposer. C'était
un engagement total, une gageure qu'il ne devait oser que
dans des cas exceptionnels. Le roi, pendant la manifestation, devenait un médium, était dans un état de grâce,
obtenait des esprits tout ce qu'il sollicitait ; ou toutes les
prières dites étaient exaucées, ou c'est le roi qui mourait et
un grand malheur s'abattait sur le pays. Plusieurs rois de
Soba avaient vécu et régné sans le risquer. Djigui jeune
l'avait, une fois déjà, organisé quand il s'était aperçu que
les devins de la cour ne prophétisaient plus. Jamais il ne
l'aurait encore tenté si les sorciers, marabouts, devins et
sorciers n'avaient pas été unanimes : « Il ne reste que le
grand sacrifice pour sauver le peuple et le pays de Soba,
pour annihiler les travaux forcés et la colonisation nazaréenne. »

Un grand sacrifice commence toujours par une visite du
harem afin que les épouses et les enfants du roi en soient
les meilleurs bénéficiaires. Djigui attendit que les alterca-
tions des pèlerins se disputant des places le long des itiné-
raires lui parvinssent ; il poussa un puissant *bissimilaï*,
souffla et se sentit un autre, eut l'impression que rien ne
saurait lui résister, que tout était à sa portée comme s'il
était couvert d'une carapace et possédait la terre ; jamais il
ne s'était senti aussi grand, aussi lourd. Il sortit de la peau
de prière et, encadré par deux eunuques, s'immobilisa

devant la première case du harem. Moussokoro, la préférée, en sortit et prit la tête du convoi. Apparurent le long
du parcours des femmes et des enfants ; ils présentaient
des suppliques, criaient leur admiration pour leur maître.
Aux uns, Djigui distribuait des sourires, aux autres la
compassion, à tous la sollicitude et la promesse des avantages du grand sacrifice qu'il partait exposer. A un détour,
des *fa* puissants éclatèrent et une épouse en larmes,
un enfant pleurnicheur au dos, se prosterna au pied de
Djigui :

— Maître, je suis votre épouse Mayagbê. Le nourrisson
que voici est votre sang. Mes parents m'ont offerte à Votre
Majesté parce qu'ils le devaient, mais aussi pour espérer
la protection d'un gendre. Qui suit l'éléphant ne doit plus
essuyer la rosée matinale des hautes herbes, de la piste.
Mes parents sont trempés par la rosée, mal protégés, mal
récompensés. Ils sont atteints par la misère, la honte.
Alors qu'ils sont sans nouvelles de notre aîné envoyé au
Sud, les sicaires ont la semaine dernière enlevé le cadet,
l'ultime soutien de la famille. Depuis, mon père et ma
mère pleurent, votre sang et sa mère pleurent. Faites arrêter, essuyez, par une généreuse décision, nos larmes.

— Rentre, rentre dans ta case, Mayagbê, vos larmes
sécheront, annonça la préférée.

Djigui acquiesça et ajouta qu'il dirait le nom des parents
dans les prières et qu'Allah les aiderait.

Tout le long de la visite, des scènes semblables se renou-
velèrent. A toutes les femmes Djigui promettait des ressources pour des parents que la misère terminait au village
et l'aide d'Allah que le grand sacrifice qui serait exposé
favoriserait. Aux enfants, il prodigua des bénédictions ou
des dons, et promit aussi les bénéfices du grand sacrifice.
Puis ce fut le rassemblement des femmes et des enfants
malades. Qu'ils aient des maux dans la tête, le ventre, la
poitrine ou dans le pied, Djigui pour tous indistinctement
récita des incantations, des psaumes, puis les traita un
à un par les crachats ou les attouchements appropriés
qu'Allah allait nourrir des bénéfices du grand sacrifice.

Ils arrivèrent à l'écurie ; Djigui se dirigea vers Sogbê, sa
monture, la reine des chevaux. Elle était bien pansée ; il la

gratifia de tapettes sur la croupe et les tempes ; reconnaissante, elle hennit et lui fit une fête. Entre les cases, à l'est du harem, il y avait des manguiers, puis un monticule d'où l'on avait vue sur un bout de la ville ; suivaient les kapotéraies du planteur blanc, la rivière, les bois sacrés, des cases et, au-dessus, le soleil déjà magistral de Soba. Il redescendit vers son palais, toujours entre les cases, toujours dévoré par les gros yeux des épouses et des rejetons dont certains de distance en distance se jetaient sous ses pieds, se prosternaient et récitaient des supplications et des sollicitations auxquelles satisfaisaient toujours la générosité, le savantisme et la sorcellerie de Djigui. Il atteignit la sortie est du Bollada où étaient alignées une douzaine de femmes avec des nouveau-nés dans les bras. C'étaient des épouses du roi ou des femmes du clan qui présentaient leurs bébés. Djigui remercia Allah d'avoir accru le clan, bénit les bébés, dicta (la prérogative n'appartenait qu'à lui, le patriarche) leurs prénoms et annonça que le glorieux sacrifice sur le chemin duquel il marchait serait la fête de leur baptême.

La préférée et les eunuques se prosternèrent et repartirent.

Les devoirs familiaux et privés étaient terminés, Djigui pouvait se consacrer aux obligations publiques ; il était digne de répondre à la musique de Djéliba, à l'appel des autres griots et des laudateurs qui, depuis le lever du jour, s'égosillaient sur la place du Bolloda. Dès qu'il apparut, les voix montèrent, les tam-tams et les balafons. Suivi par ses courtisans habituels, le roi de Soba, le grand sacrificateur, Djigui, marcha, à grands pas au milieu d'une foule grouillante de lépreux, aveugles et affamés, du Bolloda à l'arbre à palabres ; passa cet arbre ; s'arrêta près des autels dressés au bord de la rivière. Sous la vigilante surveillance de Fadoua, le victimaire officiel du régime, les bœufs et moutons étaient à l'attache, la volaille tassée dans des paniers. Les victimes avaient été fournies en partie par les parcs et les poulaillers du roi, et en partie prises dans la nuit à l'habitant. Djigui honora le trône adossé à un arbre. Le silence s'instaura. Le roi se leva et prononça un puissant *alphatia*. Ces dires furent repris, criés, expliqués et commentés par l'équipe des griots groupés autour de Djéliba Diabaté.

D'un trait il raconta son rêve ; il en avait déduit qu'il fallait un grand sacrifice. Ce second sacrifice de son règne n'était pas pour la gloire, il s'imposait pour annihiler la solitude, la souffrance et la mort dans l'irréligion des Sénoufos, Bambaras, Malinkés qu'on inhumait dans le Sud sans les prières salvatrices. Pour endiguer la disette qui conduisait des sujets à dresser des embuscades aux collecteurs d'impôts et aux recruteurs. Pour stopper les désertions : désertions des travailleurs des chantiers, des enfants des écoles, des lépreux et sommeilleux des dispensaires. Pour moraliser la cohorte des déplacés errant sans laissez-passer et créant sur tout notre terroir l'insécurité qui nuit à la bonne réputation des pays de Soba. Pour mieux inspirer le Blanc pour le Nègre, afin que le premier exige moins d'hommes, de femmes, de récoltes et d'impôts de capitation. Le premier grand sacrifice du règne avait profité au roi seul ; il l'avait grandi et honoré. Djigui avec insistance cria : « Allah fait que les avantages de ce sacrifice aillent d'abord aux victimes de la subjugation. »

« Amen », s'écria une femme en guenilles. Elle raconta son dernier rêve qui avait été traversé par la voix de Djigui et félicita le roi d'avoir pris la décision d'exposer un grand sacrifice. Des exclamations de surprise suivirent sa déclaration. Trois autres femmes et quatre hommes, tous des humbles, tour à tour racontèrent des rêves qui avaient été troublés par des fantômes de fils, de pères, de sœurs ou de frères morts au Sud. Ils complimentèrent Djigui pour ce glorieux et grand sacrifice qui calmerait toutes les âmes errantes. Des exclamations, après chaque déclaration, fusaient de la foule.

Un homme exhibant un poulet s'écria : « Le coquelet que voici a chanté au milieu de la nuit et a pondu un œuf de lézard. » C'était le premier du groupe des témoins des événements insolites et des mauvais augures. Chacun tenait un animal ou un objet insolite.

« Voilà la patte du singe rouge que nous avons surpris dans le fourré lapant des termites rouges d'une termitière rouge. » « Cette chèvre a mis bas ce petit cochon. » « Ma femme a accouché de ce python. » « Une silure de la pluie de silures qui s'est abattue hier soir sur notre village. » « Chez nous, l'hyène est descendue en plein jour des montagnes et a, par des maléfices magiques, déterré, sans fouir la tombe, un sorcier que nous avions enseveli. Voilà le linceul. » « Chez nous, ce n'est pas l'hyène, mais le serpent sacré du bois sacré qui s'est transformé en ce pangolin. » « Cette natte est celle dans laquelle dormait le bébé adultérin que le crocodile sacré a enlevé dans une case close de notre village. » Toutes les déclarations étaient écoutées dans un silence de mort, puis saluées par une sourde clameur de stupeur. Personne à Soba n'avait soupçonné que le pays fût si profondément atteint dans ses fondements par la malédiction et la transgression des tabous. Les onirocritiques, les sorciers, les marabouts et autres augures et illuminés révélèrent les sacrifices à exposer, les offrandes à proposer.

« Nous avons assemblé assez de bœufs, de moutons, de poulets à immoler, assez de cauris, d'habits, de calebasses, de nattes, de colas à offrir. Nous en avons assez pour combler Allah, les saints, les mânes. Assez pour écarter les djinns et les fantômes. Assez pour mieux inspirer le Blanc et lui introduire assez de pitié et d'humanité dans le cœur pour le Nègre », déclara Fadoua prosterné aux pieds de Djigui. Il fit un signe, Djigui le suivit en prononçant des sourates. Emboîtèrent le pas au roi les marabouts, les sorciers récitant également des évocations et la cohorte de ceux qui avaient rêvé ou témoigné. Djigui s'arrêta au point qui lui était réservé, lui le premier sacrificateur du pays. Juste après se plaça Djéliba, qui se connecta au roi en saisissant un pan de son boubou. A Djéliba se connecta un dignitaire, à ce dignitaire un troisième ; ainsi de suite jusqu'au dernier dignitaire. Puis se connectèrent les notables, les humbles, les mendiants, les malades (déments, lépreux, aveugles), les vieilles femmes qui étaient sans nouvelles d'un proche disparu. Longue queue qui serpenta dans toute la ville, interminable queue d'un peuple asservi, en quête d'hypothétiques refuges ou échappatoires, connecté à son roi pour bénéficier de la force des immolations et offrandes du glorieux sacrifice. Les sicaires amenèrent les victimes ;

Fadoua les présenta l'une après l'autre. Djigui caressait des deux mains la croupe des bovins et des ovins, les ailes de la volaille en les bénissant, en invoquant Allah, les saints, les mânes, les fantômes errants des morts. En criant des vœux que tous ceux qui lui étaient connectés répétaient en mille prières. Les sicaires maîtrisèrent la première victime. Djigui et, avec lui, l'interminable queue se connectèrent à l'égorgeur, le victimaire Fadoua qui immola la bête et attendit que le message signifié par les ultimes convulsions et la position finale de l'animal ait été nettement perçu par les devins et haruspices avant de la jeter à terre et d'égorger la suivante. Petit à petit, les vapeurs du sang versé embaumèrent le Bollada. L'enivrement fut tel qu'après le dernier sacrifice prescrit, alors que ceux de Soba ne devaient plus rien, des cris fusèrent de la queue.

« Continuez à égorger d'autres bêtes encore ! » « D'autres en plus ! » « Parce qu'un sacrifice n'est jamais perdu ! » « Parce qu'un humain ne saurait prévenir toutes les embûches qui peuvent surprendre son destin ! » « Parce que ici à Soba personne ne sait le nombre de coreligionnaires dans la détresse ! » « Dans la souffrance ! » « A l'agonie ! »

Djigui s'écria : « Vrai ! Vrai ! J'ordonne que la tuerie continue. Je commande qu'on apporte des bêtes ! » Les sicaires se précipitèrent dans les quartiers, poursuivirent les bêtes (n'importe lesquelles, les premières qu'ils rencontraient), les attrapèrent et les apportèrent pour alimenter l'hécatombe. Arrivèrent avec les sicaires, leur obole à la main, des paysans squelettiques et déguenillés qui espéraient des bénédictions et des miracles pour sauver ou retrouver des fils, frères, sœurs ou disparus au Sud. On égorgea, continua de répandre le sang à profusion jusqu'à ce que le ciel fût couvert par les vols des charognards appelés par le fumet du sang, que les meutes de chiens parussent menaçantes pour la cérémonie. Djigui fit arrêter la tuerie. L'univers était suffisamment troublé ; Allah et les divinités satisfaits des générosités du roi de Soba.

A coups de pierres, de bâtons et de gros et obscènes jurons, les sicaires dispersèrent les cabots et les rapaces dandinant autour des bêtes qui gisaient dans le sang. La contre-attaque l'emporta ; l'aire de la cérémonie fut recon-

quise ; Djigui avec prestance se dégagea. Les consomma-
teurs de sacrifices se précipitèrent et s'arrachèrent les
pièces hâtivement découpées. Consommer les sacrifices
n'est ni recommandable ni honorable ; c'est une chère qui
fainéantise, vauriennise et affaiblit. Elle était traditionnellement réservée aux mendiants et aux hommes de caste.
En raison de la dureté de l'époque, à ceux-ci se joignirent
d'authentiques fils de guerriers et de nobles avilis par la
subjugation et achevés par la famine. A tous, en plus de
la chair, furent distribués des grains, des noix de cola, du
linge et divers effets personnels de Djigui, des morts ou
disparus au Sud et en France.

Djigui traversait la place. Les aveugles, les lépreux et sommeilleux qui attendaient le long du passage le pressèrent ;
certains tentèrent de se coucher sous ses pieds. Les inhu-
mains sicaires voulurent les faire reculer avec des chicottes.
Djigui, miséricordieux, arrêta les frappeurs dans l'action,
s'approcha des malheureux, les consola, les aima comme
Allah le recommande, attoucha les plaies suppurantes des
lépreux, caressa les visages purulents des aveugles, se pencha sur les grabataires, les paralytiques et les impotents en
récitant des versets ésotériques. Sans se soucier des effets
des prestiges, il marcha jusqu'à la limite nord où l'attendaient Sogbê, sellée et impatiente, et le cortège royal. Des
bras en quête de bénédictions et de privilèges le hissèrent
sur la jument et, au trot, il arriva à la mosquée noire de
prieurs où, après s'être lavé les mains, il s'installa à la place
d'honneur, juste derrière l'Almamy. La messe s'éleva ; les
prières de Djigui montèrent plus vite, plus puissantes, dis-
tinctes et éclairantes sur les autres murmures de ses coreligionnaires, comme dans la nuit sur les ténèbres d'un ciel
sans lune se repère une étoile filante. Cela, c'est l'Être
suprême lui-même, lui seul, qui l'avait voulu. Dès que
l'*alphatia* fut prononcé, comme c'était vendredi, il se leva
de la peau de prière sans distribuer comme les autres jours
ses salutations aux pèlerins et admirateurs, et, sans jamais se
retourner (ce sont les méfiants, les hésitants, ceux qui ne
croient ni à leur aura ni au Tout-Puissant, qui regardent après
eux), il arriva au Kébi où l'attendait l'interprète Soumaré
pour l'introduire chez le commandant blanc.

« Maintenant que je viens d'exposer un grand et glorieux sacrifice, dites-moi quand m'arrivera mon train ? »

Djigui espérait beaucoup du second grand sacrifice du règne. Les bénéfices tardant à se manifester – la désagrégation de la société se poursuivant, et les demandes du Blanc ne diminuant pas –, il fit venir un marabout du Nord et l'interrogea.

Même un grand sacrifice n'avait pas pu et ne pouvait pas transformer les nazaréens ni adoucir leurs faits. C'étaient eux qui étaient désignés dans le Coran sous le vocable « égarés ». Ceux qui avaient délibérément choisi de posséder le monde au prix d'être voués à l'enfer le jour de la résurrection et qui pouvaient donc, ici-bas, se permettre toutes les inhumanités sans qu'aucun sacrifice puisse mieux les inspirer, les détourner, les dissuader, les moraliser.

Djigui ne le crut pas et nous, ceux de Soba, non plus. Tant de tueries, de sang, de charité, d'aumônes et de générosités ne pouvaient pas être vains. Les sacrifices n'ont pas été inutiles ! Non ! Et non ! Ils ont grandi Djigui, en humanité, en sagesse, en force et en beauté. Grâce aux sacrifices, ses paroles sont devenues multidimensionnelles et, notre ignorance aidant, il a paru et s'est cru incommensurable. Grâce aux sacrifices, ses laudateurs ont proclamé et nous avons cru qu'il était le seul chef nègre dont on parlait ; le seul que les Blancs venaient voir ; le seul que le gouverneur recevait et distinguait ; le seul dont les photos apparaissaient dans les livres et les magazines ; le seul de tout le Mandingue qui pouvait juger et condamner ses sujets sans en référer au commandant ; le seul de chez nous qui méritait de marier toutes nos femmes. A cause des vents qu'il remuait dans ses déplacements, des lumières qui sans cesse l'éclairaient, des flots de paroles qui le célébraient et surtout de la force et du pouvoir qu'il tenait, nous, ceux de Soba, ses sujets, nous sommes un instant arrêtés et retournés pour le regarder monter à cheval et avons été surpris de constater que notre chef avait changé, beaucoup changé. Nous n'avions pas remarqué sa mutation plus tôt, parce que nous les subissions tous les jours, lui et ses sicaires, et étions sans cesse occupés par la misère, les réquisitions et les conscriptions.

Oui, il avait changé. Les vautours évitaient de le survoler. Les soleils ne se couchaient pas pour lui ; il n'approchait pas une femme plus d'une fois pour lui appliquer un enfant. Il a rapidement atteint cent vingt-cinq ans.

– Cent vingt-cinq ans ! cent vingt-cinq ans ! s'étonna le commandant en se tournant vers l'interprète.

– Les Nègres de Soba ne savent pas calculer leur âge, expliqua Soumaré. Ils pratiquent une culture itinérante et décomptent le nombre d'exploitations mises en jachère depuis la naissance de l'individu. Ce nombre est multiplié par cinq ; le champ étant supposé être cultivé pendant cinq ans, alors qu'il arrive que les *lougan* soient délaissés après quatre et même trois ans quand la sécheresse sévit.

Le toubib interrogé lapidairement répondit :

– Les Nègres sont des menteurs. Djigui a au plus soixante-quinze ans, ce qui pour un indigène n'est pas rien ; par manque d'hygiène, les Noirs atteignent rarement la cinquantaine.

Agacé, il souffla, pour éloigner les mouches, deux bouffées de fumée et rejoignit ses lépreux.

Rien n'avait ébranlé ceux de Soba dans leur calcul ; pour eux, Djigui avait cent vingt-cinq ans, pas un de moins. Cent vingt-cinq, âge fatidique, maximal qu'aucun humain de chez nous ne doit dépasser. Dire à Soba d'un vieillard qu'il a plus de cent vingt-cinq ans, c'est lui jeter un mauvais sort. Aussi la politesse et les menaces des sicaires nous apprirent à répéter, année après année, que Djigui s'approchait des cent vingt-cinq ans. Le sang, les colas et la fumée avaient donné à sa barbe le jaune des poils d'un antédiluvien rat de la case de la séculaire grand-mère qui sommeille nuit et jour près du feu. Ses rêves sortaient aussi clairs et sûrs que la lame de l'eustache de l'inciseuse. Ses paroles éloignaient les criquets, rendaient fécondes les femmes stériles, ruinaient et appauvrissaient les orgueilleux et les impudents. Il devint immense comme la savane du Djoliba et parut, plus que tout autre, avoir recueilli de bénédictions, avoir été, plus que tout autre, lavé contre les mauvais sorts. Oui, il sembla le plus dur de tous, comme il le voulait. On l'appela le plus ancien de nos régions parce qu'il l'était en effet et aimait que chacun le sût. Il désira être un sorcier, et aussitôt posséda les ombres et le jour, la sorcellerie et la magie, mieux que les professionnels réputés (mais n'en abusa pas). Il voulut devenir le guérisseur, aussitôt ses salives apparurent chaudes et heureuses. Les lépreux, sommeilleux, aveugles et impotents qui, le jour du grand sacrifice, avaient recueilli les crachats de Djigui, les avaient léchés ou s'en étaient frotté les parties morbides, se levèrent et furent surpris de se voir guéris.

Les sicaires, témoins de ces miracles, ont crié les premiers et nous ont commandé de les imiter. Nous avons crié plus fort qu'eux, avons frappé le tam-tam, avons propagé la nouvelle dans tout le Mandingue. Les semaines suivantes, des villages et même des lointaines terres étrangères, sont arrivés à Soba d'autres aveugles, d'autres paralytiques que les sicaires ont conduits au dispensaire où le médecin blanc, heureux et surpris, fut fier de les accueillir comme des Nègres intelligents ayant de leur propre initiative abjuré le sauvage et mensonger charlatanisme africain des sorciers pour venir se confier à la science des Blancs. Le toubib se trompait ; en réalité, les malades séjournaient au dispensaire (sous la sévère surveillance des gardes) jusqu'au vendredi. Le vendredi matin, les sicaires venaient les récupérer et allaient les installer le long du parcours de Djigui, l'itinéraire Bolloda-Mosquée-Kébi. Il avait été prouvé que c'était les vendredis que les prestiges, bénédictions du patriarche étaient les plus héroïques et efficients.

– Mon commandant, quand arrivera mon train ?

Le train… le train était… le train était arrivé au Centre, à Bouaké, la capitale du Centre. Plus de la moitié du parcours était construit ; on réalisait dans cette ville d'importants travaux ; tout le matériel et toutes les machines qui permettraient de tirer le rail jusqu'au Nord, jusqu'au Bolloda, y étaient stockés.

– C'est toujours l'insuffisance de la main-d'œuvre, sa paresse, sa fausseté, sa gourmandise, la lâcheté des travailleurs nègres qui retardent l'achèvement des travaux indispensables à la construction du rail et à l'arrivée du train. Les travailleurs forcés continuent à déserter. Le Centre n'est pas le Sud ; le climat y est sain, l'humidité ne gonfle plus les blessés, pourtant vos compatriotes s'entêtent à devenir grabataires, à crever comme si la mort pouvait être une échappatoire, une réplique, une fin pour un croyant.

Et l'interprète Soumaré de conclure par une de ses antiennes favorites :

— Comme je n'arrête pas de vous le dire, le train est une grande chose, la plus haute et la plus longue des choses mobiles. Le tirer jusqu'à Soba est une œuvre titanesque, plus essoufflante que tirer du bief un crocodile centenaire, plus prétentieuse que de promettre d'arrêter la foudre avec la paume de la main. Vous avez sollicité ce qui n'a jamais été offert à un Nègre. Pour l'acquérir, il faut fournir des hommes, des grains. Ce qui a été réalisé jusqu'ici n'est pas à la hauteur de vos ambitions. Nous jugeons, le commandant et moi, que vous devez arrêter d'immoler, d'offrir des sacrifices, essayez de raccourcir les prières, et de sérieusement parcourir les pistes, de remonter dans les montagnes, de réquisitionner plus de travailleurs et de grains pour les chantiers du chemin de fer. Celui qui déteste l'escalade ne construit pas son habitation au sommet d'un mont.

Les antiennes de Soumaré avaient fini par m'agacer ; vertement j'ai répliqué :

— Cher frère de plaisanterie, dites au Blanc que j'en fais pourtant, j'en fais plus que vous ne pouvez l'imaginer avec mes sacrifices et mes prières, je ne cesse de peiner ; si cela n'apparaît pas, c'est parce que ni la sueur ni les larmes ne se reconnaissent sous la pluie.

L'interprète resta interdit. C'était la première fois que je lui répondais par autre langage que le silence ou l'acquiescement servile. Il n'y était pas préparé. Plus tard, j'allais savoir que l'interprète n'avait pas, sur-le-champ, traduit mes paroles et ne l'avait fait tardivement qu'à la demande du commandant. Le Blanc, sans comprendre un seul mot de nos propos, avait su, au regard et au silence de l'interprète, que mes dires avaient pris une forme inhabituelle. Le Blanc, informé, n'avait pas lui non plus apprécié ma réplique. Les vendredis suivants, le Blanc et l'interprète me reçurent fraîchement, éludèrent mes questions sur le train et écourtèrent les visites jusqu'à ce matin, où à ma grande surprise, tous les deux vinrent à ma rencontre sur la terrasse. Avec le sourire, ils m'annoncèrent deux bonnes nouvelles. Le travail du train à destination de Soba avait avancé ; le gouverneur et le ministre des Colonies m'invitaient à l'Exposition coloniale à Paris.

J'allais enfin connaître le pays des Blancs que les anciens combattants m'avaient tant vanté. Je descendis au port. La nacelle dans laquelle nous nous assîmes fut arrachée ; nous fûmes balancés, bernés et jetés dans une embarcation qui, en tanguant, navigua jusqu'au flanc du paquebot où une seconde fois nous fûmes balancés, bernés et posés sur le pont. Djigui eut le mal de mer et voulut demander à retourner à Soba, mais la sirène retentit et le navire appareilla. Ce ne fut ensuite que la mer ; le soleil et la lune sortirent de la mer et s'y renoyèrent ; de sa surface de temps en temps surgirent pour y replonger de gros marsouins. Parfois, le matin, des oiseaux blancs apparaissaient à la droite, volaient et se perdaient dans l'immensité du ciel à gauche. Deux fois, nous jetâmes l'ancre pour admirer des villes avec des maisons blanches aux toits de tuile en partie enveloppées de manguiers, puis ce fut Marseille, la France et toutes leurs merveilles.

Je voulus tout voir, tout connaître, tout toucher, tout admirer ; mais partout je ne trouvai que des trains. Nous prîmes le train pour en rencontrer d'autres ou nous faire dépasser par d'autres trains. Nous admirâmes les tunnels, les ponts, les palais construits pour le train. A Paris, les trains circulaient sous et sur terre ainsi que dans le ciel. Il y avait aussi de nombreuses automobiles ; mais elles allaient à la gare ou en revenaient. Des foules sortaient des gares ou y entraient. Nous visitâmes de vastes *lougan* dont les moissons étaient évacuées par des trains, des fabriques qui transformaient des trains entiers de matières premières en marchandises qui étaient réexpédiées par des trains.

A l'exposition, arrivèrent par le train de nombreux visiteurs pour admirer ma prestance, la blancheur immaculée de mes boubous contrastant avec les habits bigarrés de mes suivants. A tous les curieux, le commandant de Soba, qui avait fait le voyage, expliquait que mes salives ne tombaient pas.

De son séjour en France, Djigui aura surtout vu et retenu le chemin de fer ; réalisation immense, innombrable, enchevêtrée, multiforme. Le train de France était dix fois plus gros que celui d'Afrique. De retour à Soba, le commandant annonça qu'après l'arrivée du petit train d'Afrique au Bolloda, la France allait attribuer aux Keita un train aux dimensions françaises. Djigui s'empressa de refuser ; il n'aimait pas les gros trains. Le petit train qu'il s'était promis se révélait déjà comme une gageure aussi irréalisable que de tirer de la forêt un buffle vivant. Qu'aurait coûté le train de France ?

« Dans le Livre, il est écrit qu'un croyant ne sera jamais chargé d'un fardeau au-dessus de ses forces. Allah, toi le miséricordieux, décharge-nous du fardeau du train ou gratifie-nous des moyens supplémentaires pour le porter. Amen ! »

TROISIÈME PARTIE

8

*La lune s'était singularisée de façon
qu'elle ne se présente qu'une ou deux fois
à un homme dans une vie*

Enfant, Djigui apprit à cultiver le silence : à écouter, à
ne jamais commander de la voix quand un signe suffisait ;
à ne jamais dire deux mots quand un pouvait tout énoncer ; et surtout à n'exprimer ses sentiments que par le sourire ou l'acquiescement. A l'approche des cent vingt-cinq
ans, le silence devint pour lui une vertu. Il ne parlait guère
plus de cinq fois par jour, toujours à voix basse, avec de
courtes phrases. Nous, ses suivants et ses serviteurs, res-
tions toute la journée le regard rivé sur ses lèvres pour saisir, dès qu'elles commençaient à remuer, les chuchote-
ments d'une phrase. A son retour de France, il prolongea,
alors qu'ils étaient déjà interminables, les moments de
prières, de réflexion et de silence, de sorte qu'en dehors
des sourires qui spontanément éclairaient son visage et
reflétaient sa bonté, il arrivait que, dans la journée, il ne
nous gratifiât que de deux phrases. C'était peu. Il se mit à
éluder tout ce qui se rapportait au train, croyant qu'éluder
le malfaisant l'exorcisait.

Le commandant et l'interprète, toujours enthousiastes,
les vendredis matin parlaient des nouvelles montagnes qui
venaient d'être fendues, des nouveaux fleuves aux cas-
cades infestées de caïmans qui venaient d'être couverts, et
du rail toujours rectiligne et éclatant sous le soleil qui,
irrésistiblement, s'approchait de Soba et réclamait toujours des hommes, des femmes, des vivres, de l'argent.
Les gardes, les collecteurs et sicaires toujours volontaires
allaient par les marécages et les montagnes arracher aux
villages les humains, les animaux, les vivres. Toutes les
exactions s'effectuaient sous les ordres directs de l'inter-

105

prête et du commandant. Djigui, absent et songeur, attendait qu'ils aient achevé de compter les avantages et les joies du rail pour placer le proverbe approprié, la prière convenable. Une fois, le commandant reprocha vertement au Centenaire son silence, son désintérêt pour le train, travail sans lequel son Soba ne serait jamais civilisé. Djigui répliqua par la prière : « Quels que soient le courage et les vœux des humains, c'est toujours en définitive la volonté divine qui se réalise. » L'interprète traduisit les propos par : « Allah finira par nous aider à construire le chemin de fer. » Un sourire condescendant de civilisé éclaira le visage du Blanc qui se heurtait là aux fainéantise, apathie et fatalisme congénitaux de l'indigène, travers contre lesquels ses professeurs de l'École coloniale de Paris l'avaient tant prévenu.

Cependant, une nuit (bien sûr, c'était un mercredi, puisqu'elle se révéla funeste), après la dernière prière, l'interprète en personne se présenta au Bolloda : le commandant mandait Djigui. C'était la première fois que notre roi était convoqué la nuit.

Au Kébi, tout le monde, autour des lampes tempête, s'affairait : le commandant, le docteur, l'instituteur, tous les commerçants – sauf les Levantins. Le brigadier-chef, des gardes et des fonctionnaires indigènes sur la terrasse, au pied de l'escalier et sous les manguiers murmuraient. Loin du cercle de lumière, d'autres fonctionnaires et des inconnus nombreux et silencieux peuplaient les abords du Kébi dans la pénombre et dans l'ombre, prolongeaient et épaississaient celle-ci jusqu'aux zombies de nos compatriotes inhumés sur les chantiers du Sud et dans les terres froides de France sans sépulture ni prière, qui, toujours en errance, hantaient les nuits de Soba. Dès qu'on m'eut descendu du cheval, l'interprète me guida jusqu'au centre du cercle ; le commandant me présenta un télégramme, d'une voix brisée et en martelant les mots, il annonça que les « Allamas » venaient de recommencer… la guerre.

Ils voulaient, cette fois, ces barbares et mécréants d'« Allamas », s'approprier tous les trains de France, transformer tous les Nègres d'Afrique en bêtes de somme, inventer des travaux forcés deux fois plus meurtriers et fusiller les déserteurs, les sans laissez-passer, eux, leurs pères, mères, frères, sœurs et leurs chefs. « Qu'Allah nous préserve de la calamité des "Allamas" », murmura le fluet interprète en terminant. Les Nègres, comme un seul homme, devaient se lever pour défendre la terre française, la civilisation, vaincre et annihiler définitivement l'hydre allemande. La France se souvenait encore, et les « Allamas » aussi, de la bravoure des gens de Soba. « C'est en témoignage de gratitude pour votre combat que les Blancs ont décidé de vous civiliser avant les autres races en apportant le train à votre pays. La construction du chemin de fer sera suspendue, les travailleurs et les emprisonnés pour manque de laissez-passer seront récupérés et gratifiés de chéchias, de gamelles, de couvre-pieds, de godasses et de fusils et embarqueront pour la France où ils seront nourris, logés, habillés gratuitement et payés deux fois plus qu'un travailleur forcé. Le ministre des Colonies et le gouverneur attendaient des Keita et surtout de Djigui qu'ils se mobilisent pour la civilisation : « Remonter à cheval pour aller dans le pays, haranguer les coreligionnaires, exalter tout le monde pour le combat de l'humanisme et de la liberté, pour une guerre qui est celle du Blanc et du Noir, du musulman et du chrétien. »

Au Bolloda, Djigui a assemblé gardes, sicaires, collecteurs, notables, griots, marabouts, et leur a décrit les trains qu'il avait vus à Marseille et Paris, trains que les cruels et sauvages « Allamas » envisageaient d'anéantir. Motivés, les gardes et sicaires se dispersèrent, retraversèrent les montagnes et les fleuves, racontèrent dans les villages ce qu'avait été le voyage du roi au-delà des mers, détaillèrent les atrocités que les Allemands appliqueraient en cas de défaite française. Mais ni les méthodes ni les discours ne convainquirent les paysans : les sicaires ne ramenèrent que peu de Nègres valides, que peu de récoltes, presque pas d'argent. Le commandant le reprocha à Djigui.

– Pourquoi n'êtes-vous pas allé vous-même palabrer dans les villages ?

– Moi, Djigui… moi, Keita en personne, même si j'avais fait chanter les griots dans chaque village, les prises n'auraient pas été plus substantielles. Les gardes, sicaires et collecteurs sont montés avec mes propres enfants, mes propres paroles, mes bénédictions et mes menaces. Mais le dénuement des villages... L'indigence des gens... Les pays de Soba sont devenus exsangues. La limite de la bête est sa queue ; il n'y a pas de forgeron qui à force de frapper transforme le cuivre en or et aucun éreintement ne peut faire tirer l'eau de la pierre.

L'astucieux interprète ne traduisit pas les proverbes du Centenaire ; directement, il répondit :

– La force, comme la lune, est haute et comme la lune elle ne peut suivre les soucis des minuscules fourmis perdues sur la terre. La ménagère arrange sur la claie de sa case les ustensiles selon leurs usages : près et à portée de la main, les usuels ; mais loin et haut, ceux réservés aux grands événements qu'elle ne peut toucher qu'en se hissant sur un escabeau. La guerre contre les « Allamas » est un grand événement, il faut monter sur l'escabeau pour atteindre ce qui ne s'utilise qu'exceptionnellement. Sinon, les Toubabs – je les connais bien – appelleront un plus haut, au bras plus long pour arranger leurs ustensiles, cuire leurs sauces. Quand une femme ne donne plus satisfaction, on en épouse une autre.

Djigui une fois encore a réuni les gardes, sicaires, collecteurs et recruteurs et une fois encore leur a décrit Marseille et Paris en danger de destruction par les « Allamas ». Il leur a reparlé de la cruelle guerre allemande avec les gaz, les bombes ; de l'intention réelle des « Allamas » de nous « misérer » davantage, de nous tuer davantage. Une fois encore, les hommes de Djigui, accompagnés des fils de Djigui, sont repartis dans les villages, mais sont rentrés avec des maigres butins. Les Nègres restaient sans sollicitude pour Marseille, Paris et les nombreux trains de France. Vendredi, Djigui trouva le commandant inquiet. « Les tirailleurs envoyés de Soba n'ont pas été assez nombreux ni assez courageux. La guerre commence à nous être défavorable. Les Allemands s'enhardissent. » Sans ménagement, il ordonna à Djigui d'apporter plus d'hommes valides. Djigui, malheureusement, au lieu de s'exécuter sur-le-champ, retourna au Bolloda pour travailler et préparer le voyage. C'est-à-dire qu'il alla consulter les sorciers, les marabouts et devins, tua des sacrifices appropriés, fit choisir les jours et heures fastes pour les départs et arrivées, dépêcha des commissionnaires pour truffer de sortilèges les chemins à parcourir et les villages à visiter pour mieux les posséder, rassembla les griots, les joueurs de flûtes et de tam-tams qui devraient l'annoncer, et les épouses qui devraient se partager les nuits d'étape. Ces préparatifs exigèrent des palabres que suivirent des palabres, du temps qui s'ajouta à des demi-journées et retardèrent le déplacement au point qu'à la fin des fins, lorsque Djigui se décida et sortit du Bolloda, monta à cheval, démarra, il n'alla pas loin, même pas jusqu'à Tombou, quand un garde nous rejoignit et nous annonça que la guerre en France était finie, que les nôtres avaient été défaits et que le commandant m'appelait.

Au Kébi, au pied de la terrasse, l'interprète m'attendait ; à brûle-pourpoint, il m'a demandé :

— N'avez-vous pas ce matin, aux chants des coqs, aux hurlements des cabots et surtout aux couleurs dont la lune s'était entourée, eu prémonition de l'événement ?

— Non, ai-je répondu. Je n'avais pas regardé la lune avant la première prière et mes marabouts ne m'avaient rien signalé.

Lui, Soumaré, avait pressenti. D'abord, il avait mal dormi : ses sommeils avaient été troublés par la chaleur et les cauchemars dont très souvent il m'avait entretenu. Il s'était levé en proie au mal que je savais et avait commencé, sous les manguiers, les habituelles promenades que je lui avais recommandées. Il avait alors vu pourquoi la nuit l'avait appelé. La lune s'était singularisée de la façon qu'elle ne se présente qu'une ou deux fois à un homme dans une vie. Il s'était arrêté pour comprendre et avait su que la journée allait être néfaste, que les nôtres étaient vaincus et que beaucoup de nos garçons ne rentreraient pas. Ce serait difficile ; lui, Soumaré, savait, pour avoir pendant trente ans guerroyé, qu'il n'y avait pas de lendemain de défaite heureux.

— Mais entrons chez le commandant. Les Blancs savent toujours exprimer toutes les choses, même les plus indicibles.

Le commandant qui les reçut dans la grande salle fut lointain et lapidaire. Il répéta sur un ton qui ne laissait percer aucun sentiment :

– La bravoure des nôtres a été surclassée par les feux des avions, des chars et des canons de la barbarie. Je commande que les indigènes s'abstiennent de danser pour prier et se préparer aux jours d'incertitude qui commencent.

Il se retira dans son bureau et s'enferma. Ce comportement constituait une remontrance, le commandant était mécontent : Djigui le sut aux commentaires du fluet interprète.

– C'est votre faute, Djigui. Si le jour de déclaration de guerre, vous étiez monté dans les montagnes, aviez parcouru les pistes, visité les villages et hâté la mobilisation, il y aurait eu assez de tirailleurs et les Allemands n'auraient pas vaincu, ils ne se seraient pas approprié Marseille et Paris.

Je rejetai l'accusation et descendis au Bolloda en tête de mon escorte, en silence. Je n'étais pas fautif : quel qu'eût été mon empressement, je n'aurais pu retirer du pays plus de conscrits. En authentique Keita, je ne répondais jamais aux hommes qui, surclassés sur l'aire de la lutte, rentraient se défouler sur leurs pauvres épouses. Au lieu de reconnaître leurs lâcheté et faiblesse, les Français se disculpaient comme le matou fainéant qui, pour excuser sa couardise, se plaint des souris qui mordent les chats dans les lèvres. Quand chacun doit se retourner contre moins fort, la bise souffle contre la calebasse vide : les Français étaient des cornus qui ne donnaient des coups qu'aux bêtes décornées.

Assurément, les sacrifices de Djigui ne semblaient pas avoir réussi, car quelques semaines après, ce commandant partit. Arriva un nouveau commandant avec le Renouveau.

Qu'étaient donc ce nouveau commandant et son Renouveau ? Tous deux étaient inconnus de Djigui comme le vermeil du flamboyant l'est de l'aveugle de naissance.

– Quoi ! Vous ne vous souvenez pas de moi ?

Le Centenaire, pour qui tous les Européens se ressem-

110

blaient avec leurs mêmes nez, oreilles, bouches, exigences, casques et barbes, ne se remettait pas son interlocuteur. Tant de commandants étaient arrivés et repartis qu'il lui était autorisé d'en oublier quelques-uns.

— Moi, je suis Bernier, le Blanc qui fut le quatrième instituteur de Soba. Vous ne me retrouvez toujours pas ? N'insistons plus. Ce n'est pas pour cela que je suis revenu. Je suis envoyé pour annoncer et appliquer le Renouveau français. La défaite, par certains aspects, a été salutaire : elle a conduit mes compatriotes à réfléchir, à se ressaisir et à appeler à la tête de la France un vieux aux cheveux blancs, comme les vôtres ; mais un homme qui vaut cent patriarches nègres comme vous. Il est Blanc, instruit, plus sage, courageux et respectable que tous les Nègres du monde. Il aime les enfants, les vieux et les Noirs, donc vous aussi, vous l'interprète et vous Djigui. Ce grand et honorable chef s'appelle maréchal Pétain. Le Maréchal a décidé de faire de vous des légionnaires. Le légionnaire est un ami du Maréchal, un de ses compagnons, un de ses soldats, un homme sur lequel il peut à chaque instant compter. Un légionnaire dit, vit, montre le Renouveau français en aimant d'abord la France, puis ses enfants, ses femmes et en travaillant beaucoup. Avec le Renouveau, les indigènes doivent cesser de dormir, de chanter, de danser et se consacrer au travail. La France étant occupée, cesseront d'arriver en Afrique les grains cultivés et récoltés par les travailleurs et courageux paysans français, les objets manufacturés par les habiles et consciencieux ouvriers français. Sous l'autorité de la poignée de Blancs isolés ici, les indigènes doivent tout réaliser : l'Afrique doit se suffire. Pour mériter l'amitié du maréchal Pétain, les Nègres de Soba doivent cesser de mentir, de marauder, de déserter, de paresser et produire, plus que par le passé, du riz, du mil, de l'arachide, du maïs, de l'huile de palme, du coton. Pour le Renouveau, ils doivent fournir du charbon, des peaux, des ivoires, du sisal, de l'or, du caoutchouc, des cornes, du soja, beaucoup d'enfants pour les écoles et le scoutisme, des malades pour les dispensaires et l'institut des grandes endémies, des femmes en attente pour les maternités, des hommes et femmes pour les chantiers et plantations, et des hommes

111

sains et courageux pour l'armée coloniale qui pourchassera et châtiera les Nègres qui ne suivront pas les sages paroles du Maréchal. Le Renouveau ouvre une nouvelle ère ; commence avec le Renouveau un monde de ferveur patriotique, familiale. Une cérémonie de salut aux couleurs sera, chaque matin, organisée dans chaque hameau avant le départ des paysans aux champs. Tout l'Empire, comme un seul homme, au même moment, se lèvera et répondra : « Maréchal, nous voilà. » Le Renouveau doit être enseigné aux habitants par les légionnaires qui sont les soldats, les partisans, les suivants et les griots du Maréchal.

L'interprète, qui traduisait la déclaration, ajouta ces commentaires :

– Le Renouveau ne doit trouver personne assis », et, en aparté à Djigui : « Il y a des explications qui sont à donner sur le nouveau commandant et son Renouveau qui ne peuvent être dites au Kébi en présence du Blanc.

Djigui souffla un *bissimilaï* de découragement.

– Attendez-moi cet après-midi au Bolloda, annonça l'interprète en terminant.

Soumaré allait rarement au Bolloda, cinq ou six fois en trente ans, si on exclut les visites protocolaires des fêtes de Ramadan et de la Tabaski. D'ailleurs l'interprète sortait très peu, sauf la nuit où il marchait les longues promenades dont nous avons parlé, à cause du mal que nous savons. Ces promenades se limitaient aux environs immédiats du Kébi où, accompagné de deux gardes du corps, il visitait tous les chantiers ; comptait, à la lumière des torches, les briques, les bottes de paille et les plantes ; pénétrait dans les magasins de la société de prévoyance ; inventoriait le nombre de sacs de riz, d'arachide et de mil ; allait à la prison pour écouter le compte rendu du brigadier ; passait devant chaque poste de gardes ; notait les entrées et les sorties de nuit de chaque fonctionnaire et garde ; arrivait le premier à la mosquée pour la première prière ; le premier chez le commandant le matin avant l'ouverture des bureaux pour rapporter ce qu'il avait vu et répéter ce qu'il avait entendu. Soumaré était le nocturne clabaud du commandant.

Après la troisième prière, notre roi, démoralisé par l'entretien du matin, était couché sur son grabat, pensif, comptant les feuilles de l'arbre à palabres, et nous étions, nous, ses suivants, en train de regarder du côté de la grande rue, quand, à notre surprise, déboucha des environs de la mosquée, toujours dans sa marche fléchissante, le gringalet et recroquevillé interprète perdu dans son habituel grand boubou immaculé qu'il ne parvenait jamais à rassembler.

— Ce qui m'amène ressemble à la cause qui oblige le crocodile à sortir de l'eau pour aller lécher la rosée des herbes. Sauf la volonté d'Allah, le nouveau commandant ne semble pas venu pour la paix.

— C'est à Allah seulement qu'appartient la paix, répliqua Djigui. Pourquoi, Soumaré, n'avez-vous pas murmuré au Blanc que les villages sont incapables de fournir ce qu'il réclame ?

— C'eût été inutile, il ne m'aurait pas entendu.

— Il vous aurait entendu si vous aviez expliqué que, même en changeant la nuit en jour, les gens ne pourraient nous obéir.

— Le commandant ne m'aurait pas entendu.

— Le Blanc vous aurait écouté si vous lui aviez dit que, même en faisant pousser des fromagers dans les creux de la main, le pays ne pourrait pas accoucher de ce que réclame le Renouveau.

— Le commandant ne m'aurait pas entendu, nous ne l'aurions pas convaincu… Dites-moi, Djigui, au vrai, vous ne vous souvenez plus de Bernier, le nouveau commandant ? C'est pourtant facile : pour se souvenir de Bernier, il suffit de se remémorer l'époque de Journaud, votre ami, le commandant Journaud.

Journaud fut le sixième commandant civil de Soba et, de tous nos chefs blancs, le plus pansu ; il était aussi gros travailleur, multiforme, ubiquiste. Le matin, il arrivait qu'on pensât le trouver occupé d'en finir, dans sa garçonnière du camp de gardes, avec la dernière vierge qu'on lui avait apportée, alors que, déjà, il était sur les chantiers en train de gueuler ou dans la brousse à chasser des gibiers. Gibiers dont il gratifiait les Nègres les moins indolents. C'est Journaud qui traça tout le réseau routier des pays de Soba ; c'est sous sa férule que nous réalisâmes nos meilleures récoltes de riz, de coton, d'arachide. C'est lui qui, dès l'appel du

113

muezzin, accompagné des gardes et de l'agent d'hygiène, pénétrait au même moment dans les quartiers, dans toutes les concessions, toutes les cases ; s'assurait de la propreté de tous les puits, des canaris, des habits et des recoins des habitations. Ces inspections, il est vrai, se terminaient souvent par de multiples viols ; mais ce fut, incontestablement, la seule époque de notre histoire où nous vécûmes sans moustiques, sans mouches, sans poux, sans punaises, sans rats, sans cafards ; la seule où le paludisme, les lopres, les pians, les amibiases, les maladies du sommeil et les maladies vénériennes reculèrent à Soba.

Djigui acceptait de se remémorer la grande époque du gros Blanc qui, un jour sur un chantier, à la place de son habituel verre de bière, se fit apporter une jeune Négresse et l'essaya. L'expérience le transporta et le transforma si bien que sa Blanche ne lui satisfit plus : elle devint pour lui froide comme un serpent, fade comme de la silure non pimentée, parce qu'elle ne l'enivrait pas comme la puanteur des fesses des jeunes Négresses, leurs peur, trépidations et cris.

– C'est Journaud, s'écria l'interprète.

Djigui voulait bien se rappeler que ce gros Blanc s'était constitué un harem de près de vingt têtes dans chaque canton et avait fabriqué des mulâtres qui systématiquement étaient arrachés à leurs mères et envoyés en pension au foyer des métis où ils se révélèrent tous de la bonne semaille, car ils devinrent les premiers instituteurs, commis et médecins de notre pays.

– Tous ces métis sont des enfants de Journaud, s'écria encore Soumaré, satisfait. Vous vous remettez bien Journaud et son époque, donc vous pouvez facilement vous souvenir de Bernier.

– Non, non !

C'était déjà trop pour Djigui, résolument, il refusait de « se sortir » Bernier. Pourtant… pourtant ! Celui qui se souvenait de Journaud et son époque n'avait pas grand effort à faire pour se remémorer Bernier.

Bernier était l'instituteur blanc qui, à l'époque, s'était enfui avec la femme du commandant Journaud. Djigui, avec un rien d'effort, pouvait se souvenir des cachotteries et de la fougue de Mme Journaud. Pendant que son époux bastonnait les Nègres pour les dégourdir et les civiliser, couchait avec les Négresses pour améliorer la race noire, elle pleurait au Kébi avec ses trois petits mignons de Blancs. Au commencement de la perversion de son mari, Mme Journaud multiplia les scènes, réalisa dépression sur dépression, rien n'y fit : son mari était irrécupérable. Elle ne retrouva son appétit et n'arrêta les pleurs qu'en rentrant chez l'instituteur Bernier, un vrai derviche, qui n'avait jamais pu se faire à la puanteur du Nègre pour s'accoupler avec une Négresse et qui, nuit et jour, tournait dans sa case au milieu de ses livres.

Comme tout instituteur toubab, Bernier avait débarqué avec la haute mission de civiliser, de ramollir les têtes granitiques des négrillons. Besogne qui se révéla ingrate, quasi irréalisable et rebutante au point qu'il envisagea, les premiers mois de son séjour, de retourner dans son Bugey natal, et ne se ravisa que lorsqu'il eut analysé la société coloniale. La réalité était simple et évidente : seuls les Nègres – c'était leur destin – et quelques Blancs idéalistes – c'était leur vouloir – travaillaient. Le climat interdisait aux autres Toubabs qui, lorsqu'ils n'étaient pas des imbéciles, étaient des bandits, de s'exténuer sous les tropiques. Les imbéciles gouvernaient et les bandits s'enrichissaient. S'il est difficile de s'improviser bandit, se transforme qui le veut en imbécile et Bernier décida de le devenir. Il refusa de travailler, de perdre son temps et sa salive à blanchir des têtes crépues, absolument indécrottables, et se cloîtra dans son bureau. Chaque matin, un élève du cours supérieur préparant l'entrée au Groupe scolaire de la capitale frappait à la porte, entrait avec des manuels. Bernier marquait les devoirs sur lesquels les jeunes Nègres devaient se civiliser au lieu d'aller dans la journée chaparder le maïs, les mangues et les poulets des pauvres paysans. Ensuite, il se lavait les mains, ouvrait le gros livre dans lequel étaient consignés, chapitre par chapitre, les devoirs de l'homme blanc à l'endroit de son inférieur noir, instructions qu'il devait apprendre pour entrer à l'École coloniale de Paris qu'il appelait l'École des imbéciles.

Deux fois par semaine, son ami, le toubib de Soba

– d'accord avec lui sur l'analyse de la société coloniale – passait, prenait le pot et gribouillait des ordonnances qui prolongeaient les congés. Bernier eût, dès la première tentative, réussi le concours si sa répugnance pour les Négresses n'était restée toujours vivace et entière, et si Mme Journaud n'était pas entrée chez lui tous les matins. Elle s'agenouillait à ses pieds, pleurnichait, geignait et se plaignait de son répugnant de mari, goulu de petites Négresses puantes. Il l'avait délaissée, elle, une « Touba-besse » avec ses trois enfants blancs dans cette sauvage et lointaine Afrique. La commisération de Bernier pour cette mère chrétienne se mua en grand amour. Mais l'infâme mari qui s'était négrifié jusque dans la mentalité et les mœurs ne supportait pas qu'on consolât une épouse avec laquelle il n'avait plus de relations : il fit rapatrier sa femme et expulser son amant. A Paris, l'instituteur termina ses études à l'École coloniale, retrouva son amante ; ils se marièrent.

Bernier était rancunier. Dès qu'il eut le grade de commandant de cercle, il sollicita le poste de Soba, dans la seule intention de venir apprendre aux indigènes à distinguer un pur Blanc d'un faux et corriger l'image que les errements, les débauches et cochonneries de Journaud avaient laissée de l'Européen. Un pur Blanc français est conscient de sa responsabilité, de sa respectabilité et de sa supériorité morale et intellectuelle sur l'indigène. Il est bon père de famille, bon chrétien, bon patriote et ne se rabaisse pas à coucher avec les femmes des Noirs qui sont d'ailleurs – entre nous, il faut le dire – repoussantes. Journaud n'était pas un Aryen, un vrai Français. Il avait du sang juif, ce qui expliquait son comportement. Depuis l'arrivée du Maréchal au pouvoir, les Juifs avaient été écartés de tout commandement et internés. Comme vous, indigènes, les Juifs sont voleurs, retors et dissimulateurs.

En feuilletant les archives du Kébi, le nouveau commandant avait retrouvé le rapport que Journaud avait envoyé au gouverneur. Il expliquait que c'était sur votre demande à vous, l'interprète et le chef Djigui, que lui Journaud réclamait le rapatriement immédiat de son épouse et de son amant, parce que, justifiait-il, les Nègres n'aiment point obéir au mari trompé. L'interprète a immédiatement démenti. Le commandant Bernier a souri : Journaud a pu mentir. Les Juifs comme les Nègres naissent menteurs.

Assurément... Assurément, le commandant Bernier – il faut le redire – n'était pas venu pour la paix. Il ne restait qu'à se préparer et en appeler à la bonté divine contre les difficultés, les dangers et la honte que portaient ses dires et intentions, comme les nuages charrient l'orage et le tonnerre.

Avec insistance, Soumaré conseilla à Djigui, en dépit de son grand âge, de remonter à cheval pour aller expliquer aux habitants ce qui se nomme le Renouveau du maréchal Pétain. Autrement, le nouveau commandant pourrait vous « misérer », vous malfaire.

Djigui ne le pouvait plus et ne le voulait pas.

— Vous allez le vouloir et l'accomplir, répondit Soumaré qui, frère de plaisanterie des Keita, poursuivit en badinant. Je dis que vous allez le vouloir et l'accomplir, parce que, sans grand effort, vous saurez redire les paroles du Renouveau qui sont des propos du Maréchal et de Bernier, deux hommes qui doivent être, vu leur impudeur, du clan des Keita.

— Non, non, répliqua le Centenaire qui, depuis de nombreux mois, pour la première fois souriait. Non, non, nous refusons Pétain et Bernier dans notre parentèle. Ce sont des Blancs, nous, les Keita, classons tous les nazaréens dans le clan des Soumaré et leur attribuons le nom totémique Soumaré. Comme vous, ils ne connaissent pas la honte, et ont pour second totem la vérité.

Toute la cour sourit comme son roi.

9

*Le ruisseau désert des lavandières et des éclats
de rire des sous-bois sans lesquels il n'y a pas
de villages proches*

C'est lundi matin, à l'heure de l'ourébi, qu'il se redressa
et se mesura ; il était toujours haut. Le patriarche se désen-
roua par un puissant souffle ; le toussement provoqua un
léger vent qui souleva la poussière, et les gendarmes s'envolèrent de l'arbre à palabres, le *fissandjiri* légendaire et
sacré du Bolloda. Mais le bruit n'atteignit pas comme jadis
le mont de Soba pour se prolonger dans les multiples échos
d'antan. Le Centenaire caressa sa barbe, rajusta sa coiffure
et plongea sa main droite dans la grande poche chargée de
mille fétiches et gris-gris impossibles. A ce geste, tous les
gendarmes regagnèrent leurs nids. Donc il pouvait encore.
De la prière, de la démarche et du revers de la main, il rejeta
l'âge, la décrépitude et les *monnew*. Nous qui toujours
l'avions admiré, tout de suite, l'entendîmes. Nos multiples
bras accoururent pour le hisser sur Sogbê qui quoaillait.
Djéliba entonna un vieil air des grands jours du règne ;
les xylophones, les tam-tams et les coras résonnèrent ; le
convoi s'ébranla. Djigui, bercé par la voix de son vieux
griot, s'abandonna aux cadences de Sogbê, refusa d'écouter les nombreux murmures qui sourdaient de la terre en
marmottant.

« *Ne pars pas pour une localité où tu n'arriveras pas,
on n'arrive jamais où il n'y a ni vivant, ni mort, ni jour, ni
nuit, ni hivernage, ni harmattan, ni bruit, ni silence.* »

Le Centenaire de toute sa hauteur dédaigna les prémoni-
tions funestes, il croyait les avoir toutes exorcisées par les
puissants sacrifices d'avant le départ : il se trompait.
Dès que les susurrements s'arrêtèrent, apparut le pre-

119

mier zombie : une femme serrée dans un pagne en coutil blanc. Il la vit venir de loin, elle volait plutôt qu'elle ne marchait à notre rencontre jusqu'à deux pas du cheval de Djigui, avant de s'atténuer, de s'écarter, de s'enfoncer dans la brousse et de réapparaître à quelques aunes du fossé, à demi cachée par les hautes herbes, où elle s'arrêta et nous épia. C'était habituel, connu et courant chez nous : les zombies de ceux qui viennent de mourir quittent le village, marchent et sont souvent rencontrés et vus par les voyageurs. Pour se rassurer, Djigui se pencha et désigna le revenant à un de ses compagnons : aucun des suivants ne le voyait ! Cela aussi était habituel et connu : le revenant, très souvent, ne se fait voir qu'au plus ancien, le plus sorcier des voyageurs et, incontestablement, Djigui valait plus que le plus savant de ses suivants.

Mais l'étrange commença quand il compta un, deux, trois, cinq, vingt, des centaines de revenants qui se suivaient, volaient plutôt qu'ils ne marchaient à sa rencontre, et qui, l'un après l'autre, arrivés à deux pas devant lui, dans un mouvement quasi automatique, s'atténuaient, s'écartaient et réapparaissaient à demi cachés dans les hautes herbes, où, à deux aunes du fossé, ils constituèrent une véritable double haie de femmes et d'hommes, tous serrés dans le même pagne de coutil blanc. Cela n'était pas vrai, cela ne devait pas exister : cela signifierait que tous les habitants de tous les villages étaient en train de mourir. C'étaient donc des mauvais zombies ; il fallait les exorciser. Djigui le fit en tirant de sa poche un gri-gri approprié qu'il agita : les abords de la route furent dégagés.

Ils arrivèrent au premier ruisseau du premier village. Le ruisseau était désert des lavandières et des éclats de rire des sous-bois sans lesquels il n'y a pas de villages proches. Mais, étrangement, tout le décor était en place : les ballots de linge sale dans les calebasses, les morceaux de savon sur les galets, le linge lavé qui séchait, les canaris et les gourdes des porteuses d'eau alignés près de la chute. Certainement... certainement, les lavandières et les porteuses d'eau n'étaient pas loin ; elles s'étaient réfugiées dans le bois à notre approche. Djigui ordonna à ses hommes de descendre de cheval pour commander aux ménagères de sortir des cachettes et saluer le roi. Les suivants s'exécutèrent : il n'y avait personne ! Personne après les troncs d'arbres ! Personne dans les herbes ! Un suivant se courba pour ramasser une calebasse de linge sale : la calebasse et son contenu étaient en poudre ! Tout était en poudre : les pagnes, les canaris, les gourdes, les morceaux de savon ; comme si tout avait été laissé là sur les berges et les rochers pendant des décennies, exposé aux intempéries qui avaient tout pulvérisé et lévigé. L'eau courante que le convoi traversa était d'une limpidité exceptionnelle pour la saison, avec, dans le lit et sous les eaux de la rivière, des objets blancs que le patriarche ne chercha pas à identifier et qui, de loin, ressemblaient à des ossements humains, à d'innombrables crânes humains.

Après la rivière et le petit monticule, apparurent les cases du village ; il était désert. Entre les concessions ne circulaient pas d'animaux domestiques : ni chiens, ni chèvres, ni poulets ; et dans les touffes des manguiers, des caïcedras, des *fissandjiris*, des fromagers, pas non plus de ces gendarmes qui toujours existent dans les arbres des villages habités. Pourtant, sur les sables des ruelles séparant les cases, se distinguaient les traces des pas des habitants ; des chaumes des toits montaient les fumées des foyers ; dans la mosquée, les nattes étaient étendues ; dans le cimetière, s'alignaient de nombreuses tombes fraîchement couvertes. Sans doute, à l'approche du roi et de ses suivants, les habitants s'étaient-ils réfugiés dans la brousse. Cela était d'autant plus vraisemblable que nous sentions, comme autant de piqûres, les milliers d'yeux qui nous épiaient et que nous n'arrivions pas à repérer. Les piqûres devinrent méchantes, obsédantes. Djigui cria pour annoncer la présence effective du grand chef et grand patriarche Keita et appela les habitants à réintégrer les cases. Personne ne répondit, rien n'apparut. Il fit chanter Djéliba et ordonna qu'on frappât les tambours, sans succès non plus. On refusait d'obéir, on le défiait et, comme ses suivants se plaignaient eux aussi des dards des regards, il ordonna aux gardes et aux sicaires de débusquer les habitants. Ceux-là, avec leur habituelle brutalité, arrachèrent les herbes, mutilèrent les arbrisseaux, abattirent les termitières cathédrales, sans rien découvrir. Sans rien changer aux effets des regards qui, au contraire, du moins en eut-on l'impression, semblaient s'être armés de fragments de miroirs qui reflétaient le soleil, aveuglaient le Centenaire et menaçaient de nous griller.

Djigui, courroucé, fit signe aux sicaires qui mirent le feu aux brousses environnantes. Sans qu'on ait compris comment cela se passa, les flammèches voltigèrent des herbes aux toits des cases ; tout le village s'embrasa. De hautes flammes coururent sur le sable, de toutes les venelles elles convergèrent sur les visiteurs qui n'échappèrent au péril que grâce à Djigui. Le roi prononça les plus dures des plus fortes paroles magiques qu'il savait dire contre les maléfices. Nous avons vu arriver de tous les horizons, guidés par les origous et les vautours huppés géants, des centaines de charognards qui plongèrent dans les flammes, les étouffèrent de leurs ailes et les éteignirent. Se découvrirent, çà et là, quelques pans de murs lépreux au milieu d'une fumée exécrable de plumes et de chair calcinées. Le vent tourna, la fumée d'un trait se dissipa, un soleil radieux se dévoila, un silence dense, que nos efforts pour parler et nous mouvoir ne parvenaient pas à troubler, occupa l'univers. Et nous fûmes surpris de voir toutes les places, toutes les venelles et les cours du village jonchées de milliers de charognards morts dans la même attitude, couchés sur le dos, les pattes en l'air, déplumés, têtes brisées de la même manière. Les pressions et les piqûres des regards humains cessèrent de nous incommoder.

Djigui voulut s'arrêter, se féliciter et se faire louanger pour l'efficacité de sa savante sorcellerie ; il n'en eut ni le temps ni les moyens, car réapparurent les revenants. Ils étaient tous, hommes et femmes, serrés dans les mêmes pagnes de coutil blanc, tous dans la même attitude implorante ; et ils formèrent une double haie des deux côtés de la ruelle centrale du village ; Djigui et ses compagnons comprirent qu'ils étaient congédiés, ils obtempérèrent et s'évadèrent au galop. Le Centenaire ne discuta pas les ordres des revenants ; il n'en avait plus les moyens physiques, moraux et magiques ; sa science magique, la plus vaste qui ait été donnée à un homme de chez nous, était épuisée. En s'enfuyant, les vaincus et congédiés découvrirent au passage dans un flou lointain, comme dans un rêve, le cimetière noir de pleureuses, et, à la sortie du village, les berges et le lit du ruisseau pullulant de lavandières, muettes, qui attendaient notre éloignement pour reprendre les lavages. Puis ce fut la double haie de zombies jusqu'au mont, d'où s'entrevoyaient, entre les feuillages, les toits de Soba et du Bolloda, et où les chevaux essoufflés purent s'arrêter.

Djigui, las, s'écroula sur la selle et le garrot, prononça des litanies, se redressa. Au loin, sa ville restait dominée par son palais qui, comme sa vie, était inachevé. Djigui était défait ! avait été congédié par ses sujets. Il ne se retourna pas, c'eût été lâche. Et il n'est pas vrai qu'il pleura ; il n'avait plus une goutte de larme dans le corps. Il accomplit ce qu'il faisait quand une colère dont il ne tenait pas le responsable l'emportait. Il se mordit l'auriculaire, le mordit au sang ; il l'eût sûrement tranché si Djéliba n'avait alors psalmodié les louanges qui l'obligèrent à lâcher prise. Il cracha du sang ; du sang dégoulinait de sa main droite. Cela l'apaisa. Il interrogea et s'interrogea. Autour de lui tout était indifférent, muet, vide ; jamais le pays de Soba, patrie des Keita, n'avait été aussi silencieux et indifférent à ses préoccupations. Toujours en tête de ses compagnons, il voulut descendre sur sa capitale mais, brusquement, le crépuscule tomba et comme c'étaient l'harmattan et le mois du ramadan, la lune parut, le brouillard se leva et le sifflement du silence ; Djigui et ses hommes se découvrirent dans le péché des croyants qui n'avaient pas accompli la quatrième prière et n'avaient pas coupé le carême à l'heure prescrite. Ils étaient désorientés, s'étaient égarés. Ils déambulèrent dans la lumière blafarde à travers des bois, des champs et des pistes, et débouchèrent sur des ruines qu'ils reconnurent, c'étaient celles du *tata*, les fortifications de Soba où tant de victoires avaient été célébrées, tant de sacrifices tués et enterrés. Là, un jeune héraut essoufflé et effronté leur coupa la route et annonça au Centenaire :

– En votre absence, vos femmes, vos enfants, parents, amis et protégés n'ont pas été nourris. Toutes les calebassées qu'on leur a préparées ont été disputées, enlevées, avalées par une multitude de villageois affamés et gloutons, travestis en étrangers.

Djéliba répliqua et expliqua que cela était permis, vrai et juste, parce que la fière devise des Keita dit : « Arrivant au Bolloda, assieds-toi et rassasie-toi jusqu'à en vomir, sans aucune considération, sans regarder ni t'en soucier. On n'a pas cuit pour toi ; on cuit toujours suffisamment pour les arrivants, qu'ils soient ou non annoncés, qu'ils viennent ou non. Ce que tu mangeras aurait été là que tu sois ou non arrivé au Bolloda. C'est une vieille devise qui ne peut être trahie ou démentie par un Keita quelle que soit la misère dans laquelle il se débat. »

— Non, assurément non, chuchota Djigui dans un chuchotement affligeant.

Et l'impudent messager, toujours haletant, plus insolent que jamais, de poursuivre :

— Roi, n'allez pas au Bolloda : personne ne vous y attend, il n'y a rien pour déjeuner. Toutes les calebassées de bouillie de mil préparées pour couper le carême ont été disputées, enlevées, avalées par une multitude de paysans affamés, travestis en mendiants.

Djéliba encore répliqua et expliqua que ce pillage était autorisé, vrai et juste. Le devoir des Keita était depuis des siècles de garantir le déjeuner du ramadan à tous les musulmans qui n'avaient pas le moyen de couper le carême. C'étaient leurs aumônes et dîmes, ce devoir ne pouvait être trahi ni démenti par un Keita quelles que soient les peines qui l'assaillaient.

— Non, assurément non, murmura Djigui dans une litanie insupportable.

C'est à ce moment que la lune disparut, vaincue par les aboiements et les nuages. La nuit de ramadan s'épaissit par le manque de senteur de bouillie sans laquelle il n'y a pas de soirée de jeûne. Les ténèbres et le brouillard se solidifièrent, et toutes les issues en même temps se confondirent et parurent interdites, sauf une, enseignée au loin par une flammèche vacillante de lampe à huile. Djigui s'y engagea, nous le suivîmes. Qu'Allah en soit loué ! Elle nous conduisit à la mosquée sur les tombes des aïeux Keita. Là nous étions en lieux connus, et pouvions être secourus : de nombreux bras empressés descendirent le Centenaire de son cheval et le déchaussèrent. Il se livra à la prière jusqu'à ce qu'il eût repris ses esprits ; au lieu de rompre aussitôt, de se libérer, de sortir, il s'assit d'abord à croupetons, puis en tailleur et continua à réciter son chapelet. Les autres prieurs imitèrent le patriarche, et sortirent de la nuit des centaines de fidèles qui, sans préciser s'ils étaient des hommes ou des ombres, se joignirent à eux, les entourèrent, les étouffèrent, occupèrent la mosquée et son parvis. Alors, les vacarmes des aboiement des chiens baissèrent ; spontanément s'organisèrent des cercles de lecture du Livre, et commença cette très longue veillée de prière que le patriarche avait tant recherchée, nuit que les griots biographes de Djigui appelleront plus tard la « nuit de retournement ».

Aux premiers chants des coqs, Djigui avala une gorgée d'eau pour couper un jeûne d'une journée et d'une nuit révolues, et s'attaqua à une nouvelle journée de pénitence. Ensemble, nous courbâmes la première prière du matin, et nous dîmes encore notre chapelet quand le soleil eut surgi au milieu des barbouillis cuivrés de l'horizon. Gloire à Allah ! Le Centenaire compta que c'était vendredi : il voulut monter au Bolloda et au Kébi pour s'acquitter de ses obligations et visites du vendredi. Il n'avait rien pressenti ! Lui, le plus intelligent et le plus savant du pays, il n'avait rien entendu, n'avait pas su que ce n'était plus possible. En une nuit, toutes les années vécues et vaincues étaient revenues, l'avaient assailli, vieilli, décrépi, modifié. Les forces chassées de son cœur, de ses yeux, de ses veines s'étaient enfouies dans le sol et l'avaient cloué à terre. Il lui fallait ou un bâton ou une épaule pour se lever, alors que le troisième pied est interdit à un roi. Personne ne le secourut : il resta impuissant dans sa peau de prière, continua de psalmodier, toute la matinée jusqu'à la grande messe de midi. C'est ensuite que nous eûmes quelque pitié pour notre roi : l'assistâmes et le hissâmes sur sa jument Sogbê qui, affolée, galopa en direction du Kébi. Tous les dignitaires, sans les chants, tam-tams et balafons habituels, suivirent Djigui qui, enfin, montait décidé. Il allait annoncer au commandant, au gouverneur, à la France que lui et

Soba avaient vieilli, étaient épuisés et exsangues : ils renonçaient au train. A persister, le rail ne passerait que sur des tombes et le train n'aurait âme qui vive pour l'accueillir. Djigui ne voulait plus de train ! Les travailleurs forcés allaient rentrer ! Les conscriptions et prestations allaient cesser ! Djigui supputa, supputa jusqu'à croire au retour des temps anciens où il était seul maître de Soba. Ces illusions et rêves firent rire l'interprète aux éclats. D'une façon bruyante qui déclencha mille autres rires moqueurs, un véritable vacarme qui abasourdit le roi. Djigui ne se retourna pas pour rechercher d'où provenait le chahut et qui l'organisait.

C'eût été futile et c'était trop tard ! Depuis trois nuits, Djigui n'était plus le vrai chef des pays de Soba – il était le seul du Mandingue à l'ignorer. Le gouverneur et le commandant Bernier avaient estimé qu'il avait trop vieilli : ils voulaient le préserver de tout ce qui pourrait l'éreinter et l'achever. Désormais les autorités s'adresseraient à Béma – qu'Allah l'aide –, le cinquième fils de Djigui, qui porterait le carquois de la force et du pouvoir des Keita, serait le roi de Soba. Il ne serait plus demandé qu'une seule obligation à Djigui – qu'il accomplirait s'il le voulait ou le pouvait – les visites de vendredi, des visites allégées qui se limiteraient à de simples salutations au commandant après la grande messe du vendredi.

En silence, à demi couché sur son cheval, le rêne dans la main gauche, mordant son index droit de dépit, Djigui descendit sur le Bolloda. Lourd soleil et journée de ramadan qui par tous les interstices nous pénètre et nous fait expier, par la soif, la faim et la fatigue, les péchés d'une longue année. Allah, Lui le Tout-Puissant, ne se trompe jamais, c'est nous qui parfois n'arrivons pas à démêler tous ses enseignements.

Les nazaréens l'avaient frappé avec la complicité de son fils Béma. La blessure de Djigui provenait d'une possession de Djigui. On n'appelle pas au secours quand le couteau qu'on porte à sa ceinture vous transperce la cuisse : en silence, on couvre sa plaie avec sa main. Le pus de l'abcès qui vous pousse à la gorge inévitablement vous descend dans le ventre, et la seule blessure qui ne se ferme jamais est celle que vous laisse la morsure du crocodile issu et sorti de votre propre urine.

« Béma ! Fils de Moussokoro ! Moussokoro ! » s'écria le vieillard. Cinq fois il clama ce nom de femme.

10

*Dans ce monde, les lots des femmes ont
trois noms qui ont la même signification :
résignation, silence, soumission*

Un cavalier pansait son cheval sur ce bord de la rivière. De la brousse de la rive opposée, l'enfant serré au dos, croulante sous des bagages encombrants, une femme déboucha comme un mensonge. Son époux, les bras ballants, une bouilloire en sautoir et une peau de prière en bandoulière, la suivait en maître. Ils venaient de loin ; le couple était fatigué. Sur la berge, l'homme aida la femme à se décharger. La femme desserra son bébé, puis en épouse soumise et infatigable, elle descendit dans le lit de la rivière, puisa de l'eau, pendant que l'homme déployait la peau de prière. Ils se désaltérèrent, se reposèrent ; la femme allaita son bébé, l'homme fit ses ablutions et pria. Le cavalier ne les regardait plus ; il bouchonnait son cheval.

« Au secours ! au secours ! » Le cavalier sursauta et se retourna : la femme, emportée par le courant, se noyait. Il se jeta à l'eau, nagea et la sauva... Quand le mari avait commencé à dire son chapelet, la femme avait entrepris de porter d'une berge à l'autre, colis par colis, les bagages. Elle avait traversé à gué une première charge sur la tête, avait confié cette charge au cavalier. La deuxième charge était mal fagotée ; au milieu du gué, un ustensile s'était détaché ; la femme avait tenté de le rattraper, elle avait trébuché et le courant l'avait emportée.

« Qu'Allah vous en soit reconnaissant ! merci ! merci ! » dit le mari en arrivant. Toujours essoufflé, encore affolé, il prononça d'autres chaleureuses bénédictions et se présenta. Il était marabout et se nommait Abdoulaye Diawara ; sa femme Karidia. Ils venaient du lointain Nord, de Tombouctou. « Mon épouse Karidia attend. La coutume

129

de chez nous veut que se donne en mariage, à celui qui sauve une femme en grossesse, l'enfant que porte la secourue si le rejeton est une fille. »

Le jeune cavalier n'était autre que Djigui, le dauphin du royaume de Soba. Il amena Diawara et sa femme en ville, les présenta à son père, le roi de Soba, annonça à celui-ci qu'il venait peut-être d'acquérir une femme et rapporta l'accident. Diawara s'installa et ouvrit une école coranique à Soba. Quelques mois après, sa femme accoucha d'une fille. La maman de Djigui accourut et attacha une ficelle rouge au poignet du bébé. « Qu'Allah donne longue vie à cette enfant. Par ce fil, je la réserve aux Keita. Je suis sa marraine. Elle portera le nom de Moussokoro, mon nom. Comme moi, elle sera la préférée du roi. Encore longue vie à mon homonyme ! » Elle partit et revint accompagnée de trois esclaves : le premier portait un panier de volailles, le second une calebassée de grains, le dernier tirait un mouton. C'étaient les présents des Keita pour la naissance. Au baptême de l'enfant, ils offrirent deux bœufs et n'oublièrent jamais à chaque Tabaski de confirmer leurs droits en apportant des colas au père, des pagnes à la mère et des camisoles à leur future femme.

Le père Diawara, grand marabout et magicien, apprit la sorcellerie et le Coran à sa fille, par trois fois elle passa l'examen de récitation du Livre et le réussit. Sa maman lui enseigna les petits secrets des femmes du Nord pour se faire préférer : l'art de l'amour et les recettes des succulentes cuisines des femmes du Nord que nous, Malinkés du Sud, aimons tant et que nos épouses ignorent. Rapidement elle devint remarquable comme un poulain blanc de pur sang parmi les bourricots. Mince, de grande taille, de teint clair (son père était métis maure, sa mère de race peule), on ne la croisait pas sans se retourner.

Qu'y avait-il de solide dans cette biographie ? « Peu… très peu de grains. Elle était née fabulatrice et c'était elle qui dictait cette relation des faits aux griots », répondait le petit peuple de Soba qui détestait Moussokoro, la préférée – il l'appelait l'étrangère. La réalité aurait été plus simple : un après-midi, le dauphin Djigui sauva de la noyade une voyageuse. En signe de reconnaissance la voyageuse, des mois après, vint proposer un bébé comme épouse aux Keita qui – c'était leur politesse – acceptèrent et chargèrent la mère et ses accompagnateurs des présents qu'on offre aux beaux-parents. C'est tout… Le reste est conte, menterie. Comment la mère de Djigui, qui était la préférée et sortait exceptionnellement, pouvait-elle aller chez des étrangers ?

Un matin, le père de Moussokoro se fâcha, lia les bras de sa fille au dos, l'attacha à un pieu, l'injuria abondamment, la battit jusqu'au sang, jusqu'à ce qu'elle perdît la voix ; la détacha et alla la livrer les bras toujours liés au dos à son époux Djigui qui, entre-temps, était devenu le roi de Soba.

« Je viens vous remercier de l'hospitalité que vous m'avez réservée pendant mon séjour à Soba. A regret, je vous dis adieu. Un rêve prémonitoire m'interdit de passer une seule nuit de plus dans votre pays où j'ai vécu près de vingt ans. Nous, Diawara de Tombouctou, possédons une relique, le saint Coran de l'aïeul qui fonda notre tribu au IXe siècle. Elle est conservée par le chef, le patriarche du clan. Au décès du dépositaire, elle se révèle par un rêve au successeur, le nouveau patriarche. Elle a traversé mon songe d'hier soir. Probablement mon vieux père est décédé ; les mânes des aïeux m'ont désigné comme patriarche ; tout le monde m'attend à Tombouctou. Ce songe m'interdit de passer, avant que je sois en possession de ce saint livre, deux nuits successives dans un même lieu. J'honore l'engagement pris le jour de mon arrivée et vous livre excisée la femme que vous avez gagnée par votre courage. Je vous l'abandonne dans cet état honteux, parce qu'elle a tenté de nous déshonorer tous : vous, elle-même, et tous les Diawara. »

Le roi remercia le marabout, s'acquitta du solde de la dot de Moussokoro et même y ajouta un cheval et de l'argent pour viatique.

Comme vingt ans plus tôt, Diawara, son épouse et ses enfants traversèrent à gué la rivière, mais cette fois dans l'autre sens. L'épouse était inconsolable ; elle abandonnait sa fille dans les mains des Malinkés barbares du Sud lointain. C'est en larmes, toujours en épouse soumise et infatigable, qu'elle transporta sur la tête les bagages, colis par colis, d'une rive à l'autre pendant que son maître de mari caracolait sur le cheval, heureux d'avoir réussi un avantageux échange. Les bagages étaient encombrants et lourds ; elle s'y reprit à trois fois. Mais aucun ustensile ne se détacha, elle ne trébucha pas ; il n'y avait pas de prince sur l'autre rive pour la secourir. Même dans la forêt, tous les cris ne se répètent pas par des échos.

Deux semaines après, Moussokoro fut encore ramenée au Bolloda les bras encore liés, le dos encore en sang. Le sicaire et l'eunuque qui la tenaient s'agenouillèrent et s'expliquèrent.

– C'est sa troisième fugue. Elle porte l'honorable nom de votre mère ; nous lui devons du respect ; nous demandons votre autorisation pour la mettre au fer.

– Détachez-la. (Les hommes s'exécutèrent.) Maman ! (Par respect pour sa maman Djigui ne nommait jamais les homonymes de sa mère par leur nom de Moussokoro.) Est-ce vrai que tu ne veux pas de ton fils ? Dis-moi ce qui ne te va pas ? Demande-moi ce qui te manque ?

– Je ne veux ni de votre or ni de votre argent… (Elle avait commencé à parler debout ; les sicaires l'obligèrent à se prosterner. « On parle au maître à genoux. » Prosternée, elle poursuivit.) Je ne demande que la liberté.

– Quelle liberté ?

– La liberté d'aller rejoindre celui…

Elle allait avouer. Les sicaires se précipitèrent ; ils l'auraient assommée si le roi par un regard ne les avait pas arrêtés dans leur élan. Djigui afficha un sourire moqueur.

– Tu es une ma mère. Une bonne mère n'abandonne jamais son fils. Je ne te laisserai jamais partir.

– Je m'enfuirai encore. Je rejoindrai ma maman.

– Tu ressembles dans ce pays à un palmier dans la forêt parmi les arbrisseaux, tu es une étrangère, tu ne peux pas passer inaperçue ; tu seras encore rattrapée et ramenée.

– Je ne resterai jamais.

– Ton père en te livrant m'a demandé de te considérer comme ma fille. Tu es à la fois ma fille, ma mère et mon épouse. Comment peux-tu songer à me quitter ?

– Je ne veux pas demeurer votre épouse.

– Tu l'as été avant ta naissance, tu le seras toute la vie. Je ne me laisserai jamais déposséder d'une belle femme comme toi, une belle femme acquise par mon courage. (Puis se tournant vers les sicaires.) Ramenez-la. Surveillez-la, mais respectez-la. Les malédictions qu'elle pourrait proférer contre nous ont la valeur de celles de ma mère. Un homme réussit en dépit des malédictions de son père, mais jamais après celles de sa mère. Évitons qu'elle nous maudisse.

Le harem de Djigui pullulait de jeunes femmes que les chefs de village avaient offertes lors du couronnement, en plus des bœufs, des moutons et des mesures de grains. Toutes étaient de solides paysannes qui se lavaient peu, nouaient maladroitement les pagnes et disaient faussement les prières. Mais elles avaient bon cœur. A l'arrivée de Moussokoro éplorée, elles entrèrent nombreuses dans sa case, la consolèrent, chacune lui proposa son amitié. Elle ne répondit pas, les congédia et claqua la porte.

Soudain, un hurlement éclata. L'eunuque et le sicaire, postés devant le seuil, ouvrirent la porte. Moussokoro était couchée sur le *tara*, l'orteil dans les deux mains, se tordant de douleur et de rage. En reculant, elle avait achoppé sur un pieu du lit de bambou. Les gardes refermèrent la porte. La douleur passée, Moussokoro s'agenouilla et examina son petit orteil ; il ne saignait pas. Elle s'étendit. La douleur lui donna un certain recul, une certaine sérénité dans le désespoir.

« Tu mens ; toi, tu es Moussokoro, la femme du roi. Ce qui te suit est plus brûlant que le feu. Je t'abriterai cette nuit pour que les fauves hantant les environs du village ne te dévorent », lui avait dit la vieille à la porte de laquelle elle avait frappé dans le premier village où elle était arrivée. Le matin au premier chant du coq, la vieille l'avait réveillée. « Tiens, voilà du linge, voilà des provisions. Pars, éloigne-toi, personne dans ce village n'osera t'accorder l'hospitalité. Promets à cause d'Allah qu'à personne tu ne révéleras que cette nuit je t'ai abritée. » Avant qu'elle se glissât et disparût dans la nuit, la vieille lui avait pris la main en pleurant. « Ma fille, tu aurais dû écouter les conseils qu'on t'a prodigués : renoncer et te résigner.

Tu ne parviendras pas ; tu échoueras. Dans ce monde, les lots de la femme ont trois noms qui ont la même signification : résignation, silence, soumission. »

Elle ne pouvait pas se hasarder loin dans la brousse ; les hyènes n'étaient pas encore rentrées dans les cavernes, elles ricanaient à l'autre bout du village. Égarée, Moussokoro a continué à tourner autour des cases. Son ombre déclenchait les hurlements à mort des chiens. Elle n'était pas arrivée loin quand des hommes l'ont rattrapée, attachée et battue.

A quoi une quatrième fugue pouvait-elle servir ?

Elle ne pouvait pas retrouver Abdoulaye. Dès que leur projet avait été éventé, le talibet avait fui. Les sicaires l'auraient assassiné s'ils l'avaient arrêté. Personne ne savait par quel chemin il avait disparu.

Elle ne pouvait pas rejoindre sa maman. Tombouctou, ce n'était pas moins de trois mois de voyage. Il était exclu qu'une jeune fille seule, sans ressources, entreprenne un tel voyage dans une brousse hostile.

La secourable et charitable vieille avait raison : il n'y avait que la résignation ; tous les lots de la femme sur cette terre ont tous la même signification, la résignation.

« Je ne me laisserai jamais déposséder d'une belle femme comme toi », avait dit le roi avec un sourire dans lequel Moussokoro avait retrouvé le sourire qui toute son enfance l'avait fait tant rêver. Quand elle était bébé, Djigui passait parfois chez les Diawara, prenait dans les bras « sa préférée », la femme qu'il avait gagnée par son courage, et la berçait. Quand Moussokoro sut marcher, il la tenait par les mains, ensemble ils faisaient quelques pas. Djigui récompensait sa préférée par des fruits et des beignets au miel. C'est à sept ans que Moussokoro commença à courir se cacher quand on annonçait Djigui. Une pudeur si précoce déclenchait l'hilarité générale. Djigui, en souriant, demandait ce qu'on avait fait de sa préférée ; la maman, entre deux éclats de rire, se penchait à la porte de la case :

– Moussokoro, ton mari est là ; il a apporté des beignets au miel, si tu ne sors pas nous les consommerons sans t'en réserver.

Elle criait :

– Non, je ne sors pas ; je veux des beignets, et allait au fond de la case s'arrêter le visage contre le mur.

Tout le monde en souriant se portait à l'entrée pour la voir ; elle ne bougeait que lorsque les pas des chevaux s'étaient éloignés. Toute sa vie, elle avait été la propriété de Djigui.

Parfois sa marraine l'amenait dans le harem. C'était pour elle de véritables fêtes ; elle passait ses journées à jouer avec les enfants de son âge et elle se gavait de beignets. Elle demandait souvent à y aller ; le harem était pour elle un endroit merveilleux. Enfant, elle n'y voyait que le jeu des enfants ; elle ne pouvait pas imaginer les conditions de vie des pensionnaires.

Un soir, une griote s'introduisit dans la case de sa mère. Moussokoro n'avait pas encore onze ans. Un garçon de son groupe d'âge aimait Moussokoro et offrait des colas pour la retenir comme femme de groupe d'âge. Il était ennuyeux, les colas furent refusés. L'un après l'autre, trois garçons envoyèrent des griotes avec des colas ; aucun des prétendants ne plaisait à Moussokoro.

– Dis-nous quel garçon tu aimes ; qui préférerais-tu comme mari de groupe d'âge ?

– C'est indispensable d'en posséder un ?

– Oui.

– Alors je choisis Djigui.

– Non, Djigui sera ton époux pour la vie, tu ne peux pas l'aimer ; il ne peut pas être ton mari de groupe d'âge. Il sera ton maître, tu auras à le servir et à le respecter. Tu devrais ignorer Djigui ; tu n'aurais dû le connaître que le jour de ton mariage.

– Mais qui a-t-on le droit d'aimer ?

– Son mari de groupe d'âge. Le vrai mari, on le craint, on le respecte. A onze ans, il te faut un mari de groupe d'âge.

Bakary, un garçon un peu plus âgé que Moussokoro, qui avait été un compagnon de jeu et pour lequel elle avait de l'estime, proposa ses colas. La maman de Moussokoro pressa sa fille : « Il faut accepter, puisque tu as de l'estime pour lui, tu finiras par l'aimer. »

– Pour connaître ton métier de future épouse, tu vivras

135

maritalement avec Bakary. Tu laveras son linge et, à l'occasion des fêtes, tu lui cuisineras des repas. Lui, à son tour, offrira de temps en temps des colas à ta mère et à toi des pagnes. Pendant les saisons de labour, il viendra aider tes parents dans les travaux champêtres. Tous les soirs, jusqu'au jour de ton mariage, tu passeras tes nuits dans son lit. Mais votre amour sera non charnel. Vous vous contenterez de vous frotter poitrine contre poitrine, cela vous apaisera. Se retenir, se maîtriser, une future bonne épouse et mère doit y parvenir. Rejette ses avances : faiblir est un crime et un péché. Si ton époux ne te trouve pas à domicile, ton mari de groupe d'âge sera tué, à moins qu'il parvienne à s'enfuir et vivre banni toute sa vie. Et toi à jamais tu resteras déshonorée.

Bakary était respectueux envers les anciens et attentif aux conseils, il redoutait les malédictions, l'ensorcellement et les péchés... Pas de semaine où il ne se glissât chez le père de Moussokoro pour solliciter des conseils et ne rentrât dans la case de la maman pour offrir des colas. Dès les premières pluies, il était dans les champs des parents de son épouse de groupe d'âge. Les parents étaient ravis du mari de groupe d'âge de leur fille et ne comprenaient pas pourquoi Moussokoro n'avait plus d'attachement pour un garçon si parfait. Moussokoro l'accusait d'indiscrétion ; elle enrageait quand sa maman faisait des allusions à des confidences qu'elle avait échangées dans le lit avec son mari de groupe d'âge.

Elle pensait tout le temps à Djigui qu'elle n'avait plus le droit – maintenant qu'elle avait dépassé les onze ans – de rencontrer. En attendant avec impatience le mariage pour retrouver l'homme de son cœur, elle s'était résignée à vivre sa vie de jeune fille avec ce mari de groupe d'âge qu'elle n'aimait pas.

Le vieux roi de Soba mourut et Djigui fut proclamé le souverain des pays de Soba. Les griots se précipitèrent chez les Diawara pour féliciter et chanter : « La belle Moussokoro future préférée du roi. » Certains voulaient obtenir immédiatement des promesses d'intervention. Son mari de groupe d'âge n'était pas le moins heureux. La tradition veut que le mari de groupe d'âge de la femme reste l'ami du ménage. Bakary allait donc être l'ami du roi et de sa préférée.

Après le couronnement, Moussokoro attendit un signe de Djigui. En vain. Elle rendit visite à la mère de Djigui dans la case où celle-ci asseyait le deuil, dans le vain espoir d'entrevoir son futur époux. Le roi ne se montrait pas. Moussokoro chargea alors une griote de présenter discrètement ses condoléances et ses félicitations. La griote n'y parvint pas. Une semaine après le couronnement, elle sut que de nombreuses femmes avaient été offertes à Djigui par les chefs des villages et des cantons. « Elles constitueront la horde sur laquelle je régnerai », pensa-t-elle. Mais rapidement elle dut déchanter.

— Maman ! Maman ! s'exclama-t-elle en courant vers sa mère. As-tu entendu ? As-tu appris ? cria-t-elle en pleurant. Est-ce vrai, est-ce possible ?

— Ne pleure pas ; on me l'a expliqué : les coutumes du pays n'autorisent pas qu'une étrangère soit la préférée.

— Alors pourquoi m'appelait-il sa préférée ? Pourquoi m'appeliez-vous tous la préférée ? Pourquoi ? Pourquoi ?

Moussokoro, effondrée, s'enferma dans la case. Pendant deux semaines entières de clair de lune, elle n'apparut pas sur la place publique. Une nuit, avec le tam-tam en tête, tous les garçons et filles de son groupe d'âge entrèrent dans la concession et organisèrent une danse au seuil de la case où Moussokoro s'était cloîtrée. Rapidement, la danse battit son plein, les amies de Moussokoro entrèrent dans la case, obligèrent la cloîtrée à en sortir et à danser au centre du cercle. Moussokoro ne pouvait plus rester chez elle ; les nuits de clair de lune, après le dîner, elle allait sur la place publique des jeux et danses. Mais ce fut une autre Moussokoro ; publiquement, elle déclara qu'elle ne voulait pas de Bakary parce qu'elle ne l'avait jamais aimé. Cinq garçons firent présenter des colas. La maman de Moussokoro les rejeta. Elle ne voulait que Bakary comme mari de groupe d'âge pour sa fille. Une fille qui n'a pas de mari de groupe d'âge ne peut pas aller danser les soirs de clair de lune ; elle reste cloîtrée dans la case maternelle. Moussokoro fut obligée de renouer avec Bakary.

Un des nombreux admirateurs de Moussokoro s'appelait Abdoulaye. Abdoulaye était un talibet, un collègue de l'école coranique. Il avait réussi l'examen de récitation cinq fois, alors que péniblement Bakary y était parvenu deux fois. Abdoulaye était venu d'un village du lointain Horodougou pour étudier à Soba. Il respectait les anciens sans obséquiosité ; riait et faisait beaucoup rire, dansait mieux que Bakary, le surclassait dans les luttes, les combats dans l'eau de la rivière, dans les courses à pied et dans le tir à l'arc. Les colas d'Abdoulaye avaient été également refusés, Abdoulaye n'avait pas cherché une nouvelle épouse de groupe d'âge. Dans les cercles de danse, Moussokoro ne se faisait pas relever par Bakary, son mari de groupe d'âge, mais par Abdoulaye. Ce n'était pas le front de Bakary qu'elle allait éponger mais celui d'Abdoulaye, quand les garçons dansaient.

Un soir tard dans la nuit, Bakary, rage de jalousie, s'introduisit dans la case de la maman de Moussokoro et chuchota longtemps. Moussokoro passait ses nuits dans le lit d'Abdoulaye et les deux amoureux préparaient leur fuite. Le père Diawara aussitôt réveilla trois de ses talibets qui cherchèrent et mirent la main sur les amoureux. Abdoulaye profita de la confusion pour disparaître dans la nuit avec l'intention de ne plus s'approcher des pays de Soba. Moussokoro fut attachée, battue et incluse dans une promotion de jeunes filles qui le lendemain entrait dans le bois sacré de l'initiation et de l'excision. Le père Diawara rêva du saint livre, reliques de son clan, la nuit même où sa fille guérie sortit du bois sacré.

« Non, non, pas de tête dehors. C'est interdit. C'est en trop voulant se débattre que la chevrette serre encore plus la cordelette par laquelle on l'a attachée au pieu. Rentre, rentre. »

Chaque fois que Moussokoro soulevait la natte qui faisait rideau, l'eunuque répétait les mêmes dires et la refoulait. Il agissait avec le sourire et une certaine bonhomie.

La case de Moussokoro était carrée. Face à la porte principale, une autre issue conduisait à l'enclos de toilette. Le lit de bambou, le *tara*, à droite ; à gauche, près du foyer, le canari d'eau. Les cadeaux de mariage étaient dans l'état où ils avaient été apportés : le couffin renfermant les bijoux et habits achetés avec la dot payée par les Keita n'avait pas été ouvert ; restait également noué le filet dans lequel étaient serrées les poteries, calebasses et marmites offertes par les parents de Moussokoro.

Les plaies dans le dos de Moussokoro cicatrisaient. Trois semaines d'internement l'avaient domptée : elle se soumettait, voulait tout accepter contre la liberté de sortir des quatre murs de la case.

« Tu as vraiment de la chance ; c'est la première fois que cela se voit. Ce n'est pas la préférée qui t'a désignée ; c'est le maître lui-même qui a demandé à t'honorer. Ce soir, c'est ta nuit nuptiale ; va te laver, te vêtir de tes plus belles camisoles.

Moi je serai là pour témoigner. J'enlèverai le drap nuptial et le promènerai demain matin. »

La nuit nuptiale était arrivée. La matrone rondelette, toute joyeuse pour Moussokoro, chantait et s'empressait autour d'elle. Elle coupa net stupéfaite quand Moussokoro éclata en sanglots en criant :

— Non ! non ! Je ne veux pas.

— Mais pourquoi, pourquoi ? N'as-tu pas entendu le grand honneur qui t'est fait ? C'est le maître lui-même qui t'a demandée. Ma fille, une femme ne se refuse jamais à son mari. Comment peux-tu te refuser au roi qui a le droit, sa mère et ses filles seules exclues, d'appeler toutes les femmes du pays ?

L'eunuque, bavant de colère, injuria.

— Tu es folle, maudite. Ne redis jamais ça.

Le refus de Moussokoro lui avait fait perdre sa bonhomie : il devint violent, menaça, injuria une seconde fois et avec des mots plus grossiers et enfin bouscula la fille qui fila comme un chien surpris en train de voler du *soumara*, se vêtit de ses plus belles camisoles et bijoux et se couvrit la tête et les épaules de voile blanc.

De solides bras la plaquèrent au lit comme on maintient au sol le mouton qu'on égorge pour le sacrifice. Ils écartèrent ses jambes ; elle pleurait, se débattait. Il tenta trois fois, sans succès… Elle réclama l'éloignement de la matrone, de l'eunuque et des sicaires. C'était la première fois qu'une femme le demandait au roi. Un silence sui-

vit… Ils se trouvèrent seuls dans la pénombre : elle et lui.
C'était aussi la première fois. Il caressa d'abord la tête ;
les mains descendirent…

— Je ne te ferai pas de mal, a-t-il murmuré.

Rassurée, elle répondit :

— Pardonne-moi.

— Mais pourquoi ?

Ils ne se comprenaient pas. Un silence a suivi. Elle a
senti ses craintes s'évanouir, elle a retrouvé le Djigui dont
elle avait toujours rêvé ; celui de son enfance. Elle l'a
désiré, s'est ouverte ; il a… et aussitôt s'est retiré… a
quitté la chambre… Le scandale, la grande honte était là.
A genoux et en sanglotant, elle suppliait : « Maître, à
cause d'Allah et son envoyé, ne me faites pas tuer. A
cause d'Allah… A cause d'Allah… » Des conciliabules
eurent lieu dans la salle contiguë : des bribes de phrases
parvenaient à Moussokoro. « C'est la première fois, oui la
première fois. » Effectivement, jamais on ne lui avait livré
une jeune fille qui n'était pas « à domicile ».

Au premier chef, c'était une injure pour le roi… Un de
ses sujets avait osé… Moussokoro lui appartenait avant sa
naissance et tout le monde le savait. Djigui avait le choix :
il pouvait étouffer l'affaire – faire égorger un poulet sur le
drap que la matrone aurait promené le lendemain. Il s'y
refusa. Mais il ne commanda pas non plus la disparition de
la fautive ni sa revente – pour récupérer la dot payée par les
Keita – hors des frontières des pays de Soba. Trois autres
épouses qui attendaient leur nuit dans le vestibule furent
discrètement reconduites ; « Le Maître est fatigué. » L'eunuque revint chercher Moussokoro ; elle n'attendit pas
qu'on l'attachât et la battît encore pour dénoncer : « C'est
Abdoulaye, Abdoulaye », en sanglotant. « Un talibet
de mon père. Il a quitté les pays de Soba depuis deux
semaines. » L'eunuque ne parut pas s'intéresser à ce qu'elle
disait, sans ménagement, elle fut ramenée dans sa case,
dévêtue de ses pagnes, bijoux et chaussures. Elle serra un
court coutil ; à son cou on passa un carcan d'esclave.

Qu'y avait-il de vrai dans cette relation des événements ?

Certaines coépouses dont la première femme, la préférée officielle, répondaient : « Pas un grain... Un seul, des menteries, des fabulations. »

Moussokoro était née éhontée. Dès cinq ans, elle se promenait dans le harem, harcelait Djigui, étonnait et amusait tout le monde par son effronterie.

Moussokoro était née dévoyée, dès onze ans, elle multipliait les fugues, se découchait et mentait. Son pauvre amoureux de groupe d'âge passait ses nuits et jours à la chercher. Son père, marabout respectueux et savant, pour ne pas subir la honte et les châtiments des pères qui présentent une fille déflorée au roi, une nuit avait amené sa fille dans le harem en catimini et avait disparu dans les ombres. Le lendemain, on avait appris qu'il était parti avec son épouse et ses autres enfants pour son pays lointain.

Toute la nuit, entre le sicaire pisteur et l'eunuque gardien, elle marcha. Ses geôliers silencieux comme des zombies s'arrêtèrent deux fois : chaque fois pour réciter les incantations qui éloignèrent les fauves de nuit dont ils subodoraient la présence.

La faute de Moussokoro se payait par la mort, elle le savait. Pourquoi pas tout de suite et sur place ? Ce sont les chastes, les purs qui ne se sacrifient pas dans la nuit : les souillées et impures s'égorgent tout le temps et partout. Qu'attendaient-ils donc ?

Elle le sut à l'aurore. De grands feux éclairèrent l'horizon ; les appels du muezzin chevrotèrent. Au minaret de la mosquée, Moussokoro reconnut Toukoro. Elle comprit aussi pourquoi ils avaient tourné toute la nuit : la ville est à moins d'une demi-journée de marche de Soba, mais on n'y entre que le jour. Au lever du soleil, la porte de la ville sainte s'ouvrit ; les sicaires négocièrent avec les gardiens : Moussokoro et ses compagnons accédèrent par le cimetière au cercle des pleureuses.

Combien étaient-elles ? Une centaine ou plus, se ressemblant toutes comme les vautours d'une volée dans les feuillages, toutes demi-nues, serrées toutes dans de courts coutils latérite attachés à la ceinture, toutes dans la même attitude sur les nattes étendues entre la mosquée et le cimetière autour de grands feux de bois qui continuaient à se consumer. Depuis l'aube, de concert elles chantonnaient, se lamentaient, sanglotaient, frappaient des mains et balançaient la tête en cadence.

Tout à coup, un cri strident fusa. Une possédée venait de s'effondrer : ventre à terre, dans la poussière, elle frappait le sol des mains comme bat des ailes le poulet qui, la gorge tranchée, est projeté sur l'aire sacrificatoire ; se retourna sur le côté et lança les ruades de la vache sacrifiée ; les ruades se succédèrent avec de moins en moins de vivacité jusqu'à l'extinction. Puis la frénésie cessa. Elle se vautra le visage dans le sable, les bras en croix… Morte ? Non, un tressaillement des fesses et un puissant soupir rassurèrent. Indifférentes aux supplices de la malheureuse possédée, les autres pleureuses autour d'elle, le visage inondé, continuèrent imperturbables à chantonner, sangloter, balancer la tête et battre des mains.

Un, deux, trois autres cris… une, deux, trois autres possédées…

Moussokoro et ses geôliers contournèrent la mosquée de Toukoro. Édifice rouge, avec d'élégants minarets aux contreforts se terminant en forme d'obus, elle était la réplique de la sainte mosquée de Djenné, considérée comme la plus belle construction de tout le Mandingue.

Sur le parvis étaient regroupées des femmes en blanc ; elles se ressemblaient toutes comme les hérons de bœufs d'une volée sur des palmiers : toutes assises autour du feu, habillées et voilées toutes des mêmes pagnes blancs. Depuis l'aube, l'Almamy disait les mêmes versets qu'elles répétaient.

Moussokoro ne devait pas être aperçue ; ses geôliers usèrent des renfoncements de la mosquée pour la cacher et débouchèrent sur une case en retrait à l'autre bout du parvis. C'était la mosquée privée de l'Almamy de Toukoro, l'office du maître du lieu. Là, ils attendirent la fin des cérémonies. Ils étaient donc arrivés à destination. Elle se félicita de l'issue, de son sort ; eut une prière de remerciement pour Allah, des pensées de reconnaissance pour Djigui.

Toukoro est le lieu d'origine des Keita ; dans le cimetière, reposent tous les rois de Soba de la dynastie. Les premiers rois y furent inhumés avec tous leurs serveurs et toutes les femmes encore en état de procréation qu'ils avaient honorées. Les autres, les ménopausées, après le décès, déménageaient dans le harem de la ville sainte pour consacrer le reste de leur vie à prier pour le repos de l'âme de leur défunt époux. Il n'y avait d'ailleurs que les vieilles, les très vieilles qui acceptaient le sort de prieures, beaucoup de ménopausées demandaient et obtenaient d'accompagner le roi au-delà.

Pendant le règne du quatrième roi de la dynastie, on s'aperçut que l'islam interdisait la pratique de faire « accompagner » un roi musulman par ses épouses. L'application de ce précepte de la religion ne fut ni immédiate ni aisée ; les épouses des rois défunts continuèrent à penser que c'était un manquement à un devoir, une lâcheté de ne pas « accompagner » ; elles se pensaient frustrées et beaucoup se suicidaient. Le suicide collectif d'une centaine de mères à chaque décès d'un roi était horrible, insoutenable ; pour y mettre fin, les marabouts instituèrent pour les veuves en état de procréation le collège de pleureuses. Plus tard, s'institua la coutume de « devancer le Maître » : sans attendre la fin du roi, des femmes très âgées furent autorisées à déménager à Toukoro pour y vivre l'existence de prieures.

Moussokoro avait su dès l'enfance que c'était à Toukoro qu'elle vivrait ses derniers jours ; c'était là qu'elle mourrait ; là qu'elle serait enterrée comme toutes les épouses de tous les rois des Keita. Mais jamais elle n'avait pensé que c'était là qu'elle commencerait sa vie d'épouse des Keita. Elle était la première des femmes des Keita à débuter par Toukoro. Pourtant elle était heureuse – le jour était d'une pureté exceptionnelle –, très heureuse de se trouver à Toukoro ; elle respirait ; c'était la fin d'une nuit d'angoisse ; ils ne l'avaient pas tuée ; on ne l'assassinerait plus.

« Non ! Elle ne vivra pas ici. Jamais cela n'a été vu ; cela ne se fait pas ; jamais cela n'existera. Ma réponse est nette ; c'est non. Regardez autour de vous. Que voyez-vous ? Des vieilles, des vieilles qui ont toutes l'âge de sa grand-mère. Que fera-t-elle ici ? Emmenez-la où vous voulez. Allez, partez. »

Le saint homme, l'Almamy de Toukoro, il s'appelait Ibrahima, était inflexible sur la question : il ne voulait pas de Moussokoro dans sa ville, dans sa mosquée, pas parmi les pleureuses, pas parmi les prieures. Il allait s'éloigner, repartir à ses bonnes œuvres ; les compagnons de Moussokoro le retinrent. Au cours d'une chaude palabre, l'informèrent de la situation de la fille, de sa filiation. Son père, Diawara, le grand lecteur du Coran, était retourné à Tombouctou pour être le chef de clan. Ibrahima connaissait Diawara ; il l'admirait beaucoup, c'était un de ses amis. L'eunuque et le sicaire exposèrent le motif de leur démarche et leur embarras. Dans l'hypothèse du maintien du refus du saint homme, il ne leur resterait que l'application des règles de la tradition : la faire disparaître en brousse. Le roi n'ayant pas commandé de l'envoyer hors des pays de Soba et personne ne pouvant dans le royaume l'épouser, il ne subsisterait que cette unique et terrible solution.

Après un instant de réflexion, le vieil homme s'écria : « Au nom du Tout-Puissant, je ne peux pas, je ne peux pas abandonner la fille d'un grand musulman comme Diawara. » Il dit encore son chapelet un moment, puis déclara : « Laissez-la ici ; je trouverai une solution. » Les compagnons libérèrent Moussokoro de son carcan et repartirent sur Soba.

« Voilà ta case. Tu soigneras cette pensionnaire pour acquérir des bénédictions. »

Une puanteur nauséabonde et une fumée irritante assommèrent Moussokoro. Elle posa la main sur la bouche et le nez, toussota. La silhouette d'une grabataire à demi couchée sur une natte se devinait de l'autre côté du foyer ; elle salua, salua trois fois sans obtenir de réponse. Elle se dirigea vers la porte et s'arrêta accoudée au mur pour respirer un instant.

– Massangbê… N'est-ce pas Massangbê ? Ils m'ont menti ; le serpent ne t'a pas tuée. Aucun serpent ne pouvait te mordre : les serpents ne tuent pas mes nièces ; nous avons pour totem le serpent. Je suis fâchée, très fâchée. M'abandonner une nuit et un jour. Pourquoi ? C'est la raison pour laquelle je n'ai pas répondu à tes saluts. A présent, je te pardonne ; tu es pardonnée. Viens, ne fais pas ta méchante. Massangbê ! Massangbê !

– Je ne suis pas Massangbê ; je m'appelle Moussokoro.

– Moussokoro ? Quelle Moussokoro ? D'où viens-tu ?

– Le marabout m'a chargée de tes soins.

– C'est donc vrai. Massangbê est partie.

Elle sanglota, lança des imprécations et pria « Allah, pourquoi, pourquoi vous n'êtes pas venu me chercher ? Pourquoi elle ? » puis se tut.

– Moussokoro, pardonne-moi de n'avoir pas répondu à tes salutations.

Dans le harem de Toukoro vivaient des pleureuses et des prieures. La plupart de celles-ci, des vieillardes malades, avaient, comme filles de chambre, des petites-filles ou nièces. Des jeunes filles non encore incisées. Moussokoro, qui ne pouvait pas encore « devancer » ni être pleureuse, fut assimilée aux jeunes filles et chargée des soins de la vieille Saran. Les filles comme les prieures et les pleureuses se réunissaient, dès les premiers chants des coqs, pour apprendre la récitation du Coran et préparer l'initiation. Des leçons que Moussokoro avait apprises et réapprises. La vieille, à la fois marabout et experte féticheuse chargée de ces cours, fut stupéfaite par l'intelligence et l'érudition de Moussokoro et en fit sa répétitrice. Moussokoro lui confessa sa faute. Le jugement tomba comme la foudre : « Sauf la miséricorde divine, et l'apaisement de la colère des génies et des aïeux… Sauf… Sauf. Le pire des transgressions d'interdit, des coutumes : un des plus grands péchés. Sauf le pardon d'Allah, l'absolution des mânes, toute la vie tu demeureras une réprouvée. Tes sacrifices ne seront pas acceptés… Au jugement dernier, la proie des flammes… Il te faut prier. D'innombrables nuits et jours de prière. Une montagne d'aumônes. Un fleuve de sacrifices. »

Moussokoro n'obtint donc pas la compréhension qu'elle espérait ; elle éprouva une vive componction de ses fautes, détesta Abdoulaye qui l'avait entraînée, pensa à Djigui, l'aima plus profondément encore. Par pénitence, se consacra à la prière et aux bonnes œuvres. Avec un dévouement sans égal, Moussokoro soigna la prieure Saran, l'assista pendant ses derniers instants. Saran lui prodigua de chaudes bénédictions et lui légua en expirant ses biens et ses ultimes secrets dans la sorcellerie et la magie. Après Saran, volontairement, elle se mit au service de trois prieures qui étaient abandonnées. Avec un égal dévouement, une égale gentillesse soigna les trois à la fois. Nuit et jour elle était à la tâche et ne s'arrêtait que pour prier Allah. Ces trois prieures la bénirent abondamment, moururent toutes les trois dans ses bras. En expirant, chacune lui légua ses plus profondes recettes dans la sorcellerie du jour et de la nuit, dans la médication et la magie. Dans tout le Mandingue, il est connu que rien ne vaut les bénédictions d'une prieure de Toukoro. Moussokoro gagna donc en savoir, en force magique, en science... La vieille sorcière chargée de la formation des filles de Toukoro avait l'habitude d'étudier pour sa propre information le sort des filles qu'elle éduquait. Un matin, elle instrumenta sur Moussokoro. Le sable servant à la divination éclata ; l'extraordinaire apparut. Jamais, jamais, dans sa vie de sorcière, un patient avec un si lumineux destin ne s'était révélé sous ses doigts. Moussokoro avait une auréole unique. L'Almamy avait voulu contre-expertiser. Devant ses instruments, le saint homme avait crié ébaubi : « Moussokoro ! Moussokoro ! Unique ! Unique ! La richesse, la gloire, la longévité, même le pouvoir et la chance, l'honneur, tout cela pour celui qui la conservera dans son lit ! » Il se crut en devoir d'en informer Djigui et aussitôt harnacha son cheval et descendit sur Soba.

A Soba on démentait... on contestait toute la fable ; c'était de la fiction. En réalité, la souillure de Moussokoro constatée, le roi commanda à un sicaire et à l'eunuque d'amener dans la nuit et très loin de Soba la dévoyée et au plus tôt la faire disparaître. Sa mauvaiseté pouvait salir tout le Bolloda si on la sacrifiait aux abords de la ville. Après quelques pas dans la brousse, la diablesse parvint dans les ténèbres à séduire ses compagnons, à les détourner du devoir. Elle accepta de s'offrir sur place au sicaire à la condition que celui-ci lui promît vie sauve. Après, ils tournèrent dans la brousse toute la nuit et à l'aurore débouchèrent sur Toukoro. Les compagnons décidèrent de proposer Moussokoro à l'Almamy du lieu, saint homme, réputé généreux et de surcroît admirateur et ami du père Diawara. Celui-ci s'opposa à la mort de Moussokoro et en infraction avec toutes les règles de la tradition l'admit comme pensionnaire. L'étrangère opportuniste se fit reconnaître comme petite-fille ou nièce de quatre prieures moribondes : elle fut chargée de leurs soins. Par mille tartuferies parut la plus dévouée et la plus croyante des filles de chambre, alors que, par l'intimidation et la torture, elle extorquait aux prieures, au seuil de la mort, les ultimes secrets, des biens et des bénédictions, et les empoisonnait dans la nuit.

Revêtue de ses bijoux, camisoles et pagnes de la nuit nuptiale, elle avança à pas précautionneux. A cinq pas de Djigui, elle hurla de toute sa force : « Clémence ! » et se jeta à terre. Pendant un instant elle resta étalée dans la poussière, en pleurant et en clamant sans cesse : « Clémence ! » Toujours en pleurant et en criant le même mot, elle se redressa, marcha à quatre pattes en frottant les lèvres contre le sol. A deux pas elle s'arrêta, remplit ses deux mains de sable, se les versa sur le visage et dans les cheveux et récita : « Maître et roi, merci, merci de m'avoir appelée. Je viens solliciter votre pardon. Votre pardon sans lequel Allah me refusera le sien. Donnez-le-moi, et après tuez-moi. Oui, tuez-moi ; mais d'abord votre pardon. » Djigui fit un signe, on releva la malheureuse ; elle était dans un état piteux. Le roi leva les yeux, un griot s'adressa à Moussokoro.

– La religion demande que tu sois enterrée jusqu'aux seins et lapidée jusqu'à ce que mort s'ensuive.

– Le pardon d'abord, puis la lapidation.

– Djigui est magnanime ; il te pardonne et laisse à Allah, au Tout-Puissant, la tâche de te juger et te punir.

Moussokoro regagna le harem, sa case, retrouva ses biens. Elle était arrivée le matin même à la demande du roi. Le troisième jour, elle fut appelée et eut sa première nuit. Elle la prépara bien, ayant sans cesse en tête les paroles de sa mère : « Un homme se possède et se tient au lit. La vraie préférée pour un homme, ce n'est pas celle qui l'est par les institutions, mais celle qui le tient au lit. »

Apparemment la nuit avait été réussie car, un soir, alors qu'elle lisait le Coran, le *seko* s'écarta et, à sa grande surprise, Djigui en personne entra. Elle laissa tomber le Livre pour se prosterner : « Pas ça entre nous dans la nuit. » Il s'assit ; Moussokoro s'enquit de la raison de l'honneur qui lui était fait.

« Rien, le plaisir de te voir et t'écouter. »

Moussokoro remercia. Le roi lui demanda de continuer la lecture. Avant de sortir, il parla :

« Le saint homme de Toukoro a beaucoup d'admiration pour toi. Je ne t'avais pas oubliée. Je suis heureux de te revoir, de te reprendre. »

Les visites de Djigui à Moussokoro se succédèrent, se multiplièrent. Les meubles de Moussokoro furent changés, puis elle déménagea pour accueillir Djigui dans plus de confort.

Djigui prit l'habitude le soir d'interroger Moussokoro sur la conformité de ses décisions avec les préceptes du Coran : il le ferait tout le reste de la vie. Il l'interrogea une fois sur la valeur des prophéties des devins officiels : toute la vie il continua. Elle lui proposa, après les repas officiels, des petits plats : cela devint une tradition. Un soir, après avoir officiellement honoré la nuit des épouses appelées, il vint dormir chez Moussokoro : cette pratique s'institutionnalisa.

Moussokoro revint à la charge, elle voulait être la préférée : « Non, les coutumes ne l'autorisent pas. Mais il y a mieux : tu seras la jeune femme, la "cadette" du roi. La préférée officielle est respectée par le roi ; celle de son cœur est la "cadette", c'est elle qui le guide, c'est elle qu'il écoute. »

Et toute leur vie Moussokoro restera la jeune femme, la cadette ; elle s'adaptera par une métamorphose opportune à toutes les mutations de Djigui.

Lors de l'attente du train à Soba, elle adopta les amples boubous indigo amidonnés et raidis par le battage. De hauts madras en soie. Toujours et partout suivie par un bélier de la taille d'un veau au pelage d'un blanc immaculé, avec le collier de cuir rouge incrusté de paillettes d'or. Une boule d'or volumineuse comme une mangue pendant par une chaîne tombait sur les boubous. Les boucles d'oreilles torsadées, énormes comme des pouces auraient, si elles n'étaient pas tenues par des fils rouges passant au-dessus des pavillons, laissé les lobes en lambeaux. Des bracelets de poignets et de chevilles d'or. Tout était en or massif sur elle. Les paupières argentées par l'antimoine ; les pieds violacés par le henné... les lèvres charnues noircies par le piquetage sur cette peau blanche fine... une véritable provocation ! C'était la cadette du roi, on n'avait pas le droit de se retourner sur elle.

Pendant les années où Djigui tenta d'abonnir les « Nazaras » et de modifier son destin par les sacrifices, le maraboutage, l'aumône et l'abnégation, Moussokoro, plus que toutes les femmes, sacrifia et distribua l'aumône. Elle vida ses cantines et couffins des bijoux, des pagnes, des boubous ; les distribua aux pauvres, aux aveugles, aux lépreux. Les boubous qu'elle portait se réduisirent en longueur et en largeur et se ternirent (c'était l'époque des restrictions). Les colliers du cou, les bracelets des poignets et des chevilles en or furent remplacés par des bijoux en aigri. Les boucles d'oreilles, les bagues des doigts et du nez devinrent de cuivre. C'était inédit, l'ensemble moulait et seyait ; il devint à la mode. Toutes les élégantes et surtout les jeunes filles adoptèrent cette tenue. Moussokoro restait la jeune des jeunes ; toujours la cadette.

Quand Djigui se tournera vers le Tout-Puissant, Moussokoro aura vieilli. Elle se couvrira de voile, mouchoir de tête, de camisole et de pagne blancs ; deviendra la femme en blanc. Même les sandales deviendront blanches ; seuls se distingueront les traits des pieds noircis par le henné et au milieu du visage les excroissances des lèvres charbonnées par le piquetage, qui, lorsqu'elle sourira, ressortiront comme une provocation sur les blancheurs des dents.

Moussokoro tenait Djigui par le lit, l'islam et la magie ; il pouvait de temps en temps se remuer et même secouer ses amarres ; mais il ne pouvait pas échapper à sa cadette.

Le premier fils de Moussokoro se nommait Bema. Gosse, Bema sautait sur les genoux du roi, joie qu'aucun des trois cents autres rejetons de Djigui ne goûta. Non circoncis, il rentrait tous les soirs chez sa mère Moussokoro, y rencontrait le roi qui fut pour lui un familier et non le lointain patriarche sur lequel on ne levait pas les yeux. Les cérémonies de baptême et de circoncision du garçon furent dans tout le royaume de véritables fêtes nationales. Quand, adolescent, Bema apprit, ses répétiteurs furent Djigui, l'homme le plus docte en sorcellerie du Mandingue, et Moussokoro, la femme la plus versée dans la récitation du Coran. Il sut donc plus que tous les autres garçons du pays et rapidement s'épanouit et distingua. Les peines que Moussokoro avait endurées, son dévouement au service de son époux, les nombreux sacrifices qu'elle avait exposés et les aumônes qu'elle avait prodiguées se muèrent en chance et force pour son fils. Bema avait cinq aînés mâles, donc ne venait qu'en sixième position dans la succession. Des malheurs qui visiblement peinèrent Moussokoro frappèrent chaque aîné. Quatre dans la force de l'âge moururent, le cinquième afficha un défaut qui lui interdisait de régner : les devins et les gardiens du trône imposèrent à Djigui de désigner Bema comme son successeur.

Pour ceux de Soba tout cela serait partiel et partial. Moussokoro mentait et faisait mentir les griots-historiens.
Avec les secrets extorqués aux prieures qu'elle avait empoissonnées avec de l'élixir au foie de caïman, elle réalisa des sorcelleries étonnantes. Elle dérégla les instruments divinatoires du saint homme et de la savante sorcière de Toukoro et put également – Djigui était jeune et n'avait pas encore les pouvoirs qui seront les siens plus tard – travailler le sort du roi.
A son retour à Soba, pour se faire remarquer, elle se livra à une des simagrées déshonorantes dont elle seule avait le secret.
Dès le premier jour de son arrivée à Soba, elle commença à suborner l'eunuque. Le troisième jour, elle figura en tête des épouses « appelées » dans la nuit avec le privilège d'entrer la première dans la chambre d'amour.
Toute la journée, elle prépara la nuit décisive : il fallait la réussir ou vivre reléguée tout le reste de l'existence comme une quelconque des trois cents épouses du maître.

condamnées à n'être appelée qu'une ou deux fois par an. La maman de Moussokoro lui avait légué de nombreux secrets. Elle voulait aimer, être reconnaissante. Après la dernière prière, elle s'aspergea d'une macération hallucinogène et se pommada d'un élixir aphrodisiaque. Elle arriva à demi droguée, libérée des tabous, le désir exacerbé, fonça dans la chambre et se jeta sur Djigui surpris.

Dès la première embrassade, Djigui plana dans des rêves érotiques. Maîtresse de son maître, doucement elle alla moucher la lampe à huile, tira la mèche. En pleine lumière se dévêtit par à-coups, voile, camisole descendirent, sauf un court pagne laissant entrevoir les poils et deviner la lune (les coépouses pudiques entraient, se déshabillaient dans la pénombre et se glissaient dans le lit). Djigui, l'appétit et l'imagination exaltés, la dévorait des yeux. Elle revint sur lui, à pas lents et lascifs, le poussa, coucha, caressa et déshabilla. Ce qui au début avait paru au roi un amusement, une curiosité, l'envahissait. Elle retourna à la lampe, baissa la mèche. Les attouchements commencèrent par les oreilles, elle susurra ou plutôt souffla des mots obscènes indistincts. Les doigts descendirent, s'égarèrent ; Djigui répondit par des caresses qu'elle guida, les lèvres se promenèrent ; le désir profond d'un contact plus intime se créa. Djigui éclata sur la langue ; c'était la première fois qu'il connaissait ça ; tout son corps désirait ; il la demanda sur le ton pleurard d'un enfant... Elle lui enseigna une position ; rapidement, au sentiment de détente succéda un rythme qui l'emporta, le désir d'aller plus profondément. Jamais il ne l'avait vécu aussi prolongé. Enfin, tout son corps se convulsa, la sensation de chaleur envahit le bassin et ce fut la tempête... Djigui en soufflant tomba dans le lit, désarticulé. Jamais, jamais il n'avait vécu aussi longtemps une...

— Tout cela est-il autorisé par Allah ?

— Dès lors qu'Allah vous a fait un don, ce don vous appartient, il vous est loisible de le consommer de la manière qui vous plaira, a dit le Tout-Puissant dans son livre.

Djigui était toujours fort, il n'était pas calmé, ses mains descendaient entreprenantes.

– Non, demain, demande-moi demain, à présent il me faut laisser la place à une autre coépouse.

– Non.

Jusqu'à l'aube, les trois autres femmes attendirent dans l'antichambre.

Ceux de Soba attribuèrent de nombreux amants à Moussokoro, la Mauresque. Quand elle se faisait coudre un boubou par semaine, elle aima son couturier, un Sénégalais élégant, élancé, à la carnation de jais, toujours dans des *drékéba* impeccables. Il est vrai que Moussokoro entretint avec cet étranger une familiarité qui ne convenait pas à la cadette d'un homme aussi prestigieux que Djigui.

Quand prévalurent les sacrifices et l'aumône au Bolloda, un jeune sorcier du Niènè allait et venait. Il était élégant et beau, lui aussi s'enfermait, même le soir, d'une façon qui était à prescrire.

Pendant les années de prière, Moussokoro aura deux marabouts, tous les deux remarquables ; ils fréquenteront la cadette avec une assiduité que notre religion interdit.

Personne, à Soba, n'eut l'impudence d'attirer l'attention du roi sur la conduite de sa cadette, et Djigui un seul jour ne fit apparaître une ride de soupçon ; il ne crut jamais qu'un autre pût dans le Mandingue viser une amitié coupable avec Moussokoro.

Les fautes les plus graves reprochées à Moussokoro furent les manigances dont elle usa pour faire de son fils le successeur du roi. Ceux de Soba craignaient que ces artifices n'apportassent au pays les pires des malheurs et n'entraînassent la fin du règne de la dynastie des Keita. Elle assassina par toutes sortes de maléfices, envoûtement, empoisonnement à l'élixir du foie de caïman, enchantement les quatre aînés et colla le travers irrachetable de ne pouvoir tenir sa ceinture au cinquième, qu'elle ne put tuer à cause des dures décoctions avec lesquelles celui-ci avait été lavé dès l'enfance.

La déposition de Djigui et son remplacement par son fils atterrèrent Moussokoro :

– Assois-toi, mon fils, et écoute-moi. Je ne me suis pas

contentée comme les autres mères de te créer avec les douleurs de mes entrailles : j'ai souffert dans la chair, j'ai moralement pâti. Mes tourments et afflictions se sont transformés en bénédictions ; ce sont ces bénédictions qui t'ont fait dauphin.

— Si c'est pour me demander de renoncer au pouvoir que je viens d'acquérir, ne perds pas ton temps, ma réponse est non. Si ce n'avait pas été moi, c'eût été un autre Keita. Les nazaréens sont inflexibles.

— Alors laisse-le à un autre Keita. Le pouvoir ne se ramasse pas comme une noix de karité ; il a besoin de beaucoup de bénédictions, et toi tu n'auras que les malédictions de ton père et les colères des mânes.

— Je tuerai les sacrifices expiatoires indispensables.

— Et mes malédictions à moi, les malédictions de ta mère, quels sacrifices pourraient les laver ? As-tu un instant pensé à ta mère, à ma situation ? Comment pourrais-je être à la fois la mère de l'usurpateur et la préférée du roi ?

— Il faut choisir ?

— Eh bien ! Je choisis. Je te maudirai. Nous prierons, le roi et moi, contre toi. A deux nous saurons anéantir ce que nous avons réalisé à partir du néant. Ton pouvoir deviendra une calebasse vide. On peut réussir en dépit des malédictions de son père, mais jamais avec celles de la femme qui pendant neuf longs mois t'a porté.

La déposition de Djigui fut la fin d'une ère au Bolloda. Les jours qui suivirent furent douloureux. Djéliba, le grand griot du règne, les appela les jours des *monnew*, les temps des ressentiments, ou encore, avec l'accent samorien qu'on lui connaissait, *les saisons d'amertume*.

Les saisons d'amertume durèrent les quatre années que durera l'Afrique de l'Ouest française pétainiste.

QUATRIÈME PARTIE

11

Les saisons d'amertume ennuyeuses et longues d'interminables moments de silence

Au Bolloda, les premières journées des saisons d'amertume furent monastiques. Entre les heures de prière, le Centenaire restait couché sur son grabat au pied du *fissandjiri* sacré et toute la cour le veillait en silence. Au point que, parfois, les oiseaux gendarmes abandonnaient les nids, fusaient des feuillages pour se livrer à des vols ramés au ras de sa tête, en hommage à son grand âge et à sa fortune, comme dans la lointaine brousse tournent d'autres passereaux entre les cornes du vieux buffle solitaire qui, paresseusement, marche dans la savane en quête d'un destin. Et même, parfois, parvenait jusqu'au sol le bruit du glissement du vieux boa sacré, caché dans le feuillage du *fissandjiri*. Le soleil montait, la chaleur écrasait. Le vieillard cherchait quelques moments de sommeil ou de répit au *monnè*.

C'est le quatrième jour des saisons d'amertume, quand Djigui commençait à ronfler, que Djéliba déclara : « Quand on manque de flèche dans son carquois et que le vis-à-vis vous en flanque une dans le cœur, avant d'expirer, on esquisse le geste de l'arracher et de la tourner contre l'adversaire pour que celui-ci sache que l'homme abattu était un brave. Le geste par lequel on aurait dû répliquer à l'insolence du Blanc était de renoncer aux visites de vendredi. Notre maître n'ayant plus le pouvoir, nous ne devrions plus effectuer de visites de vendredi. »

Ces paroles firent bondir Fadoua, l'affranchi, l'ancien chef des sicaires : « Les visites, certes, au début, furent une honte, une brimade ; mais avec la puissance des Toubabs, elles sont devenues un grand honneur, une grande distinction. Notre maître ne reste-t-il pas actuellement, dans toute la Négritie, le seul chef auquel est exigé le renouvellement d'un serment d'allégeance et de suzeraineté ? Il faut les maintenir ; c'est par elles que nous esquissons le vrai geste qui réplique au défi de l'incroyant. La façon d'injurier celui qui ne veut pas vous voir est de paraître souvent à sa porte. Tant que nous serons tous les vendredis au Kébi, Bema l'usurpateur n'aura pas la totalité du pouvoir et de la force. »

Fadoua défendit les visites de vendredi avec succès. Pour lui, elles constituaient une cause. Il avait une fois, avec le commandant, l'interprète et Djigui, participé aux discussions des affaires du pays ; cela avait été su et dit dans les chansons et les proverbes et lui avait donné un autre prestige qui, joint à son rôle de sacrificateur, avait fait de l'ancien esclave un homme craint que Djéliba jalousait.

« Les visites de vendredi, quoi qu'on en dira, resteront toujours les rites d'allégeance d'un vaincu. Un Keita librement ne peut les continuer. Ce n'est pas parce qu'elle est grasse que la consommation par un croyant de la viande de la bête égorgée par un cafre est moins condamnable », conclut Djéliba.

Le sixième matin, après la deuxième prière dans un demi-sommeil, le Centenaire s'exclama : « Le dévot ! Le dévot ! Viens ! Viens ! » Ce fut le branle-bas au Bolloda. Le dévot était le marabout qui s'était fait remarquer à la mosquée la nuit de la retraite. Celui qui avait prié, indifférent aux agitations qui l'environnaient ; celui dont l'attitude avait choqué Djigui. On avait su le lendemain que c'était un marabout de passage, un marabout d'une grande sainteté et d'une grande science. Djigui s'était étonné qu'un étranger de cette qualité ait pu séjourner à Soba sans que personne ait songé à l'amener au Bolloda. Fadoua s'était excusé en expliquant que l'étranger ne maraboutait pas et qu'il qualifiait d'usages cafres et païens la sorcellerie, le charlatanisme et les sacrifices du matin. Djigui en avait parlé à Moussokoro qui avait su que Yacouba – c'était le nom du dévot – était un intégriste, un savant qui, plus que réciter le Coran, lisait l'arabe. Moussokoro avait estimé qu'il méritait d'être appelé au Bolloda même s'il ne maraboutait pas. C'est ce que Djigui faisait en évoquant le dévot dans un demi-sommeil.

Yacouba arriva au Bolloda la bouilloire pendue à l'épaule, la peau de prière en bandoulière, le poignet droit serré sur un chapelet. C'était un chapelet à onze grains, le chapelet des « hamallistes » ; il était un disciple du marabout Hamallah de Nioro. Le saint Hamallah qui avait été banni et emprisonné à Vals-les-Bains en France. Trente-trois hamallistes avaient été, en juin dernier, fusillés à Nioro, dix-huit récemment en Côte d'Ivoire ; des centaines condamnés aux travaux forcés au Soudan, en Mauritanie et au Niger. Partout les Français traquaient les porteurs de chapelets à onze grains comme les chiens rouges pourchassent les singes rouges : partout, avec la complicité des musulmans, les porteurs de ces chapelets se dissimulaient et continuaient à souffler dans les oreilles des indigènes, dans cette période de disette, de réquisition et de chicotte, que toute soumission aux nazaréens condamnait tous les Nègres musulmans à la géhenne d'Allah.

Yacouba avait la carnation et les traits d'un Peul, presque imberbe, le regard hautain et même méprisant. Une fois encore, il me déplut, à moi Djigui, au point que je me suis mis encore à regretter le passé, à me redire que la vieillesse n'est qu'insultes et ressentiments. Quand je n'étais pas un vieux *djigui* (*djigui* signifie en malinké le mâle solitaire, l'ancien chef de bande de fauves déchu et chassé de la bande par un jeune rejeton devenu plus fort), lorsqu'un déhonté de l'espèce de Yacouba se présentait avec l'air méprisant et hautain, j'esquissais un petit geste : Fadoua, secouru par deux solides sicaires, se précipitait sur l'arrivant, le dénudait, le jetait à terre, lui liait les mains derrière le dos et le fouettait jusqu'à ce qu'il criât et urinât. C'est seulement après que, pouffant de rire, Fadoua arrêtait le supplice, le détachait, lui commandait de s'éloigner et de recommencer son entrée au Bolloda : d'arriver avec des pas souples et hésitants, de se courber, de s'agenouiller, se prosterner, se couvrir de poussière pour respecter et saluer l'homme le plus ancien, le plus sage et le plus généreux du monde. Et moi, Djigui, qui, pendant toute la scène, ne m'étais pas départi de mon calme, à l'étranger se tordant et tremblant de peur, je demandais avec chaleur le nom totémique, les nouvelles du terroir, de sa famille et des royaumes traversés ; je lui vantais (sans malice) la douceur et la richesse de Soba, mon hospitalité et celle des habitants ; je lui enseignais la grande foi qu'à Soba nous portons à Allah et enfin je m'enquérais de l'objet de sa visite.

Mais, hélas ! tout cela était devenu passé révolu ! Avec l'âge, le ressentiment, Fadoua n'avait plus les os de pareilles pratiques, moi je n'en avais ni la puissance ni le goût. La vieillesse en elle-même est *monnè fi* (*monnè* dense), *monnè bobelli* (*monnè* invengeable). Aussi, sans m'offenser de l'arrogance du marabout, j'ai répondu à ses salutations ; je lui ai parlé, lui ai demandé de demeurer quelques jours mon hôte : j'avais besoin de plus de pardon et de connaissance d'Allah. Il ne me restait que repentirs, résipiscence et très peu de jours à vivre, très peu de prières à courber pour mériter la miséricorde divine. « Allah pardonne toujours », répondit Yacouba. En maître, il se tourna vers l'est et poursuivit : « Célébrons encore une fois Sa grandeur, demandons ensemble Sa miséricorde. » Tous ensemble, au Bolloda, nous nous sommes surpris en train d'obéir : nous avons tous porté les mains sur le front en murmurant « Amen ». Lui, Yacouba, descendait au Sud pour un urgent et court déplacement qu'il acceptait d'interrompre. Il n'y avait pas de chaud et indispensable labeur qui ne tolérât quelques jours de pause quand celle-ci s'accomplit pour servir Allah et acquérir des bénédictions. Tout ce qui pouvait s'effectuer pour Djigui était enrichissant de bénédictions depuis la retraite. Djigui, qui était seulement grand par la naissance, le pouvoir, la taille, la richesse, le savoir et l'âge, avait acquis la sainteté et l'incommensurabilité depuis la retraite et le refus de sévir contre le coreligionnaire pour servir le « Nazara » infidèle.

« C'est pour moi, Yacouba, un honneur et une chance de consacrer un temps de ma vie de pénitent à vous aider, vous et votre cour, à vous approcher des dires et de la voie du Tout-Puissant. »

Ces déclarations furent rapportées à Béma, le nouveau chef, qui s'exclama : « Ce sont des paroles de fou révolutionnaire. Elles confirment les renseignements que je tenais. Le dangereux personnage prêche contre le charlatanisme et les pouvoirs des Toubabs et des chefs. Donc un hamalliste : il nous faut l'expulser. »

Béma arriva au Bolloda, contourna deux lépreux, trois aveugles et les volées de mouches qui les environnaient, écarta deux vieillards et glissa entre deux autres, souleva d'autres grosses mouches noires, parvint au lit de son père et à même ses oreilles souffla doucement :

— Papa, je viens te demander de m'autoriser à expulser le nouveau marabout. Avec ses dires, son dédain, ses malheurs, il menace la paix française et notre pouvoir. Sa présence au Bolloda à cette époque difficile n'est pas convenable.

Il rassura le Centenaire sur la manière : l'expulsion allait être exécutée discrètement et en douceur. Mais il voulait agir immédiatement, débarrasser Soba aujourd'hui même du déhonté personnage.

— Non, répondit Djigui, Yacouba parle d'Allah et montre le chemin. Ce qu'il dit ou fait est au-delà de nos mesquines préoccupations et querelles. On ne finit jamais de se perfectionner dans la pratique des paroles descendues du ciel.

Béma quitta le Centenaire, les vieillards, le Bolloda, soucieux. Yacouba allait être la première pierre d'achoppement, l'objet de la première palabre qui allait l'opposer à son père.

Des voix conseillèrent au marabout de partir, d'éviter de s'insérer entre le père et le fils. Cela aussi, Allah l'a interdit. De s'éclipser pour ne point affronter le pouvoir : cela se termine toujours mal. Le pharisien marabout répondit : « Ce sont là vos dires, vos dictions, vos voies et voix, votre ton. Lui, le Seigneur des cieux et de la terre, n'a besoin ni de cause ni de commencement pour réaliser ce qu'il veut, fussent les destins d'un grand chef ou de son fils. » Donc, Yacouba était bien l'escobar qu'on avait décrit à Béma, un agami mâle qui le défiait en battant sa tête jaune : il devait lui couper la queue comme on tranche le pénis de l'incirconcis impudent. Pour y parvenir, Béma pouvait attendre. Quand on est nargué par la souris qui a son trou dans le mur de la case de votre mère, on ne brusque rien : de futures nombreuses occasions de se rencontrer persistent.

Yacouba régna sur le Bolloda deux hivernages entiers.

Il existait au Bolloda une coutume aussi ancienne que la dynastie des Keita. On y exposait, dès que le soleil dépassait le sommet du bois sacré, un petit sacrifice : des offrandes et l'égorgement de près d'une dizaine de bêtes. Avec les saisons d'amertume, ces petits sacrifices devinrent médiocres : le chef Béma, le nouveau promu, les alimentait avec parcimonie et mesquinerie, craignant, sans doute, d'apporter à Djigui les moyens de le fainéantiser ou l'ensorceler, lui, Béma, par un des sacrifices durs et imparables dont le Centenaire seul avait le secret. Les autres donateurs qui, épisodiquement, ravitaillaient le carnage étaient dénudés par la pauvreté comme le séant du chimpanzé. Les petits sacrifices étaient insuffisants au moment où tous les habitants terminés par la disette et le manque, travestis en mendiants, accouraient au Bolloda pour se disputer les viandes et les offrandes. « Des sacrifices, pour être pleinement acceptés, ont besoin d'être de qualité : quand ils ne sont ni généreux ni sérieux, il faut les supprimer », expliqua Yacouba. Le griot acquiesça. Fadoua, le ministre des cultes, se dressa et contesta. Yacouba répondit que les tueries et offrandes du matin n'étaient pas d'une grande orthodoxie musulmane : elles ressemblaient aux pratiques des rois païens et cafres adorant au réveil leurs djinns, gris-gris et autres paganismes nègres. En dépit de tels arguments intégristes, Djigui, conseillé par Moussokoro, ne céda pas. Les petits sacrifices matinaux faisaient partie du paysage du Bolloda : ils ne pouvaient pas être supprimés. Ce fut un des rares refus que le Centenaire opposa à une sollicitation du marabout Yacouba, qui en moins de deux semaines avait réussi à obnubiler Djigui et Moussokoro.

Avec Yacouba, le Bolloda des temps des ressentiments s'anima puis craignit le silence, mais surtout voulut Allah.

La hiérarchie y restait respectée. Dans un premier cercle, l'arbre sacré avec dans le feuillage le boa totem et les oiseaux gendarmes ; au pied de l'arbre le Centenaire, le plus prestigieux des hommes entouré des vieillards ; à la périphérie, des mendiants, des aveugles et des lépreux.

Dans un second cercle, Yacouba et ses talibets. Loin, la savane, au-dessus, le soleil. Plus haut et incommensurable dans le ciel : Allah sur lequel le Bolloda restait continuellement branché.

Nous étions sans cesse en quête du Tout-Puissant qui ne se perd jamais pour qui le désire sincèrement. La vieillesse nous rappelait à chaque pas que le chemin n'était plus long, à chaque pas, nous regardions loin devant et derrière pour nous repentir : Il est aussi miséricorde. Ses possibilités comme ses surnoms sont innombrables et nous voulions les dire tous dans le court délai qui nous était encore imparti. Yacouba était le médiateur entre LUI et nous. Il avait demandé et obtenu le déménagement de ses ateliers et école au Bolloda et, dès les premiers chants des coqs, ses talibets commençaient à célébrer le Tout-Puissant. Ils attisaient un feu de bois dont l'embrasement et les flammèches n'éclairaient qu'un pan du mur du Bolloda et approfondissaient en dehors de ce mur les mystères de nos nuits. Cela suffisait pour que, de concessions en concessions, s'élèvent les aboiements des cabots délivrés des peurs, que rentrent dans les refuges, les gîtes et la brousse, les fauves et les esprits, et que monte de la mosquée l'appel chevrotant et béni du muezzin qui toujours nous tord, à nous croyants, quelque chose dans le bout du cœur. Aussitôt, surgissaient du profond de notre sol les murmures étouffés des prières. Quand ces murmures cessaient, retentissaient libérés les cris des talibets qui chantonnaient les sourates nommant Allah. Les déclamations glorifiaient le Tout-Puissant jusqu'à ce que le soleil émerge des barbouillis qui l'annonçaient, jusqu'à ce qu'apparaissent distincts : le manque, la fatigue, les mendiants, leurs plaies et leurs mouches, et tout le pays de Soba, sa sécheresse et ses famines. L'école coranique de Yacouba se découvrait dans sa nudité : un rien pauvre et poussiéreux, avec un homme agitant son long fouet, au milieu d'enfants faméliques, en guenilles, couverts de cendres et de gerçures qu'on torturait pour qu'ils s'égosillent. Démystifié par le jour, Yacouba s'éclipsait pour une de ses longues ablutions et l'assistant auquel il passait le fouet faisait lever les enfants qui se dispersaient.

En attendant le retour de Yacouba, le Bolloda se donnait un petit répit que les oiseaux utilisaient pour célébrer à leur tour Allah : les tisserands par le piaillement, le jabotement et la fête ; les hirondelles par des vols rapides et légers dans tous les horizons. On regardait loin et on remarquait, frôlant les murs, ceux de Soba, prières sur les lèvres, les chiens dans les jambes, allant aux champs cultiver des récoltes qui leur seraient arrachées de la bouche après la moisson.

Arrivaient au Bolloda les courtisans les uns après les autres, et les suivaient en bande les talibets. Ceux-ci s'asseyaient en rond sur des nattes et commençaient à feuilleter les pages jaunies des manuscrits. Le soleil atteignait le moment de l'ourébi, Yacouba réapparaissait, le turban et les boubous immaculés ; il occupait la place à lui réservée au milieu des disciples. En vue par la taille, la longueur du turban, la blancheur de la mise, le ton ; il l'était par l'intransigeance aussi... L'homme était d'abord une obsession : il craignait de participer à la conjuration contre Allah, le complot contre le Suprême, la trahison de l'Omniprésent. Il le disait de quatre-vingts façons : ne jamais, ni par lâcheté, pauvreté, faiblesse, ni par puissance ou orgueil, biaiser. C'était tremper dans le complot contre LUI par lâcheté que de soutenir que les sacrifices exposés au Bolloda s'apparentaient à l'orthodoxie musulmane, d'attester que le zèle avec lequel les Keita aidaient les nazaréens à nous exténuer et torturer, nous, Nègres musulmans, était dans la voie d'Allah. Tout cela était vociféré avec emphase et gestes ; il tordait les lèvres, bavait ; successivement, élevait et baissait le ton. L'homme avait du souffle. Il ne s'arrêtait que pour accueillir Djigui, accompagné de ses ministres : une théorie de vieillards terminés, sales, malades.

En silence, toute l'assistance baissait les yeux jusqu'à ce que Djigui fût assis. A la queue leu leu, les courtisans s'approchaient, s'agenouillaient et le saluaient. A quelques-uns il tendait la main, et, parmi ceux-ci, Yacouba qui, au lieu de s'agenouiller – peut-être eût-ce été participer à ce complot –, se contentait de se courber. Suivaient les mendiants, des malades en quête des attouchements qui guérissent. Quand chacun regagnait sa place, les lectures du Livre reprenaient.

Je m'efforçais, moi Djigui, de tenir assis pour recevoir en plein les paroles d'Allah. Mais avec le soleil, les chants des talibets, elles devenaient pesantes : je m'assoupissais, m'étendais, me contentant d'ouvrir de temps en temps un œil de crocodile pour m'assurer que je ne plongeais pas encore dans l'horrible géhenne que Yacouba décrivait avec tant de minutie. Parfois, pour encourager le prédicateur, je risquais, d'une bouche pâteuse, un petit mot, une explication. Tout le monde m'écoutait en silence : ce mot relançait Yacouba qui en faisait le nouveau thème du prêche.

Le marabout longtemps évita de critiquer directement ma conduite ou celle de mes courtisans, qui n'étaient pas toutes d'un islamisme de grande ablution, jusqu'à ce jour où, du coin de l'œil, j'aperçus, au premier rang de la foule, une ravissante jeune fille. Je fis arrêter la séance et murmurai mon admiration pour son charme – ce qui signifiait, que j'aie ou non le plein pouvoir ; que je sois couché, à pied ou à cheval, vigoureux ou terminé, que je désirais épouser l'admirée. Fadoua, discrètement, s'approcha de mon lit et me souffla dans l'oreille que mon nouveau désir était une de mes arrière-petites-filles. C'était un péché ! Désirer c'est consommer ! Plusieurs fois, le marabout nous l'avait dit. Mais, en la circonstance, c'était une erreur humainement possible, donc pardonnable. Je ne connaissais pas toutes mes épouses, que dire de mes arrière-petites-filles ? Ce n'était donc pas un incident à relever. C'est pourtant ce que fit Yacouba en choisissant cette regrettable méprise comme thème d'un nouveau sermon, et en osant, parmi les vieillards dont le plus démuni comblait près de dix épouses, et devant moi, Djigui, qui en respectais plusieurs centaines, exposer, préciser qu'Allah ne reconnaissait que quatre épouses, qu'en dehors de ces quatre légitimes, tous désirs et consommations étaient luxure, et que la luxure, sauf la clémence du Créateur, était sans rémission. Cette condamnation créa un malaise. Mes suivants – et surtout Fadoua – attendirent que je regimbe, réfute : à leur désespoir ne survint pas le geste, le mot, le signe qui aurait contredit. Je suis resté pensif. Yacouba conclut qu'il eût participé à un complot et eût trahi Allah, si, par complaisance, il avait tu un seul mot du Livre.

« Moi, depuis longtemps, expliqua Moussokoro, je te l'avais dit. Tu as toujours prétendu que tu ne pouvais pas refuser une jeune fille offerte sans offusquer les donateurs. Que décides-tu, après une si nette condamnation ? »

Djigui décida de ne plus se remarier. A partir de ce jour, il distribua, sans se réserver les plus séduisantes, les jeunes vierges que les paysans désemparés, pour échapper aux fouets et aux réquisitions, venaient offrir pour s'allier aux Keita.

L'incident en définitive fut salutaire, il nous rapprocha d'un pas vers Allah.

Un autre jour, un autre événement nous rapprocha d'un second pas vers le Tout-Puissant. Nous étions dans le Livre, tentant de dénombrer les surnoms de l'Être suprême ; le soleil brûlait, écrasait ; les mirages montaient des rues et des places ; les touffes, les toits de chaume et les terrasses des cases se fondaient dans l'horizon : nous étions vaincus par la torpeur. Je ronflais les yeux clos. Les mots de Yacouba sortaient mou, mal débarrassés des salives : ils n'arrivaient pas à me tenir en éveil. C'est alors qu'entra au Bolloda un messager qui s'agenouilla et m'annonça la mort en couches d'une de mes patientes : une jeune femme veuve, une croyante, une brave pour laquelle j'avais beaucoup ensorcelé, avais tant demandé à Allah. Son mari était décédé au Sud et elle élevait avec abnégation cinq enfants. Affecté et troublé, je me suis demandé quelles destinées auraient les cinq orphelins et ai murmuré que les volontés du Tout-Puissant paraissaient parfois obscures.

« La volonté d'Allah dépasse, mais jamais elle n'est obscure. Sa motivation peut nous échapper, mais Il est trop puissant pour agir sans raison », répliqua Yacouba avec véhémence. Sans souffler, il parla des obligations des nantis et des puissants, raconta la vie de quelques saints et grands empereurs du Moyen Age africain qui, pour plus d'humilité, recueillaient les orphelins et pour leur pénitence les élevaient eux-mêmes dans les pans des boubous. « Ce qui constituait un don de leur propre personne, donc la vraie charité qu'Allah apprécie mieux que huit cents sacrifices rituels matinaux. » Il s'interrompit et regarda Djigui. « Méfions-nous des pièges d'Allah. Beaucoup parmi nous ne serons pas sauvés, faute d'avoir perçu le piège qui leur a été tendu par Allah. Ils n'auront pas accompli l'action qui était attendue d'eux pour assurer leur salut le jour que le Tout-Puissant avait choisi pour les tester. Prions ensemble Allah pour que nous ne soyons pas, le jour choisi pour nous, sourds et aveugles au test de notre salut. » Tout le Bolloda porta les mains sur le front en murmurant : « Amen. »

Le sermon du marabout ébranla le roi. « Il faut se consacrer aux orphelins, assister l'enfance malheureuse », lui conseilla Moussokoro. Des ordres furent donnés : le lendemain, les sicaires amenèrent au Bolloda les premiers orphelins. Les enfants arrivèrent malingres, chassieux, morveux, pisseurs et chiards. En dépit de leur misère et vilenie, Djigui voulut, comme les grands empereurs malinkés d'antan, les accueillir lui-même. Il prit chaque enfant dans les deux bras, le couvrit de baisers, s'enquit de son nom, prononça de pieuses prières pour qu'Allah lui accordât une longue vie et l'enveloppa dans les pans du boubou. Ce mouvement symbolique d'enveloppement d'un enfant dans les pans du boubou deviendrait le rituel par lequel il adopterait les orphelins et finirait par donner son nom à l'orphelinat qui serait connu sous l'enseigne des « Enfants des pans de boubou ». L'enfant, dans les pans de boubou, pleurait ; le roi le berçait et consolait jusqu'à ce qu'il se calmât, ensuite le confiait à une de ses épouses qui, d'office, devenait la mère adoptive.

Le vieillard consacra les derniers soucis de ses derniers jours aux « Enfants des pans de boubou », qui regroupa jusqu'à une quarantaine de pensionnaires de toute origine. Il y avait, d'abord, les orphelins du clan Keita. Djigui aimait les accueillir ; en le faisant, il accomplissait en partie les coutumes malinkés qui demandent que les enfants, les petits-enfants, les arrière-petits-enfants Keita de moins de six ans vivent autour du « vieux », le patriarche du clan. Djigui chercha et aima adopter les orphelins dont les parents étaient morts sur les chantiers du rail ; il se crut, le reste de la vie, le seul responsable des travaux forcés et leurs méfaits.

Le roi suivait particulièrement les enfants malades de l'orphelinat. Les mères adoptives les menaient le soir dans la chambre et la suite royales. Elles les couchaient sur des nattes à même le sol entre les gris-gris, fétiches et canaris de décoctions. Parmi les souris qui débouchaient de temps en temps d'un fouillis, détalaient et disparaissaient dans un autre ; parmi les cafards et les asticots du sol pisseux qui grouillaient sous les nattes et le long des murs. Les enfants piaillaient. Djigui rentrait après la dernière messe de la nuit et aussitôt récusait et renvoyait les mères adoptives, et s'enfermait seul avec les orphelins. Moussokoro ne s'éloignait pas ; elle s'asseyait sur le seuil de l'anti-chambre et restait adossée au mur pendant tout le temps que le roi restait cloîtré avec les enfants.

Je craignais, moi Djigui, qu'un seul enfant mourût dans des bras qui ne soient pas les miens. Dans une prière intense préliminaire, j'appelais Allah par quelques-uns de ses surnoms inusités pour qu'Il vînt à nous – mes pensionnaires et moi – et débutais, au milieu d'un concert de pleurs et de cris, avec toujours sur mes lèvres Ses noms, ma pénitence. J'allais d'un bébé à l'autre pour chasser des souris, écraser des asticots et les cafards qui les grignotaient, administrer à celui-ci des décoctions, langer celui-là. Quand j'arrivais à un mourant, je m'asseyais près de lui, le prenais dans les pans de mes boubous, et par des prières pieuses et chaudes, j'enjoignais Allah de se prononcer, et chaque fois Il le faisait, en guérissant immédiatement ceux qu'Il voulait sauver ou en enlevant dans les fragilités des autres les souffles qu'Il y avait mis. Je faisais tout, seul, de mes propres mains, pour expier mes péchés comme Il l'a dit dans le Livre. Debout, à genoux, à quatre pattes, je poursuivais jusqu'à ce que tous les cris et pleurs se fussent tus ; jusqu'à ce que je me fusse écroulé de fatigue. Même dans le sommeil mes lèvres continuaient à murmurer les surnoms d'Allah. Certaines mères, furtivement, venaient récupérer leurs enfants. Aux premiers chants des coqs, les autres, précédées de Moussokoro, entraient et découvraient l'œuvre du Tout-Puissant. De nombreux moribonds étaient miraculeusement guéris ; mais elles relevaient aussi des cadavres à demi dévorés par les souris, les cafards et les asticots.

C'est cette mort de quelques pensionnaires que ceux qui ne souhaitaient pas mon salut ont saisie comme prétexte pour tenter de défaire l'institution. Le commandant, qui appelait l'œuvre une entreprise d'infanticide organisée par un vieillard retombé en enfance, me dépêcha l'interprète Soumaré (ce fut une surprise, je ne l'avais plus revu depuis ma disgrâce) pour me demander d'envoyer les orphelins malades au dispensaire. J'ai dit non et aucune démarche ne m'a fait revenir sur mon refus. A peine ai-je toléré, après de longues palabres, que des infirmiers, le père blanc et l'épouse d'un riche commerçant blanc visitent les enfants malades et leur laissent des médicaments et des bonbons que je disputais aux pensionnaires dès que les donateurs s'éloignaient. Les ennemis de mon salut, dont mon propre fils Béma, exercèrent leur méchanceté en amont de mon œuvre : ils contraignirent les proches des orphelins à venir récupérer, kidnapper les enfants des pans de boubou. Leur action n'eut d'autre effet que de rendre les nouveaux recrutements plus difficiles, mais l'œuvre resta vivante. Le Tout-Puissant se reconnut dans ce qui avait été entrepris et y mit beaucoup de force : tous les enfants des pans de boubou qui survécurent furent des hommes ou des femmes remarquables.

Quant à moi, Djigui, à force de les chercher, j'ai inventé des appellations d'Allah non encore galvaudées par le langage des hommes, des appellations qui avaient encore toute leur pureté : elles guérissaient toutes les maladies, empêchaient le serpent de dormir dans son trou, le caïman de paresser sur les berges du fleuve, l'oiseau de tenir sur la branche. J'eusse, si je l'avais tenté, déplacé les montagnes, détourné les cours d'eau. A poursuivre, je risquais de rencontrer Allah, voire de dialoguer avec lui.

« Cela n'est pas permis ; n'est pas donné ; Allah ne se découvrira jamais plus. Tu as atteint une limite. Arrête, la suite ne peut plus être favorable, c'est écrit dans le Livre », avait fait remarquer Moussokoro. Elle eut raison.

Les mercredis ont toujours été pour moi des jours néfastes, je le savais, les devins me l'avaient confirmé, j'en avais fait un totem : je ne voyageais pas les mercredis et n'honorais aucune de mes épouses le mercredi soir.

C'était un mercredi, nous venions de courber la deuxième prière, Yacouba dans le Coran fulminait contre les ligués dans la trahison d'Allah ; dans un demi-sommeil, je vis arriver au Bolloda des gardes en armes.

Le brigadier qui commandait le détachement adressa à la cantonade des saluts auxquels personne ne répondit et voulut, après quelques hésitations, enjamber quelques-uns de mes courtisans pour s'approcher : il voulait m'aborder comme il arrive au lit d'une épouse soumise. J'ai murmuré des formules, il fut interdit par le dessèchement de la gorge, la sensation que ses cheveux se mouvaient sur son crâne, que ses mollets lâchaient : il s'arrêta perdu, fasciné comme le petit oiseau devant un gros serpent, grogna, balbutia :

— Pardon ! Pardon ! je voulais… voulais… au… vieux.

— Tu es pris en faute d'insolence à l'endroit du Centenaire. Tu l'as cherché ; tu resteras cloué où tu es. Tu urineras dans tes frocs. Que veux-tu ? Que veux-tu ? lui demanda Djéliba.

Les impudents que je fascinais étaient pris d'inconscience. Le griot me pria de pardonner au brigadier, de le désensorceler par pitié et à cause d'Allah. A cause du Tout-Puissant, j'ai murmuré une autre formule, il a retrouvé la liberté de ses mouvements. Même libéré, l'homme resta en place, tremblant, suant à grosses gouttes, incapable de répondre aux questions pressantes de mon griot.

Lui, le brigadier, était un homme de la forêt, un féticheur et catholique, peu versé en sorcellerie ; il se nommait Jean, sans autre nom totémique. Le griot l'interrompit et lui exposa qu'Allah n'avait pas créé de peuple sans nom totémique ; il n'existait que des gens non informés des leurs. Jean, originaire de l'Ouest, était Traoré : tous les hommes de sa région sont des Traoré, le brigadier était Traoré, de père et de mère Traoré ; et si d'aventure on le lui demandait un autre jour, sans hésiter, il devait répondre Traoré. Le brigadier acquiesça. Le griot poursuivit. Le prénom Jean devint Zan (prénom bambara) dans le discours du griot qui, après cette rapide « malinkisation » (Zan Traoré), qu'il appela islamisation, demanda au brigadier les raisons d'un

débarquement aussi insolite que la rencontre des cynocé-
phales pêchant des carpes dans le courant.

– Ce n'était pas pour du déplorable, annonça le brigadier.

Ensemble, nous avons mis les mains sur le front pour
murmurer qu'Allah nous préserve du déplorable.

C'est le commandant Bernier qui l'avait envoyé, lui le
brigadier, il mandait le marabout Yacouba au Kébi. A ces
mots, le Centenaire majestueusement se releva ; le brigadier, repris par ses troubles, se prosterna et déballa.

– Moi, Jean, et mes tirailleurs, nous ne méritons pas ni
malédictions ni mauvais sorts : nous sommes des Peaux-
noires qui ont obéi à un Blanc. De la part d'un Blanc, un
indigène est moins que la brise, moins que le duvet de
l'aigrette. Pourquoi convoque-t-il Yacouba au Kébi ? Je
l'ignore. J'ai ouï dire – mais cela ne doit pas être propagé ;
ce sont des informations échangées entre Nègres –, j'ai
entendu murmurer que Yacouba serait de la secte des
prieurs avec des chapelets à onze grains, de la secte de
ceux qui auraient tué des Blancs. Tuer des Blancs à cette
époque, n'est-ce pas encore serrer la corde avec laquelle
l'indigène est ligoté ?

Personne ne répondit et moi, Djigui, j'ai laissé le brigadier un temps encore trembler et suer avant de lui dire :

– Zan Traoré, tes paroles ont été entendues, mais tu
devrais d'abord repartir et faire savoir au commandant
qu'il agit avec trop de précipitation. A tout faire au galop,
on mange du cru.

Le marabout, comme si ce qui se tramait ne l'intéressait
pas, restait drapé dans ses habituels mépris et arrogance
injurieux pour Fadoua qui, à mon adresse, dressait et rabat-
tait ses oreilles comme un chien, fermait et ouvrait ses yeux
de serpent, durcissait et ramollissait les muscles de son
visage de vieux singe ; bref, paraissait si impatient que je ne
pus m'empêcher de lui donner la parole. Le vieux sacrificateur se leva avec ses nombreux gris-gris au cou et
s'excusa d'avoir interrompu le roi.

– Le commandant Bernier est aussi mauvais que la
morsure du crocodile, même les vents chantent sa malignité, poursuit-il. Mais quand un *bilakro*, un garnement,

171

se soulage dans notre jardin, on ne s'abaisse pas à courir après lui, on recherche son père. Bernier n'est-il pas le petit du gouverneur de la colonie ? Et le gouverneur n'est-il pas de votre rang ? C'est au gouverneur que vous devez, vous maître, vous plaindre.

Il rappela ensuite :

— Qui possède une mauvaise réputation ne ramasse pas de cadavre de chèvre derrière le village sans que naissent des soupçons. Sinon, qui sait ici l'intention réelle du commandant ? Appelle-t-il Yacouba pour l'honorer ou le honnir ? Même le brigadier ne saurait répondre. Une chose cependant reste claire comme la paume de la grenouille, et Bernier le savait bien, Yacouba n'est pas sans propriétaire et l'on ne frappe pas le chien dans les jambes de son maître sans frapper le maître.

Moi, Djigui, je me crus obligé de donner raison au sacrificateur, et évidemment tout le Bolloda acquiesça. En vérité, les hautes herbes peuvent cacher la pintade, mais elles ne parviennent pas à étouffer ses cris ; il n'y avait pas de doute sur l'intention du Blanc, c'est mon refus qui ne pouvait pas être définitif. Il me fallait éviter une confrontation avec le Blanc tout en sauvant l'apparence : je me suis empressé de saisir l'occasion.

— Allah est grand et complexe, ce n'est pas moi qui saurai l'enseigner à Yacouba qui chaque jour lit le Livre. En dehors du Tout-Puissant, qui connaît les motivations du crocodile qui quitte l'eau du fleuve pour venir lécher la rosée des berges ?

— Personne, répondirent en chœur les courtisans.

— Il y a mille et quatre-vingts autres mystères de cet ordre que nous, limités bipèdes, ignorerons toujours ; c'est pourquoi nous devons tout confier à Allah et laisser Yacouba partir. Fadoua cependant accompagnera le marabout : nous ne croyons pas aux civilités de Bernier. Ce commandant est un Touré ou un Soumaré (les Touré et les Soumaré sont les noms totémiques des frères de plaisanterie des Keïta). Comme les hommes de ces deux clans, il a pour second totem la civilité ; il est de la berge des singes où ne se connaît pas la honte.

Mes courtisans ont bruyamment ri de leur collègue Touré

Souleymane, le frère de plaisanterie de Bolloda qu'intentionnellement je provoquais par mes assertions. Comme tous les rois malinkés, j'avais parmi mes suivants un frère de plaisanterie contre lequel la tradition m'interdisait de sévir, qui pouvait sans être inquiété me critiquer, me contredire, me dire toutes les vérités désagréables. Avoir dans son entourage un homme libre dans ses jugements est indispensable à tout pouvoir. Le chef qui n'a autour de lui que des griots et des courtisans pour le flatter et l'applaudir est un solitaire : il a beau partir, il ne rencontre que lui-même et a beau écouter, il n'entend que ses propres dires. J'avais choisi comme contradicteur du Bolloda un homme intelligent, mais infirme (borgne et boiteux) pour qu'il me serve aussi de souffre-douleur. Avec l'âge, il était devenu un monstre édenté, morveux, avec des peaux de front tombant sur les yeux comme un vieux cabot, mais toujours lucide, avec des répliques cinglantes. A mes propos, il se redressa et me lança :

— Tes choses ne viennent et ne partent jamais sans une méchanceté pour les Touré. Nous rejetons la fraternité du commandant Bernier. A sa façon d'agir, il ne peut être qu'un Keita : il est votre frère, votre égal, votre semblable, ne t'en plains donc pas. Au lieu de reconnaître la fin de ta force et de ton pouvoir, tu trouves les excuses du vieux et vaurien matou à qui on reproche de ne plus chasser les souris et qui prétexte que les souris mordent les chats dans les lèvres.

Des éclats de rire voulurent se lever : un petit regard circulaire de Djigui les étouffa.

— Et Yacouba, où est-il ? Qu'en a fait le Blanc ? demanda Djigui.

A mon retour du Kébi, moi, Fadoua, je m'étais glissé à pas feutrés entre les courtisans et avais gagné ma place. En silence. Comme dans le passé, quand Djigui était le seul maître et moi, Fadoua, le bras visible et invisible du pouvoir. Quand la complicité entre le pouvoir et le bras était, comme entre le singe et sa queue, entière. Que tout était simple alors !

Arrivait au Bolloda un révolté contre les travaux forcés

et leurs lots de malheur. Le roi l'écoutait, le consolait, lui parlait d'Allah, de la damnation du Nègre qui ne nous laissait d'autre recours que la résignation. Le visiteur repartait content. Je le suivais comme un chien et, au premier détour, mes hommes se saisissaient du contestataire, le battaient à mort ou même parfois d'un coup de couteau l'assassinaient. Je revenais, reprenais ma place parmi les courtisans sans que le Djigui me posât la moindre question. Personne ne parlait du visiteur ni de mon crime. Djigui n'y faisait jamais allusion, au point que je suis encore à me demander, bien que cela soit improbable, si le Centenaire ne les avait tous ignorés. Jamais, dans le ton ni dans ses yeux, je n'ai trouvé les signes approbateurs ou désapprobateurs de mes actions. C'était cette complicité que je comptais retrouver. Je me voyais rentrer au Bolloda, me rasseoir parmi mes collègues sans que le roi me questionnât ou, s'il était obligé de le faire parce que trop de courtisans levaient des regards interrogateurs, je m'attendais à ce qu'il se contentât de s'arracher quelques regrets ou versets qui en réalité n'auraient pas été plus sincères que ceux proférés par le gendre quand décède la mauvaise belle-mère. Hélas ! ce ne fut pas cela, le monde avait changé et on ne terminait pas de connaître Djigui : je m'étais mépris sur le Centenaire.

— Yacouba ! Où est-il ? Qu'en a fait le Blanc ? Réponds.

La véhémence du ton surprit tout le Bolloda. Personne ne pouvait douter des motifs pour lesquels le commandant avait convoqué le marabout : c'était pour l'arrêter. Les propos ambigus tenus par Djigui avant le départ avaient laissé croire que le Centenaire s'était résigné.

— Réponds, réponds, réitéra Djigui avec les mêmes force et sérieux.

— Yacouba a été enchaîné. Demain il sera envoyé dans le camp où sont concentrés les prieurs avec des chapelets à onze grains.

Djigui poussa un puissant « *Allah koubarou* » et entra en transe, sérieusement en transe. Les courtisans accoururent autour du lit du vieillard, s'agenouillèrent et ensemble commencèrent à réciter des prières. « Le plus gros *monnè* de ma vie », murmura Djigui entre deux râles. En chœur, les courtisans reprirent : « En vérité, le plus gros, le plus gros. » Le roi, toujours en sueur, toujours demi-inconscient, murmura plusieurs fois « Le plus gros… » et les courtisans en chœur répétèrent les mêmes imprécations.

L'arrestation de Yacouba par le commandant était-elle le plus grand *monnè* de la vie de Djigui ?

Djigui avait atteint l'âge fatidique que la connaissance de chez nous pose comme la limite extrême qu'Allah consent : au-delà, c'est du dérobé ; Djigui vivait du rabiot. Affirmer que, pendant son interminable vie approchant les cent vingt-cinq ans, il n'avait jamais essuyé de déconsidération semblable à l'arrestation de son marabout était une vérité de Bolloda où le vieux avait toujours raison et où la moindre contrariété était qualifiée, depuis quelque temps, de plus gros *monnè* de la vie. Ce qui, cette fois, différenciait l'événement des autres affronts essuyés par le Centenaire était capital : il s'agissait rien moins que de sa survie. Jamais il n'avait paru si accablé, si agité après un *monnè* : cela était néfaste et même inquiétant. Djigui ne souffrait pas de la maladie, pas de l'ensorcellement, ni de l'empoisonnement, et ce n'était pas l'accident qui allait le vaincre, le finir : contre ces tares vénielles il avait trop prié, exposé trop de sacrifices et d'offrandes, et définitivement les avait écartées de son destin. Contre Djigui, il n'existait que Djigui ; il avait atteint l'immunité de ces serpents des rocs désertiques qui ne crèvent que par le suicide, par leur propre morsure dans leur propre queue. Sa fin se trouvait dans lui-même, dans ses colères, sa salive : cette vérité était spécifiquement admise par tous, même par le toubib toubab de Soba. On savait scientifiquement que, pour l'empêcher de se malfaire, il fallait lui éviter les *monnew*, la colère et la honte, et si par malheur on ne parvenait pas à l'en préserver, le seul remède connu ici-bas consistait à amener au pied du Centenaire celui par qui était arrivé le *monnè* (au Bolloda on l'appelait le maudit), à genoux, le torse nu, les mains liées derrière le dos, pour que méchamment, à pleines dents, le Centenaire mordît le supplicié dans l'occiput. C'était radical : le vieillard aussitôt se décontractait, essuyait les perlées de larmes. Cette conduite était devenue une institution, et le Centenaire, dans ses colères, s'arrangeait, dans ce qu'il avait d'audible dans ses imprécations, d'accuser le maudit (entendez le responsable).

Ce qui cette fois rendait la situation dramatique et les choses aussi difficiles que d'enseigner le *salam* au molosse se situait dans la cause que les deux maudits, nommément désignés par Djigui, étaient le commandant Bernier et le chef Bema, et que l'on savait d'avance que la nuit pouvait tourner en jour sans que l'un ou l'autre acceptât de venir en supplicié offrir l'occiput aux dents vengeresses du vieillard.

Le refus du commandant était légitime : il était de la race des maîtres des Nègres, des tombeurs de Samory ; nos religion et tradition interdisent au vainqueur de s'agenouiller devant le vaincu. De plus, les durs sacrifices exposés et les ensorcellements ourdis par Djigui s'étaient révélés tous inefficaces contre le Blanc. Qui, dans ces conditions, pouvait amener le commandant au Bolloda ? Pour commencer, qui pouvait oser aller le lui demander ? Djigui, heureusement, le comprit : entre deux soupirs, dans un instant de lucidité, il précisa qu'il se refusait à mordre un Toubab, « le Blanc pue l'oignon, il est nazaréen, donc jamais en ablution ». C'était un impur, et on ne mordait pas l'impur (c'est le fruit de la liane de caoutchouc que le singe ne peut atteindre qu'il qualifie d'avarié).

Les raisons du refus de Béma de s'offrir aux dents du vieillard étaient imparfaites, déshonorantes, préjudiciables à Béma même. Moussokoro avait accouru près de son fils. Qu'est-ce que Béma pouvait faire encore là ? Pourquoi n'était-il pas au Bolloda ? Il aurait dû, lui, Béma, de son propre chef, le premier arriver au Bolloda. La gratitude, à défaut la quête des bénédictions, aurait dû le faire courir. Surtout quand on a pour père un vieillard, un Centenaire dont les paroles ne tombent pas. Ne craignait-il pas la bouche des autres, le qu'en dira-t-on ? D'ailleurs la pitié, l'humanisme et l'islam auraient dû suffire. A tout autre que Béma, ils auraient suffi ; ils auraient conduit tout autre que Béma à aller se prosterner.

En outre, que pouvait faire à un fils d'avancer à genoux, le torse nu, les bras liés derrière le dos, devant son père ? Rien que des bénédictions qui se transformeraient en force.

176

Les dents d'un Centenaire (Djigui en avait de faibles et branlantes) dans l'occiput, quelles douleurs pouvaient-elles engendrer ? Pas plus que la morsure d'une fourmi. Tout cela, Moussokoro l'avait dit et ressassé à Béma sans parvenir à le convaincre.

« L'incarcération de Yacouba était nécessaire, avait répondu Béma. C'est une chance que les Blancs nous aient débarrassés d'un prieur avec des chapelets à onze grains. Si l'opération engendre des transes chez le vieux, c'est sa volonté, uniquement sa volonté. Il n'y a là ni reconnaissance, ni bénédictions, ni pitié, et surtout pas d'humanisme ni d'islam. » Moussokoro s'était effondrée en pleurs. Béma, sans manifester la moindre émotion, sans la minime crainte du péché et de la colère des mânes des ancêtres, avait conclu par : « Mon père délibérément s'est vêtu d'un embarrassant habit. Il saura se dégager la tête : le margouillat ne se taille pas de pantalon sans prévoir la sortie de la queue. » Et il s'était retiré.

Donc le vieux pouvait agoniser, continuer à s'éteindre. La nouvelle se répandit dans le pays qui, tout entier, en frémit. C'était tragique, pas seulement parce que Djigui était interminable, historique, mais aussi et surtout parce que les sujets des Keita redoutaient l'interrègne. La tradition voulait qu'après la mort d'un chef, un interrègne d'au moins une nuit fût observé, période pendant laquelle tous les principes et traditions étaient suspendus : le peuple pouvait impunément voler piller, assassiner. Les interrègnes étaient des jours d'anarchie et de terreur que nos proverbes continuent de refléter : agir comme si le maître venait de mourir signifie piller ou tuer avec cruauté, et une danse d'interrègne est une bacchanale. La première proclamation de tout nouveau roi Keita commençait par : « Il n'y a pas encore un matin que j'ai le pouvoir et déjà j'ai pendu, fusillé ou décapité huit cent quatre-vingt-un individus. Jusqu'à demain mes sbires tueront tous ceux qui seront dans les rues. » Les griots citent tels et tels rois qui profitèrent de la confusion de l'interrègne pour inaugurer le pouvoir par l'assassinat des opposants potentiels.

En vain on expliqua à ceux de Soba que la peur ne se justifiait pas, ce comportement était du passé : avec la force des Toubabs, le pouvoir du commandant Bernier, l'interrègne ne pouvait pas être anarchique. Rien ne les rassura : l'épouvante atavique s'amplifia, la panique s'empara du pays ; la ville se vida. Les hommes s'armèrent de coupe-coupe et de fusils de traite, les femmes serrèrent les bébés aux dos. Certains fuirent la ville et allèrent se terrer dans les *lougan*, d'autres montèrent au Kébi pour se mettre sous la protection des gardes ou se réfugièrent au Bolloda où la sécurité de l'individu pendant l'interrègne est garantie. Ceux-ci se joignirent aux talibets qui clamaient autour de l'agonisant des versets. Les prières de temps en temps ressuscitaient le vieillard qui soupirait. A chacun de ses souffles, des exclamations fusaient de la foule et les marabouts criaient de nouveaux versets que nous reprenions en chœur. L'attente dura une demi-journée. Quand les habitants surent que nulle part n'étaient perpétrés vol, incendie ou assassinat, ils furent rassurés et quittèrent le Kébi, rentrèrent des champs ; tout le monde rejoignit les coreligionnaires qui veillaient sur notre vieux chef agonisant. Tout le pays se fût trouvé récitant et priant au Bolloda, si, effrayées par le déménagement de tout un peuple en armes, les autorités coloniales n'avaient pas, tardivement il est vrai, interdit les approches du quartier du chef. Les cantiques baissèrent. De bouche à oreille, on murmura ce qui se passait autour du Bolloda. Les premiers qui tentèrent de sortir du quartier furent désarmés, battus et envoyés aux travaux forcés. Le danger réel d'être emprisonné balaya dans nos consciences la peur atavique de l'interrègne. Nous négligeâmes notre chef, oubliâmes son agonie : chacun chercha à échapper au filet des gardes.

Ainsi donc sur cette terre de Soba, Allah en a été témoin, Djigui s'était rabaissé jusqu'à feindre sa propre mort et l'astuce avait échoué. Le commandant et Bema restaient inflexibles. Fadoua (le chef des sicaires) et Djéliba (le griot), réalistes, furent les premiers à comprendre la situation : ceux de Soba étaient affolés, il fallait faire quelque chose. Ils se présentèrent aux assiégeants et courageusement négocièrent les conditions de la sortie de la population du Bolloda. Ceux de Soba, désarmés, gagnèrent les cases par petits groupes de trois au plus.

Quand le Bolloda fut vidé, ne laissant autour de lui que ses courtisans habituels, l'astucieux vieillard ouvrit des yeux de crocodile et les transes s'arrêtèrent. Sans que nous cessions de condamner l'inconvenance et la méchanceté de Béma (chez nous le fils n'a jamais raison contre son père), nous avons quand même reconnu que le fils ne s'était pas beaucoup mépris : c'est le Centenaire qui devait trouver le dénouement. Il leva la tête, soupira trois fois et d'une voix intelligente suggéra que des envoyés fussent dépêchés dans la capitale de la colonie près du gouverneur pour protester contre le *monnè*.

Djigui avait les prérogatives de telles démarches : elles avaient été stipulées dans le traité de protectorat que notre roi avait signé avec le représentant de la République française. Djigui pouvait à tout moment, en cas de désaccord, demander le remplacement du commandant de Soba. Une fois, il l'avait réclamé et obtenu. Il est vrai que, dans le cas d'espèce, le colon incriminé jouait à trop d'humanisme. Il voulait, ce nazaréen, interdire aux gardes-cercles et aux sicaires noirs d'exercer des violences inutiles : les battues pour s'emparer des prestataires devaient s'effectuer sans vol, ni viol ou assassinat. Il croyait et disait que l'on pouvait réaliser les travaux forcés avec des caresses ! C'était évidemment une illusion ! Ce commandant n'avait rien compris et méritait la sanction. On n'excise pas les jeunes filles sans faire couler du sang.

12

Nous avons appelé notre résistance boribana
(fin des reculades), un des noms historiques que
Samory avait attribués à un de ses refus

Deux ministres de Djigui partirent pour la capitale où se voit le train. Fadoua aurait dû diriger la délégation, mais le vieux sacrificateur, chef des sicaires, depuis quelque temps, se lamentait ; mille rhumatismes descendaient et montaient de son cou aux bouts de ses orteils : le voyage (trois longs jours et nuits de trépidation et d'à-coups) eût achevé de rompre ses reins et os usés de sexagénaire.

D'ailleurs le déplacement avait été entrepris dans l'empressement : ils nous avaient quittés un jour néfaste, sans les salvateurs sacrifices divinatoires qui précèdent l'exécution de tout important projet. Nous l'avons regretté après eux et avons prié pour qu'Allah protège tous les voyageurs sur les routes et les trains.

L'envoi des commissionnaires dans la capitale fut la première riposte du Centenaire au *monnè* du nazaréen ; elle fut valable. La seconde n'eut pas le même à-propos ; il n'y a pas de méprise possible sur une fatalité : Djigui a eu tort de décréter que le Bolloda reprenait sa guerre contre les infidèles nazaréens. Plus exactement, il déclara que nous étions revenus au jour et au lieu où la colonne française nous avait surpris sur les remparts. Tout ce qui était survenu après ce mémorable jour n'était jamais advenu : ni la colonisation, ni les travaux forcés, ni le train, ni les années, ni notre vieillesse n'avaient existé. Nous n'avions pas été colonisés parce que nous n'avions pas été vaincus après une bataille rangée. Nous n'avons jamais engagé de bataille, parce que le scélérat, le serpent d'interprète Soumaré avait débité des menteries aux Blancs. En les rejetant, nous nous trouvions *ipso facto* quarante ans en arrière, en situation de guerre.

Quelques courtisans courageusement firent remarquer au patriarche que les murs des fortifications sur lesquels la colonne française nous avait surpris avaient été quasi détruits. Nous étions sans armes, tous les hommes valides de notre race étaient soit dans l'armée coloniale, soit sur les chantiers des travaux forcés. Les vieillards perclus, les femmes et les enfants qui restaient dans les villages n'entendraient pas l'ordre de mobilisation, parce qu'ils étaient rompus par la fatigue et avaient le cœur serré et le ventre vide.

« Qu'à cela ne tienne, répondit le Centenaire, le combat contre les "Nazaras" reprend quand même : le brave mord avec les dents quand ses bras sont ligotés au dos. »

Il délimita le territoire à défendre contre les infidèles : il se circonscrivait au Bolloda et à la mosquée. Les soldats appelés se réduisaient aux courtisans et vieillards qui, effectivement, s'étaient trouvés sur le *tata* le jour de l'arrivée des premiers Blancs à Soba. Joignant les actes aux paroles, Djigui reprit aussitôt son surnom de général d'armée, Kélémassa (maître de la guerre) et Djéliba en le louangeant cria « Massa ». A la suite du griot, nous clamâmes en chœur le nouveau surnom, et chacun rentra chez lui pour revenir au Bolloda en tenue de combat.

Rassemblés, nous nous comptâmes ; nous n'étions pas très nombreux : moins d'une vingtaine ! Avec les conditions trop sélectives imposées, la mobilisation ne s'adressait qu'à une quarantaine de vieillards rampant autour de la soixantaine, dont douze podagres ou totalement impotents, une dizaine de cacochymes et d'égrotants. Les ingambes, quand ils n'étaient pas presbytes et radoteurs, se présentaient cassés et sourds. Notre tenue était adéquate : elle consistait au harnachement de notre personne et de nos chevaux (pour ceux à qui il en restait encore) d'amulettes et de gris-gris. Aucun de nous ne portait d'armes sauf le Massa et son ministre de la Guerre : l'un et l'autre avaient tiré des oubliettes d'anciens fusils de traite qui, parce que légués par leurs aïeux, étaient plutôt d'antiques reliques que de véritables armes. Ils étaient noirs, répugnants de sang, de plumes, de bris de colas pour avoir été adorés depuis des siècles. D'ailleurs, ils ne fonctionnaient plus ; ce qui n'avait ni importance ni inconvénient ; ils n'utilisaient ni poudre, ni plomb, ni feu : ils abattaient les ennemis par la magie.

La journée du combattant commença dès les chants des coqs par la consommation en commun d'une décoction qui nous rendit intrépides et l'offrande aux aïeux et aux esprits des sacrifices propitiatoires qui nous protégeaient. Ensuite le ministre de la Guerre présenta au Massa son compte rendu et l'informa de la stratégie de la journée. Ce ministre, comme il se doit dans tout le Mandingue depuis Soundiata, était un descendant de Fakouli Kuruma, du clan des Kuruma, et portait le grand nom de Kuruma : l'honorable Kuruma Kélétigui. L'honorable Kuruma, comme tous les soldats de Djigui, était un vieillard terminé, demi-aveugle, qui habitait le quartier aristocratique à quelque distance du Bolloda, dans une case délabrée au toit ajouré. Cette case, malheureusement, était séparée du Bolloda par des escarpements, des ravins chargés d'eaux sales que même les caprins échouaient à franchir, et que le ministre (effectivement la guerre n'est pas un compagnon), guidé par un petit-fils, eut, dans les ténèbres, à trois heures du matin, à escalader. Le miracle fut qu'il y parvint la première nuit ; il est vrai que ce fut après des tribulations si éprouvantes qu'il arriva hébété dans un hamac. Djigui les félicita ; et, avec l'immense humanisme qui le caractérisait, le Massa énonça les paroles de pitié idoines et décréta la suppression de la palabre matinale : ce n'était pas indispensable ! Nous approuvâmes la décision du chef de guerre, sauf l'impertinent vieillard Fadiga, frère de plaisanterie des Kuruma, qui souhaita qu'on laissât le ministre poursuivre : « En authentique Kuruma, expliquat-il, Kélétigui persévéra jusqu'à se suicider dans les ravins : un authentique Kuruma se reconnaît à ceci qu'il croit aux paroles et se dévoue toujours à des causes qui ne valent pas le pet d'une vieille grand-mère. » La facétie de Konaté ne nous fit pas rire ; nous étions préoccupés par la santé de Kuruma qui, toujours abasourdi, tentait en vain de se lever et balbutiait comme un insensé les paroles du lézard lisse dans la fable : « Je peux, peux toujours encore ; je reste valable et beau. »

La suppression des palabres matinales fut la seule entorse au rituel de la journée du combattant. Comme il se doit, la première prière de l'aube et les suivantes de la journée, si on le pouvait, se courbaient ensemble à la mosquée. Les messes commençaient après la mise en place des indispensables mesures de sécurité. Les dispositions consistaient à désigner les combattants qui auraient, en cas de surprise, à interrompre les versets du Coran pour lancer des sortilèges ; conjurations qui, plus sûrement que les paroles d'Allah, arrêtaient et pétrifiaient les éventuels assaillants.

C'est avant la première prière du matin du premier jour de guerre que fut résolue la question cruciale de savoir si nous devions ou non entrer avec nos tenues de combat à la mosquée. Après consultation d'un marabout savant, sachant lire le Livre, le Massa décida que nous devions tous, sauf Fadoua, nous débarrasser de nos équipements avant la prière : on ne pénètre pas dans la maison d'Allah avec des fétiches ! Le cas de Fadoua était singulier : il était revêtu des effroyables gris-gris protégeant le Massa, et qui, entre autres prodiges, transformaient en vulgaire eau potable les balles tirées sur Djigui. Ces gris-gris, à tout instant, devaient se trouver sur les épaules d'un expert : nul ne savait à quel moment pouvait survenir la traîtresse balle. Le Centenaire, notre roi, eut à choisir entre sa propre sécurité et les prescriptions éternelles du Coran. En chef il le fit : ordonna que Fadoua prierait après les autres, après qu'il se serait fait remplacer dans le port des gris-gris royaux par un collègue aussi habile que lui dans la sorcellerie. D'ailleurs, comme chacun le sait, les prières des journées de guerre sont très allégées : deux *raka* suffisent quel que soit l'office.

Pour encourager et honorer notre roi, des villageois spontanément vinrent à la mosquée, courbèrent la prière du combattant et des disciples inavoués du marabout Yacouba en profitèrent pour égrener des chapelets à onze grains prohibés. Le commandant enjoignit le Centenaire de se séparer des anti-Blancs. Avant que le Kélémassa ne se prononçât sur la requête, Fadoua, le porte-canne et l'expert en fétiches, opta pour le dialogue : « Il ne faut pas offrir au Toubab les prétextes d'interdire l'état de guerre et de supprimer les visites de vendredi. »

Ces paroles nous indignèrent ; la guerre n'est pas un jeu. Elle est le dernier refus de celui qui dit non. Pour un soldat prêt à mourir, un soldat dont le destin se trouvait dans les mains d'Allah, les visites de vendredi ne valaient pas une nostalgie. D'ailleurs le commandant Bernier ne devait plus être obéi au Bolloda, où on attendait les consignes du gouverneur de la colonie. Fadoua a fait amende honorable : nous l'avons excusé. Cependant, afin de prévenir une attaque surprise pour laquelle nous n'étions pas encore mûrs, le Centenaire, en accord avec Djéliba, commanda à tous les coreligionnaires musulmans de se départir de leurs chapelets à onze grains. Le griot justifia la décision en rappelant que Samory avait dit que, face à un certain *monnè*, la vraie bravoure exigeait de faire d'abord le pas arrière du lâche pour se donner le champ qui permet de répliquer par la vengeance du héros.

Ce rien d'incident passé et oublié, notre confiance en nos armes et en notre victoire finale devint totale. Nous suivions avec minutie le rituel imposé à un Malinké musulman pendant la guerre. Après la prière de l'aube, tout le monde (les uns à cheval, les autres à pied, guidés ou non par un petit-fils) arrivait au Bolloda armé – il ne faut jamais l'oublier ! Alors commençaient les grandes journées de Djéliba : l'essentiel de la guerre de chez nous fut les dits du griot.

Le long de tout un soleil, moi, Djéliba, je racontais et chantais ; je ne soufflais que pendant les brefs moments des offices, des sacrifices et ceux des insipides radotages du ministre de la Guerre Kuruma appelés comptes rendus journaliers. Je ne me fatiguais pas, ne me répétais pas. C'était pour moi une revanche : au soir de ma vie, je retrouvais la guerre contre les nazaréens qui avait façonné toute ma jeunesse. D'abord, pour commencer, me rappelant les paroles de l'Almamy Samory qui, pendant dix-huit ans, contra l'envahisseur français, j'ai demandé au Kélémassa Djigui que la résistance portât un des noms

185

que Samory avait attribués à un de ses refus : *Hérémakono* (en attendant le bonheur) devant le *tata* de Sikasso ou *Boribana* (fin des reculades) à la lisière de la forêt.

Déçu par l'indifférence de Djigui pour la question, j'ai imposé le nom *Boribana* à notre lutte. Ce fut congru, même résistance, même refus : nous disions non après quarante ans de reculade. Bien sûr il y avait des petites dissemblances – nous, griots, nous savons que l'histoire ne se répète jamais sous la même forme. Quand Samory avait refusé et fait appel à toute l'Afrique, notre Kélémassa avait tergiversé et fini par obtenir la protection française. Une seconde différence : l'Almamy, dans son *Boribana*, commandait à l'armée la plus puissante et la plus glorieuse de la Négritie ; notre Massa, après une quarantaine d'années de loyaux services rendus à la colonisation, rassemblait une vingtaine de vieillards épuisés agitant des fétiches.

Ces dissemblances n'avaient pas d'importance : chacun de nous, tôt ou tard, sur son chemin, finit par rencontrer son *Boribana*, l'important est de le reconnaître et d'y faire face. D'ailleurs, j'étais le seul au Bolloda à connaître les différences entre les deux refus : j'avais vécu en griot le *Boribana* de Samory, en griot je vivais celui du Bolloda. Je n'avais aucun avantage à les relever ; je me reprochais les quarante années passées au service de la colonisation : elles constituaient une honte, un reniement de mes paroles de jeunesse. Au soir de ma vie, je remerciais Djigui de m'avoir, par son refus, donné l'occasion de me réconcilier avec moi-même. J'en étais reconnaissant à Allah, le faiseur de toutes les choses sur cette terre.

C'est pendant le *Boribana* que j'ai révélé ou, mieux, créé l'histoire officielle de la dynastie des Keita. J'ai commencé par affirmer qu'ils descendaient de Soundiata, l'empereur légendaire, unificateur du Mandingue. C'était une vérité historique qui s'imposait ; tous ceux de Soba le disaient et le croyaient : il n'y a pas un seul Keita sur l'infinie étendue du grand Mandingue qui ne se prétende descendant de Soundiata !

Le premier Keita qui arriva dans les pays de Soba se nommait Allama, Allama Keita. Il arrivait du Nord, des lointaines terres de la boucle du Niger. Allama était un sorcier expert, un adroit magicien, un grand chasseur qui se disait bon musulman. Les autochtones de Soba, qui l'accueillirent, vivaient dans la honte et l'incivilité complètes : ils se promenaient sans le moindre fil sur les fesses et se soûlaient d'hydromel. Toujours fourvoyés dans l'animisme barbare et meurtrier, ils organisaient dans les bois sacrés des fêtes initiatiques, des orgies au cours desquelles ils s'entre-tuaient et s'entre-dévoraient comme des bandes de lycaons. C'étaient des gens difficiles à côtoyer : Allama les évita, paillota et s'installa là-bas à Toukoro à quelque distance de Soba. De Toukoro, par beau temps, on entend la détonation d'un bon coup de fusil tiré à Soba. C'étaient des gens qui se querellaient très souvent à propos de n'importe quoi ; ils étaient incapables de prévoir, de s'organiser et de se défendre. Un matin, des montagnes, descendirent sur Soba des guerriers d'une tribu disciplinée et sobre. Dès les échanges des premières flèches, le chef païen de Soba tomba : ses sujets, désemparés, se dispersèrent et abandonnèrent aux mains des envahisseurs triomphants le bétail, les cases et même des biens qui ne se délaissent pas, comme les enfants, les vieillards et les épouses. Leur déroute les mena à Toukoro où tranquillement Allama les reçut, les rassura et les calma. Sagement, il leur apprit qu'aucune reculade, aucune fuite ne met l'homme hors de la portée de la mort qui, elle, ne respecte que celui qui la défie. Passant des préceptes aux actes, Allama sur-le-champ réorganisa les fuyards. En tête de la colonne réattaqua, délogea les envahisseurs de Soba, les poursuivit jusqu'à ce qu'ils eussent retraversé les montagnes, jusqu'à ce que n'apparussent plus dans le ciel les vols des oiseaux que leur fuite levait.

Les barbares de Soba émerveillés, par gratitude, demandèrent à Allama d'assumer par intérim la chefferie du pays, jusqu'à la prochaine cérémonie d'initiation, au cours de laquelle la nouvelle génération élirait parmi ses membres un nouveau roi. Les initiés de cette génération sortante ne s'accordèrent pas et le pouvoir d'Allama fut prorogé et confirmé pour un nouveau septennat, puis un troisième. Allama mourut, son premier fils, toujours par intérim, lui succéda et à son tour eut prorogation sur prorogation. Depuis, les fils aînés des descendants d'Allama se sont relayés sur le trône de Soba jusqu'à Djigui.

La succession des Keita, la confirmation tous les sept ans de leur pouvoir ne furent pas toujours paisibles : une fois, une génération sortante envisagea de découronner la dynastie des Keita. Bamory, le Keita régnant d'alors, refusa d'abdiquer et fit assassiner dans la nuit tous les garçons sénoufos de la génération par leurs collègues du clan des Malinkés. L'égorgement de quatre-vingt-sept jeunes dans une seule ville et une seule nuit horrifia les gens : les Sénoufos intégrèrent le drame dans le rituel. Depuis, une semaine avant les cérémonies d'initiation, disparaissent dans la brousse les jeunes du clan des Sénoufos à la recherche desquels se lancent leurs collègues du clan des Malinkés.

Djéliba contait l'histoire de chaque roi de la dynastie. Moussa I, qui conquit le Wassoulou et le Niéné. Bakary III, qui après les grandes campagnes victorieuses retournait chaque fois se reposer dans les biefs avec les ancêtres mythiques, les hippopotames, totem des Keita. Tiéfla qui, devenu borgne, avait interdit la prononciation du numéral un dans tout le royaume ; on énonçait : « J'ai le cheval et non un cheval » ; pour compter on commençait toujours par deux. Siriki, qui la nuit se transformait en vautour. Et Karika qui aima si bien sa première femme Masséni que systématiquement il égorgeait après l'acte toutes les autres femmes avec lesquelles il la trompait.

Ainsi de suite Djéliba nous retraça la vie des Keita, jusqu'à Djigui qui par sa sapience, sa sorcellerie, son âge incarnait la sommité des rois de la dynastie, car, il faut le savoir, Allah ne se refait jamais deux fois dans la même lignée. Le Tout-Puissant, une seule fois, dans un seul homme d'une dynastie, réunit toutes les qualités des descendants et ascendants : cet homme est l'incarnation de la lignée. Le griot qui suit et louange cet élu est seul à même de dire l'histoire et le devenir complets de la dynastie. Sans la moindre hésitation, Djéliba nous a décrit les futurs rois Keita avec mille détails jusqu'à Djigui III, le dernier de la dynastie, qui se métamorphosera en papillon plus beau qu'un bleu du Sanaga. Ce papillon volera de Soba au bief le plus profond du Niger et voltigera sur l'eau jusqu'à ce qu'émerge de l'eau, comme il le fait tous les quatre-vingts ans, le plus ancien hippopotame du monde, l'ancêtre totémique des Keita, dans lequel le papillon se fondra et la dynastie retournera dans la matière dont elle a émané.

Mais avant, que n'auront pas réalisé les treize Keita qui régneront après Djigui ? Les prédictions du griot sortaient si précises et extravagantes qu'elles arrachaient des sourires amusés et sceptiques. Avec un Keita, un certain Tiègbè II, Djéliba prédisait que nous, Nègres, nous les perpétuels vaincus, les méprisés, les démunis ne possédant que la faim et la peur au fond du pantalon, il prophétisait que nous vaincrions les Blancs, un jour. Tiègbè II, après sa victoire, passera sept nuits dans le lit du chef de l'État français à Paris avec les sept épouses de ce chef. Il recevra la capitulation des maîtres de Londres, de Moscou et de Washington, leurs amendes honorables pour toutes les injustices, tous les *monnew* que nous avons subis en raison de la couleur de notre peau. La cérémonie aura lieu un vendredi après la grande prière. Ce Tiègbè II qui, assurément, sera un des grands de la dynastie, après mille victoires au Nord, à l'Ouest et à l'Est, montera au ciel jusqu'à portée de la voix du Tout-Puissant et lui dira qu'avec le pouvoir du Noir et le règne des Keita sur l'univers, Sa loi humaniste enfin serait définitivement appliquée sur la terre… Puis, comme tout héros l'eût fait, Tiègbè II reviendrait au Bolloda pour vénérer les mânes des aïeux et se reposer. Il consacrera ses journées à prendre des bains de parfum avec des nymphettes, à honorer ses innombrables épouses blanches que perpétuellement le Tout-Puissant renouvellera vierges et à remercier à tout instant le Créateur par mille prières directes, prières qu'il nous est impossible d'imaginer actuellement à cause de notre ignorance, de nos péchés, de nos veuleries, de la noirceur de nos peaux et de nos envies. Les dits du griot nous laissaient rêveurs et silencieux longtemps, très longtemps après que la cora se fut tue.

Ce fut la période de *Boribana* ; elle ne dura guère plus

de deux harmattans. C'est pour rapetisser et éclipser la quarantaine d'hivernages vécus au service de la colonisation par le roi, que les griots qui, plus tard, diraient l'histoire du « siècle de Djigui » consacreront de longs chapitres aux saisons d'amertume.

Djéliba, pendant la période, put librement construire le passé et inventer le devenir de la dynastie des Keita ; le roi et ses suivants purent se réfugier par de longues prières dans le ciel d'Allah : la colonisation se désintéressait du Bolloda ; elle était occupée et, plus répressive que jamais, s'était emparée du terroir. Le nouveau commandant et le nouveau chef purent avoir directement la main sur tous les pays de Soba. Tous les matins, ils nous faisaient chanter *Maréchal, nous voilà*, et mettaient en prison les Nègres qui, au lieu du travail honnête et stimulant, avaient recours à la vaine et meurtrière sorcellerie pour exorciser les famines, la pauvreté et les maladies.

Une première fois, protégés par des tirailleurs violeurs, guidés par les collecteurs d'impôts, les nouveaux maîtres parcoururent les plaines, montèrent dans les montagnes. Par de nouvelles méthodes, ils parvinrent à tirer des cachettes les quelques personnes valides que nous dissimulions encore dans les villages et les envoyèrent dans les plantations des colons du Sud. Dans ces plantations, les travailleurs indigènes ont replanté du café, du cacao ; les ont récoltés, séchés, triés ; les ont portés sur la tête et ont marché de longues distances pour les faire peser dans les factories. Les colons ont vendu ces produits à l'administration coloniale. Cette administration coloniale les a payés avec la capitation prélevée sur les indigènes et, comme elle ne pouvait pas les exporter à cause de la guerre, les a laissés pourrir dans les entrepôts et a ensuite demandé aux travailleurs indigènes de les brûler ou de les jeter dans la mer.

Le commandant et Béma sont encore revenus. Cette fois, ils nous ont demandé de labourer chacun pour deux et deux fois dans l'année : « Car, en plus de la capitation, il faudra s'acquitter des souscriptions qui seront réclamées aux indigènes pour la mère patrie : la France occupée. Cultivez du riz ; c'est du riz que vous aurez à fournir à la fin de l'année en plus des impôts et des souscriptions. »

Nous étions dans les rizières et avions commencé à les labourer quand les gardes sont revenus nous annoncer que nous aurions aussi à fournir du coton, beaucoup de coton. Nous avions abandonné les plaines et étions en train de dénuder les coteaux où pousse le coton quand nous les avions vus rappliquer pour nous redire que nous n'avions rien compris :

« Vous, les Nègres, vous ne comprenez jamais rien. Bien sûr, on vous demandera du riz, du coton mais aussi, et cela a été dit, du mil, du soja, du caoutchouc, des peaux d'antilopes, des buffles et des fauves, des défenses d'éléphants. »

Et nous de nous disperser pour saigner l'arbre à caoutchouc par-ci, traquer par-là, tendre des pièges plus loin. Allant, venant, à la fin, nous nous demandions ce que nous avions réalisé depuis que nous nous démenions, quand soudain s'arrêtèrent les pluies et vint l'harmattan. Après l'harmattan arriva le jour de la collecte de la capitation, de l'appel des contributions de riz, de mil, de soja, des peaux, des défenses, du coton et de l'or. Avant de nous présenter, nous nous sommes arrêtés pour apprécier les produits d'une longue et harassante saison de travail ! Maigre ! Les moissons et cueillettes étaient maigres, insuffisantes pour nos bouches ! Nos captures, prises et butins légers ! Et nous étions sans argent pour n'avoir pas vendu ! Beaucoup parmi nous, par peur, refusèrent de réintégrer les villages.

Les nouveaux maîtres de Soba envoyèrent dire au gouverneur que Djigui incitait les indigènes à abandonner les villages, à se soustraire à la capitation et aux réquisitions. Le gouverneur se fâcha et emprisonna les commissionnaires du Centenaire.

Avec le pétainisme, trop de choses avaient changé : les Noirs ne pouvaient plus monter au Plateau de la capitale, le quartier des Blancs, sans des laissez-passer spéciaux ; le gouverneur ne recevait plus les commissionnaires d'un vieux chef nègre retraité. Quand les envoyés furent relâchés, on leur annonça que le pouvoir de Djigui était terminé ; les visites de vendredi supprimées. Le Centenaire devait le savoir et cesser les agitations stériles. Dans les papiers du gouverneur, il n'existait plus de chef Djigui Keita.

« Qui n'existe pas ? Qui n'existe pas ? » Cinq fois de suite le vieillard posa la question en nous regardant. Le griot n'était pas en poste pour rassurer et répondre. En frappant sa poitrine de vieux gorille solitaire, il proclama aussi haut que sa voix lavée le pouvait : « Moi ! Moi ! de père et de mère Keita j'existe. Les Keita ont toujours existé. Des objets n'existent pas : les incroyants, les incirconcis, les nazaréens, les agonis, les menteurs. » Il se redressa en Kélémassa, exécuta le signe de ralliement et du rappel ; nous nous rassemblâmes en tenue de combat. Il lâcha : « Le jour est arrivé ; montons sur le Kébi pour leur en montrer. »

Le sort en était jeté : la guerre aux Blancs nazaréens engagée, la marche de la horde des vieillards sur le Kébi décidée. Nous démarrâmes.

– Où est Fadoua ? Appelez-moi Fadoua. Fadoua ! Fadoua !

Le porte-canne, le porte-étendard Fadoua n'était pas en tête du convoi pour nous guider et protéger le Centenaire avec les gris-gris.

Le griot essoufflé déboucha :

– Maître, je viens de chez Fadoua. Votre porte-étendard, le porte-canne, le porte gris-gris, le chef des sicaires et des eunuques agonise. Il n'a pas survécu à la suppression des visites de vendredi ; il ne veut pas d'un monde dont seraient absentes les visites de vendredi. Vous ne pouvez pas monter à la guerre. Vous avez des obligations. Celui qui ne vous a jamais dévisagé, qui ne vous a jamais dit non, qui n'a vécu que pour vous donner ne viendra plus au Bolloda. Il veut vous voir une dernière fois ; vous ne pouvez pas refuser. L'islam, l'humanisme vous obligent : vous ne laisserez pas Fadoua mourir avec votre manque au cœur.

– C'est vous, soupira Fadoua quand son maître s'arrêta au chevet de son grabat. Ainsi vous êtes venu... Allah vous en sera reconnaissant.

Le mourant se releva, s'accrocha au mollet du Centenaire et poursuivit :

– De père en fils, nous sommes vos esclaves ; je suis né, ai vécu pour vous et me voilà heureux de mourir à vos pieds. Je pars avec un petit souci : la survie de Mariam, une de vos enfants des pans des boubous. Protégez-la, prenez soin d'elle. C'est la seule requête que j'avais dans le cœur.

Le Centenaire, surpris par la déclaration, n'eut pas le temps de demander de quelle Mariam il s'agissait. Le mourant reprit :

– Évidemment non ! En musulman je pardonne et je demande pardon pour les torts conscients et inconscients que j'ai pu commettre. Pardonnez-leur à cause d'Allah.

Le vieux serviteur, accroché au mollet, dans un suprême mouvement voulut honorer son maître – on ne saura jamais si son intention était de se hisser pour baiser les genoux ou de se laisser tomber du grabat pour frotter le sol de ses lèvres –, le dernier effort lui enleva le souffle.

Fadoua étant mort, Djigui ne put porter la guerre au Kébi. Manqua au dernier moment le porte-canne, le grand expert dans le maniement des fétiches qui protègent le Kélémassa. Comme il est de coutume chez nous, nous arrêtâmes tout pour consacrer nos soucis, nos prières et nos dires au vieux compagnon qui venait de nous quitter.

Fadoua portait le grand nom de Keita sans avoir le sang Keita : c'était un descendant d'esclaves. Autrefois, les esclaves païens s'islamisaient en s'affublant du nom totémique de leur maître malinké. Les Fadoua ont toujours été au service des Keita : on ne cite pas de roi Keita qui n'eût pas un aïeul de Fadoua, comme ministre des cultes, chef des sicaires, de la sécurité et des services secrets. A tout grand Keita a correspondu un grand Fadoua. Quand le pouvoir de Djigui était au zénith, son Fadoua qui venait de mourir pouvait ; il pouvait par temps menaçant affirmer que le ciel était serein sans que personne de ce côté du fleuve osât désigner du doigt les nuages encombrant l'horizon. Fadoua était mauvais : il ne lâcha jamais par pitié le fautif qu'il eut à tenir. Mais que jamais ne se découvre nu au jour ce que cache la nuit : sa méchanceté couvrait des soucis ; il ne fut jamais heureux. Toute sa vie il fut assis sur une termitière et sous un soleil ardent : ses fesses cuisaient aux morsures des termites et sa tête brûlait sous la chaleur. Les populations le craignaient, le méprisaient,

Djigui se méfiait de lui et ne le couvrait pas toujours. Éternelles, dures conditions d'esclaves !

Il était un esclave, mais aussi le ministre qui connaissait le mieux le Bolloda, le pays, les habitants et les tenait ; donc un homme dangereux pour la dynastie des Keita. L'histoire du Mandingue est émaillée d'une trentaine d'assassinats de rois par leurs chefs de sicaires ; les Toubabs français, au moment de la conquête, ont souvent remplacé les monarques qui leur ont résisté par leurs chefs sicaires qui connaissaient et tenaient mieux le pays que leurs maîtres. En vérité, Djigui n'avait pas craint Fadoua pour son propre pouvoir, mais pour celui des héritiers. Les enfants de Djigui s'étaient, à un certain moment, engagés tous dans la lutte pour la succession : à force de s'ensorceler et de se calomnier les uns les autres, de pratiquer des sacrifices durs les uns contre les autres, ils auraient pu se « fainéantiser » tous, s'éliminer les uns et les autres. Dans ce cas les Toubabs auraient été tentés, pour arbitrer, de donner le pouvoir au chef des sicaires Fadoua. Djigui sut se prémunir contre une telle éventualité en « fainéantisant » Fadoua par de multiples moyens. Le porte-canne fut d'abord tenu de goûter à tous les sacrifices qu'il égorgeait : rien n'affaiblit autant que de tuer et de consommer les sacrifices. De sa propre volonté, le porte-canne se livra aux traitements des sorciers et des magiciens qui l'ensorcelèrent et médiocrisèrent son avenir. La prévention ne s'arrêta pas là : elle fut étendue à toute sa descendance. Il avait suffi qu'un devin dévoilât qu'un descendant de Fadoua serait un jour une personnalité marquante du Bolloda pour que, les uns après les autres, les enfants du porte-canne disparussent : celui-ci de maladie, celui-là par noyade, cet autre dans un absurde accident. Par toutes sortes de malemorts, une vingtaine d'enfants furent enterrés en l'espace de trois harmattans, rendant subitement le porte-canne solitaire, vieux et méchant. Ces décès furent-ils naturels ou provinrent-ils des ensorcellements, empoisonnements ou de la magie ? Qui les aurait ourdis ? Une chose fut certaine, s'il y eut des assassinats, ils ne furent pas l'œuvre de Djigui. Le Centenaire était trop croyant pour essayer de se mettre en travers de la volonté du Tout-Puissant. Quand on vint l'informer de la prophétie qui situe dans la descendance de son Fadoua un maître futur du Bolloda, il se contenta de murmurer : « Allah est grand, choisit et réalise ce qu'Il veut, et nous, minables humains, ne pouvons qu'acquiescer. »

Les enfants de Fadoua ont-ils été éliminés par certains héritiers de Djigui ? Ce n'est pas certain : une autre cause est bien probable. Fadoua avait oppressé, fatigué et abondamment tué : il n'y a pas de mauvaiseté et de cruauté qui se perpètrent sans conséquence. Les victimes ont des *gnama* (des forces immanentes) qui, lorsqu'elles n'agissent pas sur le responsable direct, frappent la descendance. Les désolations de Fadoua pourraient simplement être dues aux *gnama* de ses multiples victimes. Cela est courant : les grands guerriers qui font verser beaucoup de sang humain restent souvent sans descendants ; tous leurs enfants meurent éliminés par les forces immanentes de leurs victimes.

Fadoua avait fleuri, mais n'avait pas produit : sa mort était donc double, et tout le Bolloda l'a pleuré deux fois, sauf le Centenaire. Celui-ci, toute la journée, a réfléchi aux derniers mots de son serviteur : « Protégez Mariam, une de vos enfants adoptives. » La recommandation l'avait d'abord surpris avant de le préoccuper. Six Mariam ayant passé par la garderie vivaient à Soba. De laquelle s'agissait-il ? Djigui n'avait confié a personne les derniers mots de son chef des sicaires et ne chercha pas à identifier la Mariam qui pourrait être la fille de Fadoua, convaincu que la meilleure protection pour la pauvresse était que tout Soba ignorât sa vraie filiation paternelle.

Nous avons inhumé Fadoua après la troisième prière en l'absence de Djigui. Depuis des dizaines d'années, le Centenaire n'assistait plus aux enterrements à cause de son grand âge. Tous les décédés avaient l'âge de ses petits-enfants, quand ce n'était pas celui de ses arrière-petits-enfants, alors que chez nous l'aïeul s'interdit de se présenter aux obsèques d'un petit-fils. Le convenable est que les petits-enfants enterrent les aïeux, l'inverse est un scandale, une honte pour le vieillard.

Assurément, après un certain âge, le monde cesse d'être une demeure facile !

Le jour de l'enterrement, un soleil radieux avait rempli le ciel. Les fossoyeurs, en creusant, rencontrèrent de la rocaille et des étincelles jaillirent dans la tombe. Malheur à celui dont la tombe est traversée par des étincelles ! Ces inquiétants présages n'empêchèrent pas beaucoup d'habitants de Soba d'accompagner Fadoua à sa dernière demeure : la presque totalité de la ville, beaucoup de villageois des agglomérations environnantes vinrent à la mosquée et marchèrent jusqu'au cimetière. Ils agirent en musulmans : Allah seul jugera Fadoua, et aucun signe ici-bas ne présume Sa volonté. C'est vrai que le porte-canne du Bolloda fut mauvais ; mais nous serons quelques-uns à témoigner qu'il souffrit lui aussi. Quelle qu'ait été la conduite d'un musulman sur terre, son coreligionnaire ne doit reconnaître dans la dépouille de ce croyant qu'une âme à sauver par l'inhumation et les prières : toute participation aux cérémonies funèbres d'un croyant est en soi-même une bénédiction.

Le soir de l'enterrement, sans qu'aucune menace de pluie l'ait justifié, la nuit opaque s'est épaissie au point que seuls les hiboux au vol puissant pouvaient la fendre. Nous les avons vus venir sans surprise, mais ne les attendions pas si nombreux. C'est par centaines que les grands ducs envahirent le Bolloda, et, tard dans la nuit, ululèrent, huèrent et holèrent. De nos cases, nous étions convaincus qu'ils organisaient à leur manière les funérailles du défunt qui était sûrement le chef de la confrérie des mangeurs d'âmes, ces sorciers qui se travestissent en hiboux pour détruire le principe vital des victimes qui leur sont offertes.

Comme, selon les règles de la confrérie, on ne peut proposer que les âmes de ses proches, qui sait si ce n'était pas Fadoua, qui, pour acquérir le grade de chef, aurait lui-même occasionné la mort tragique de tous ses enfants en offrant leurs doubles à la corporation ?

C'était probable : une raison supplémentaire pour que Djigui ne révélât à personne qu'une certaine Mariam de Soba pourrait être la fille de Fadoua.

13

Si le ton du pardonnateur se retrouve
dans le tam-tam, jamais il n'a été entendu
dans la détresse perpétuelle de ceux qui
ne peuvent plus aimer

Les chroniques coloniales ne la signalent pas : ou effectivement elle a sévi, et les commandants blancs étaient
assurément les sans-cœur tant décriés, si peu soucieux des
malheurs de leurs administrés indigènes qu'ils n'avaient
même pas jugé important de la noter ; ou elle ne fut pas
plus dure que celles qui nous frappent tous les trois ans et
c'est nous qui restons, quand aujourd'hui encore nos
griots inventent mille métaphores pour la dire, les fieffés
menteurs contre lesquels les colons eurent raison de prévenir leurs coreligionnaires nazaréens.

Même le soir, elle ne s'adoucissait pas. Les nuits de lune
se remplissaient de brouillards fauves et crus qui emmu-
raient. Au premier chant du coq, la terre crépitait sous nos
pieds, le soleil bondissait du levant comme une sauterelle
pour réaliser midi qui, de sa plénitude, dominait ; le firma-
ment s'élevait, s'éloignait, bleuissait et s'étrangeait même
pour les hirondelles. Les jours étaient sans vent, sans voix,
sauf, de lointain en lointain, ces éphémères et riens de
tourbillons de poussière coniques qui tentaient de caresser
la terre avant de se fondre dans les mirages. Nous en
avons vu d'incroyables : des arbres pris de convulsions
pousser des soupirs et sécher ; tous les animaux fraterniser
pour rechercher les points d'eau, même l'hyène hurler en
plein jour, sortir des grottes, enjamber les carcasses des
gibiers morts et venir comme un mouton lécher avec les
chèvres les abords boueux de nos puits. Alors que tout
cela dépassait déjà l'entendement, le bief sacré que nous
adorons et qui protège la cité (les Keita ont pour totem des
animaux d'eau) se dessécha, et les caïmans se promenè-

rent aux alentours de nos villages comme de vulgaires lézards.

Nous avons crié : « Allah peut. » Il peut, s'il le veut, se jouer de nous comme le chat, avant de l'achever, martyrise la petite souris blessée. Tout se dénatura : pour notre honte et celle de l'humain, des mères refusèrent la poignée à leur enfant, des fils abandonnèrent des vieux pères et des vieilles mères ; tout le monde mentait, tout le monde volait comme si le jugement dernier ne nous attendait pas.

Chacun avait consulté ses sorciers et devins ; les interprétations avaient été les mêmes : il y avait eu une grave transgression. Tous ensemble, nous nous tournâmes vers lui.

« Mon pouvoir n'est pas usurpateur, illégitime et coupable ; ce que nous vivons n'est qu'une sécheresse, une sécheresse que j'arrêterai avec les généreux sacrifices », répondit Béma, le nouveau chef des pays de Soba.

A cheval, la cravache en main, le fusil en bandoulière, il alla de village en village avec les collecteurs et les recruteurs pour réquisitionner des vivres, lever des travailleurs, en exiger toujours des hommes qui n'avaient que leur dénuement, prouver que mieux que son père il savait tirer des ressources du royaume des Keita.

La sécheresse persévérait : un à un les habitants disparaissaient.

« Je parviendrai, je l'arrêterai, j'interdis de sortir du pays », s'écria Béma face aux yeux et soupirs des affamés qui l'accusaient.

Le commandant et Béma postèrent sur les pistes et les axes conduisant vers le Sud-Ouest et le long de la frontière des gardes-cercles armés dont certains, dans la nuit, furent assassinés.

La sécheresse persistait.

« Si le royaume s'épuise et se maudit, c'est la faute aux mauvaisetés et méchancetés de mon père : il n'a pas avec sincérité exposé les sacrifices et adorations pour les passations d'une force et d'un pouvoir, qu'il ne pouvait plus exercer, au successeur que lui-même avait désigné. »

C'était injuste d'accuser Djigui. En croyant, il priait en

silence. De semblable calamité, il n'en avait jamais vu, jamais entendu parler : « Vivre tant de *monnew* et assister au crépuscule de sa vie à un si grand malheur, c'est à coup sûr ma géhenne. » Il leva les mains, ses compagnons et le peuple levèrent les leurs ; ensemble, ils en appelèrent à Allah ; les mains des purs et des impurs, des castés et des nobles se joignirent à celles de notre patriarche : ce fut en vain. C'est alors que les affamés se soulevèrent dans les montagnes, des échos de coups de feu parvinrent à Soba ; il y eut du sang, beaucoup de sang ! Les sacrifices humains réclamés par les sorciers et magiciens pour circonscrire la sécheresse, et que le commandant blanc nous interdisait d'égorger, se sont trouvés involontairement accomplis par la répression : ils permirent l'exhalaison des autres sacrifices de la dynastie des Keita enfouis dans le sol de Soba. Notre terroir étant la demeure de la guerre, de l'islam et des sacrifices généreux, quand le sang, la poudre et les prières se mêlent et embaument, rien ne peut plus résister, tout se facilite : la sécheresse ne pouvait plus continuer.

Un matin le vent souffla, le tonnerre déchira le ciel, la foudre ébranla, la pluie tomba, une pluie rouge, boueuse. Elle souleva une épaisse poussière que petit à petit elle absorba. Toute la journée, toute la nuit il plut, l'ondée se poursuivit une autre journée et une autre nuit. Les torrents submergèrent, les rivières débordèrent, les eaux surprirent les habitants des bas quartiers et beaucoup périrent noyés. Quand la pluie s'arrêta, lui succédèrent, le long du dernier quartier et de la nouvelle lune, un ciel constamment bouché et des pluies intermittentes. La pleine lune amena les journées ensoleillées, le ciel lointain… Et revint la sécheresse, cette fois avec des vents : ils étaient jaunes et charriaient le deuil. *(Les chroniques coloniales de l'époque signalent une catastrophique épidémie de méningite en Afrique occidentale.)* La mort traîtresse frappait le cultivateur en plein labour dans le *lougan* ; le prieur, en disant Allah, se courbait et plus jamais ne se relevait.

Partout, il n'y avait que des malheurs. Même les générosités divines nous arrivaient en malheur ! Certains parmi nous ont commencé à douter des dires qui affirment que notre pays est celui de la voie d'Allah. Les premiers, ils ont acquis une saine connaissance de nos illusions : nous donnons trop de noms au malheur et à la malédiction qui ne réservent pas de lots spéciaux à ceux qui les respectent. Si le ton du Pardonnateur se retrouve dans le tam-tam, jamais il n'a été entendu dans la détresse de ceux qui ne savent plus aimer.

Un matin les survivants d'un hameau – ils restaient huit sur une trentaine d'habitants – se comptèrent, s'affolèrent, abandonnèrent les morts et s'enfuirent. Les gens de la localité où ils arrivèrent les fuirent. La panique se propagea et gagna tous les cantons. Les montagnards descendirent dans les plaines et tous ensemble nous nous dirigeâmes vers les lointaines frontières, avec en tête de nos caravanes les chasseurs armés des fusils de traite et les marabouts hamallistes égrenant des chapelets à onze grains. Les garde-frontière tirèrent ; nous fonçâmes sur eux, rapidement les submergeâmes. Nous les lynchâmes et c'est attachés à des arbres, les têtes enfoncées jusqu'aux cous dans des gourdes, qu'ils restèrent là, sur place, proies des rapaces, des fauves et des fourmis.

Nous fûmes accueillis dans les possessions britanniques en sujets français loyaux, en résistants répondant à l'appel du 18 juin du général de Gaulle, en héros ayant, pour refuser la capitulation pétainiste, tout bravé afin de reprendre la lutte de la liberté contre le fascisme inhumain. Les bien-portants parmi nous furent enrôlés, habillés, armés et envoyés dans le désert du Tchad. Assurément nulle part sur terre, nous, habitants de Soba, n'arriverions à échapper à la conscription !

Tous les habitants des pays de Soba auraient quitté les colonies françaises si des régiments de tirailleurs sénégalais n'étaient pas rapidement montés de la capitale. Ils bouclèrent les frontières, ratissèrent les villages mais, à cause du dénuement des habitants et de l'épidémie, ils ne purent ni piller les cases ni violer les femmes.

L'occupation des villages par les tirailleurs ne ramena pas l'ordre : tout le royaume continua de vivre dans la semi-anarchie ; tout échappait à la force et au pouvoir de Béma. Moussokoro arriva chez son fils : « Va t'excuser, mon fils. Si tu ne le fais pas à cause de ton père, de moi ta mère, des pays de Soba et de ses peuples, fais-le à cause d'Allah. Les sorciers, marabouts, féticheurs et voyants sont unanimes : il n'y a pas d'autre remède... »

Béma alla à cheval, en descendit à cent pas du Bolloda, croisa les bras dans le dos, s'agenouilla et avança en pénitent jusqu'à trois pas du Centenaire, toujours les bras au dos, se courba, se frotta les lèvres contre le sol comme la poule le fait avec le bec et s'exprima à très haute voix.

En égaré, il venait demander pardon. Il avait péché et s'était menti à lui-même ; les étrangers l'avaient égaré. Jamais il ne serait autre chose que ce que le Centenaire avait voulu qu'il fût. Le petit oiseau pour s'envoler, en hommage à la terre, s'inclinait d'abord avant de prendre congé du sol qui a porté ses premiers pas. Le désorienté revenait sur ses pas pour retrouver son chemin. Même si ses irrespects, ingratitudes et dires avaient trop peiné pour que le cœur immédiatement se refroidisse, il priait son père de parler afin que s'arrêtent la sécheresse, l'épidémie et l'anarchie.

En vérité, l'humanisme du Centenaire était sans limites. Allah est bon, le Centenaire l'était aussi. Il se leva, marcha et releva son fils.

« Redresse-toi : la prosternation nous messied, à nous Keita. Je savais que tu reviendrais : on marche loin, vole haut, descend profond sans être étranger à soi-même ; on revient toujours à ce qui nous a façonné ; on retourne à ce dont on est sorti. Cela étant entendu, je te dirai qu'il n'y a rien dans mes possibilités qui n'ait pas été tenté : pas de sacrifices qui ne fussent égorgés, pas de bénédictions de mes meilleures salives qui ne fussent crachotées. Le fâcheux vient de ce que ton père a trop vécu : une certaine vieillesse n'est pas toujours, comme on le proclame, un heureux sort, n'est pas toujours des bénédictions et des sacrifices acceptés. L'expérience ne s'allonge souvent que pour nous amener à connaître l'indicible, l'impensable. »

Ni la sécheresse ni les maladies ne provenaient de ses malédictions à lui Djigui : jamais il n'avait voulu tant de souffrances. C'était lui qui, librement, avait choisi Béma. Des insidieux avaient voulu utiliser Béma contre lui ; c'était utiliser le couteau qu'il avait à sa ceinture pour le percer : jamais ses propres armes ne pénétraient dans sa chair, un enfant de Moussokoro ne pouvait pas faire du mal à lui, Djigui. Magnanime, triomphateur et prophétique, le Centenaire termina ainsi : « Lève-toi, mon fils ; tu es le Massa de Soba. Monte ton cheval et va avec les bénédictions de ton père. »

En moins d'une semaine, tout changea dans les pays de Soba : l'harmattan passa, un nouvel hivernage occupa le ciel ; des pluies régulières et modérées, une terre profondément mouillée et des nuits fraîches arrêtèrent les vents et les maladies des vents. On cessa de nous envoyer les collecteurs et les recruteurs. Certes, restaient toujours postés, le long du fleuve nous séparant des possessions britanniques, des tirailleurs prêts à tuer, piller et violer. Nous le savions : personne ne s'aventurait du côté des frontières. On n'avait pas le temps, nous avions trop de besogne : trop de terres à labourer, les nôtres, celles des morts et des réfugiés.

Cependant, l'ordre ne fut pas aussitôt rétabli. Les premiers messagers du pouvoir qui s'aventurèrent dans les montagnes tombèrent dans des embuscades. Quand ils ne furent pas assassinés, ils furent renvoyés sur Soba complètement nus comme des voleurs. Ils venaient pourtant porter la bonne nouvelle, ils venaient nous annoncer que la capitation, toutes les capitations, celles des réfugiés, des morts et de nous les survivants, ne seraient réclamées qu'après les prochaines récoltes.

Les prières du Centenaire devaient avoir enfin atteint le faiseur des impossibles et ses sacrifices devaient être arrivés à leurs destinataires : la saison des amertumes ne pouvait plus durer.

CINQUIÈME PARTIE

14

Une fête qu'il monta pour sa fin qu'il voulait spectaculaire

Le patriarche retint son souffle quand la voiture s'arrêta, il se frotta les yeux quand il les vit en descendre, quand ils marchèrent, s'approchèrent comme avant, il cilla, il se releva et les contempla quand ils saluèrent et s'assirent dans les fauteuils en face de lui comme avant.

– C'est moi le commandant.

– A vous la bienvenue, commandant Héraud.

– Je viens de loin… et ai beaucoup souffert moi aussi.

– Alors nos compliments à vous qui avez marché le lointain voyage, à vous qui avez souffert les pénibles fatigues.

On connaissait bien Héraud à Soba ; c'était la troisième fois qu'il entrait dans notre pays.

La première fois, il nous était arrivé comme instituteur, directeur de l'école régionale de Soba. Tout le monde se souvenait encore de ce jeune Blanc toujours bienséant, poli et donateur qui, avec son casque ou non, allait de porte en porte, s'informait de tout, posait mille questions, baragouinait nos proverbes et cherchait à s'insérer dans nos associations secrètes.

Il y eut des colons humains à qui il ne manqua que d'être noirs et croyants pour être accomplis : Héraud était de ceux-là. Des colons comme Héraud passeront le jour du Grand Pardonnateur avant bon nombre de Nègres musulmans : nulle part dans Son Livre Allah n'a annoncé qu'Il s'en tiendrait à des considérations de couleur de peau pour son paradis et qu'Il ne se rapprocherait pas quelques infidèles nazaréens bienfaiteurs.

Héraud voulait que le Blanc commandât le Nègre sans réprimer. Il se disputa avec le commandant d'alors quand il réclama que pour l'exemple on dégradât un brigadier qui avait violé une écolière impubère. C'est vrai que le viol n'est pas une chose ; mais fallait-il pour cela sanctionner un homme de la force et du pouvoir ? Non, estima le commandant du cercle d'alors, et Héraud fut banni de Soba.

Quelques années après, il nous revint comme commandant. Comment l'instituteur avait-il pu, entre-temps, obtenir une telle promotion ? C'était à l'époque de la sécheresse et de l'épidémie, quand les Nègres, acculés par la mort, assassinaient les hommes de la force et du pouvoir des Blancs et se réfugiaient dans les possessions britanniques. On l'avait précipitamment affublé des épaulettes de commandant de cercle et on l'avait fait monter sur Soba avec le régiment des tirailleurs sénégalais, parce qu'il était le seul Toubab au monde à parler tous nos dialectes, le seul initié à connaître nos tabous. Cette fois encore, au lieu de torturer et fusiller, il aida les fugitifs à traverser le fleuve, et même on le soupçonna d'avoir fourni des armes à des rebelles. Il n'échappa à l'arrestation qu'en passant le fleuve à la nage avec la complicité de ceux qu'il avait la mission d'assassiner. Héraud fut jugé et condamné à mort par contumace. C'était ce proscrit qui était descendu de la voiture du commandant et... accompagné de qui ?

— Oui, je suis bien votre fils Kélétigui.

— A vous la bienvenue, Kélétigui.

— Et j'ai marché les longues excursions et vécu les grandes souffrances.

— Alors à vous nos compliments pour les lointaines expéditions marchées ; à vous nos congratulations pour les peines endurées.

Saran Kélétigui Keita était le premier fils de Djigui, fils de sa première épouse Saran, la préférée officielle, originaire du village sacré de Toukoro. La tradition chez les Keita fait automatiquement du fils de la première femme venant de Toukoro le dauphin. L'heureux sort de Kélétigui était d'être né dans la force et le pouvoir pour posséder le pouvoir et la force. C'est l'impatience de sa mère qui le perdit.

Avec constance, Djigui buvait de puissantes décoctions qui le préservaient des maléfices, et se lavait avec de nombreuses macérations aphrodisiaques qui lui renouvelaient la solidité de satisfaire, le long d'une interminable vie de cent vingt-cinq ans, les trois cents épouses qui n'en attendaient que de lui. C'étaient des bains durs et difficiles. Saran, la mère de Kélétigui qui, avant l'arrivée de Moussokoro, était commise à leur préparation, en catimini, sans discernement, prit l'habitude d'immerger son enfant dans de si redoutables médications. Ces immersions détraquèrent l'enfant. A dix ans, il montra qu'il ne maîtrisait pas sa langue (il ne disait que vilenies et grossièretés). Pubère, il apparut que sa ceinture lui échappait, il voulait coucher avec toutes les femmes, toutes sans distinction, même sa mère, il n'en aurait pas fait un totem si elle avait consenti. Les soins et les sacrifices furent vains contre ces graves déviations. A regret, Djigui, quand Kélétigui fit des propositions malhonnêtes à Moussokoro, appliqua les règles de la tradition qui prescrivent que le pouvoir et la force des Keita se laissent à un voleur et à un perclus, mais jamais à un incroyant, jamais à celui qui ne sait pas tenir sa ceinture. Kélétigui fut destitué au profit de Béma.

Mais – nous le savons – circulent diverses versions de l'événement. C'est l'étrangère, l'intrigante, l'ambitieuse maman de Béma qui aurait tout manigancé. Elle aurait marabouté et ensorcelé Kélétigui pour lui coller la déviation irrémissible, l'aurait alléché et attiré dans un traquenard pour créer le scandale et amener Djigui à évincer son premier fils.

Quelle qu'ait pu être la raison de la destitution, Béma et Kélétigui étaient chien rouge et singe rouge : ils ne pouvaient pas se sentir. Quand Béma eut le pouvoir, son aîné se retira à Toukoro – une autre règle de la tradition malinké veut que le fils qui se sent menacé dans sa famille paternelle coure se réfugier dans le village dont sa mère est originaire. Toukoro étant sacré, Kélétigui put, sans être inquiété par le nouveau chef, s'y livrer à mille choses honteuses. Quand la révolte gronda, il se mit en tête des rebelles, traversa le fleuve et devint gaulliste, un grand patriote français. Lui aussi était condamné par contumace.

Héraud et Kélétigui étaient accompagnés de l'interprète Soumaré qui, sauf sa légère claudication et son éternel boubou ample et immaculé dans lequel il continuait de flotter, avait changé. Il paraissait, lui qui était déjà plus décharné qu'un poisson fumé de deux saisons, encore plus étique au point que nous avons senti, pour nous assurer qu'il n'était pas en bois de chauffe, l'envie curieuse de l'érafler.

— Oui, je suis revenu à Soba ; ils sont allés me chercher à M'Bidjali.

— A vous la bienvenue, Soumaré.

— Moi aussi c'est de loin que je viens, j'étais dans le lointain de l'ingratitude, de la solitude et du *monnè*.

— Alors à vous aussi nos compliments pour la longue marche solitaire ; à vous nos compliments pour votre difficile résignation à l'impuissance.

Quand le commandant Bernier avait décidé de détrôner Djigui, l'interprète avait voulu conseiller la prudence et expliquer que la tradition ne prévoyait pas de mise en retraite de vieux roi chez nous, Noirs. Le commandant s'était fâché et s'était séparé de Soumaré, officiellement à cause de son charabia. Le vieil interprète avait été consigné à M'Bidjali, une subdivision située à une centaine de kilomètres de Soba.

C'étaient donc deux proscrits suivis d'un interdit qui étaient descendus de l'auto de commandement du commandant du cercle de Soba.

— Oui, nous avons voulu venir ensemble tous les trois.

— Alors à vous trois ensemble la bienvenue.

— Nous avons marché, marché, avons enduré la faim, la soif et toutes les autres fatigues physiques et morales.

— A vous nos congratulations pour les longs chemins marchés, la faim et la soif subies, les autres dures fatigues physiques et morales endurées.

— Mais surtout nous avons travaillé pour vous.

— Alors nos félicitations pour votre grande œuvre pour les malheureux, les meurtris. En fait, voilà longtemps que nous parlons sans savoir ce qui nous vaut votre visite. Nous ici depuis quelques jours nous connaissons la paix, mais continuons à vivre le *monnè*. Sauf votre surprenante visite d'aujourd'hui, depuis des années notre lot n'a été que le *monnè*.

Djigui, absent, termina par sa perpétuelle rengaine :

— Je vous redis qu'une certaine vieillesse n'est ni une fierté ni une chance ; même les montagnes de pierre après un certain âge se montrent incapables de répéter les échos.

— Mais, Centenaire, nous venons vous dire que les outrages, défis, le ressentiment, les injures, le *monnè* est terminé. C'est le général de Gaulle qui a demandé au gouverneur général de Dakar qui, à son tour, a chargé le gouverneur de la colonie qui s'est tourné vers moi et m'a envoyé, moi le nouveau commandant de Soba, de venir jusqu'au Bolloda pour vous saluer et vous féliciter.

Le commandant Héraud parla longtemps ; l'interprète traduisit ; pour la compréhension du Centenaire, le griot commenta et interpréta les derniers événements intervenus dans le monde pendant que le Bolloda vivait les saisons d'amertume. L'infructueuse tentative de débarquement à Dakar ne découragea pas le général de Gaulle. Bien au contraire. Il monta et rencontra ses trois autres collègues. Ils se réunirent à quatre, les quatre grands parmi les cinq qui s'étaient partagé le monde. Lui, de Gaulle, chef des empires du Sud (les Arabies, les Négrities et les mers australes), Churchill, chef des empires du Nord (Londres, les Iles britanniques et tous les océans nordiques), Roosevelt, chef des empires de l'Ouest (New York, les Amériques et les océans du couchant), Staline, chef des empires du Levant (Moscou, les Russies et tous les océans orientaux). Eux, les quatre maîtres des quatre points cardinaux, jurèrent de poursuivre la guerre et de ne l'arrêter que le jour où ils auraient détruit le cinquième empire et tué Hitler, cinquième maître du monde, chef des empires du Milieu (Berlin, les Frances, les Italies et les mers du Milieu). Les quatre alliés s'en allèrent consulter le plus grand devin de l'univers qui leur dévoila les secrets de guerre du maître de Berlin, ses totems, ses faiblesses et leur recommanda des ensorcellements qu'ils pratiquèrent, des sacrifices qu'ils égorgèrent.

Après les libations et les sacrifices, de Gaulle descendit à l'extrémité des Négrities à Brazzaville, y rassembla les

Nègres de toutes les tribus, dont ceux de Soba. Il constitua une armée redoutable à la tête de laquelle il remonta le désert par la piste des pèlerins, feignant d'aller au pèlerinage de La Mecque. Hitler se laissa abuser par le stratagème ; s'il avait été musulman, il eût su qu'un infidèle comme de Gaulle ne pouvait pas pèleriner. Arrivé à hauteur des mers des Arabies, le chef des Français insoumis se dirigea vers l'Ouest, traversa le désert, arriva aux bords des mers du milieu et attendit. Dès qu'apparut le soleil du jour faste indiqué par le devin, le jour le plus long de l'année, les quatre maîtres des quatre points cardinaux attaquèrent au même moment. Les sacrifices étaient exaucés, les ensorcellements réussis : comme l'avait prévu le devin, au moment de l'attaque, Hitler drogué dormait – personne ne réussit à le réveiller –, tous les maréchaux de l'Empire allemand avaient abandonné leurs postes de combat et se délassaient en Prusse dans les bras de leurs maîtresses. Les attaques purent se développer et, avant que Hitler ne se réveillât, que les maréchaux pussent regagner les postes de commandement des marches de l'empire, les soldats allemands furent bousculés, vaincus et mis en déroute. Les avions, les chars et les sous-marins des armées triomphantes les poursuivirent jusqu'à Berlin où Hitler, surpris, se réfugia dans les boyaux de pangolin de son palais, comme l'avaient fait dans les montagnes de Koulikoro l'empereur Soumaro Kanté en 1235 après la bataille de Kirina, et Eh-Hadji Omar Tall en 1864, dans la grotte de Djiguimbéré près de Bandiagara, après la bataille du Macina. Mais Hitler était un Toubab infidèle : il ne connaissait pas assez de pratiques magiques comme Soumaro pour se transformer en vautour ni assez de savoir coranique comme Eh-Hadji Omar pour devenir un écho. C'est comme des souris que Hitler, son épouse et son chien furent enfumés et grillés dans les boyaux de leur palais.

En triomphateur, de Gaulle s'attribua la force et le pouvoir en France, et en maître des Arabies, des Négrities, il parla :

« Moi, le général de Gaulle, j'ai vengé le *monnè* que le caporal Hitler avait infligé à tous les généraux du monde. »

Djigui décocha un sourire d'admiration pour de Gaulle :

il venait de comprendre l'histoire de la dernière guerre. Il prononça des bénédictions pour ceux à qui les armes avaient été favorables. Le commandant continua ses explications. Après sa triomphante déclaration, de Gaulle salua ceux qui, comme Djigui et les gens de Soba, l'avaient aidé dans le combat qui l'avait amené au pouvoir. C'est l'exemple de Djigui et de ceux de Soba – cette ruée irrésistible de votre peuple entier vers les possessions britanniques pour se faire enrôler et poursuivre le combat – qui avait amené les autres tribus nègres à se soulever. Le combat des Noirs contre le défaitisme à jamais grandira l'Afrique, pays de bravoure, de dignité ; votre participation à la libération de l'homme, à l'anéantissement de la barbarie et du fascisme ne sera jamais oubliée. Le Blanc parla, se perdit dans de longs développements politico-historiques. Il parla, trop et vite, avec des néologismes : fascisme, pétainisme, gaullisme, marxisme, capitalisme, le monde libre… Des mots intraduisibles que l'interprète a introduits en malinké, que le griot a répétés et commentés sans connaître les sens. Pour le Centenaire et ses suivants, c'étaient des paroles de tons d'oiseaux que les mauvaises prononciations du traducteur et du commentateur rendaient étranges. Après une bonne demi-heure de palabre, Djigui restait perplexe : malgré l'insistance des visiteurs, il ne saisissait pas la différence entre colons gaullistes et pétainistes et ne percevait pas le motif exact de la réapparition de deux proscrits et de l'interdit. Le fils Kélétigui s'aperçut de l'embarras de son père ; voulut rectifier et expliquer. Rapidement, il y renonça : il ne parvenait qu'à embrouiller des discours qui l'étaient déjà trop. L'interprète a dit *gnibaité* pour liberté ; dans les commentaires du griot, cette *gnibaité* est devenue *nabata* qui littéralement signifie « vient prendre maman ». La liberté, la *nabata*, avait, pour ceux de Bolloda, cette dernière signification. Le Centenaire déconcerté se demandait pourquoi de Gaulle voulait absolument équiper tous les Noirs d'Afrique, nous garantir à nous tous des porteurs de vieilles mamans. Après de vaines et épuisantes explications, pour faire saisir les notions de citoyen et d'égalité – « Désormais, Arabes et Noirs des colonies sont des citoyens avec égalité de droit avec les Français de France » –, on démontra au Centenaire que, s'il n'avait pas renoncé à toutes épousailles, il aurait pu désormais faire venir de Paris une jeune vierge toute rose pour compléter son harem : perspective qui arracha un léger sourire au vieillard.

Cependant, tout le monde comprit les conclusions et les décisions prises par les nouveaux maîtres – Djéliba exigea que les paroles fussent détachées et répétées pour qu'il pût les commenter une à une. Le commandant Bernier était agoni et banni d'Afrique. Le Centenaire était restauré dans la plénitude de ses pouvoirs, avec toutes les prérogatives, même celles de révoquer Béma et de se désigner un autre successeur. Le gouverneur de la colonie félicitait les suivants de Djigui pour leur fidélité au patriarche dans les épreuves. Dans ses commentaires, Djéliba s'attribua, à lui seul griot, les congratulations gouvernementales. Les laissez-passer étaient supprimés. « Certes, la capitation et les travaux forcés établis par des lois demeureront encore un temps ; mais ils ne seront plus levés par le feu et le sang », conclut le Blanc.

Ces conclusions du commandant firent sursauter le griot : c'étaient des paroles utopiques qui risquaient de compromettre l'exercice réel du pouvoir qui venait d'être conféré au Bolloda. Il pressa le Centenaire qui parvint à arrêter le Blanc dans son discours jugé démagogique. En connaisseur suprême des hommes, du temps et de l'histoire, Djigui expliqua :

– De même que le rat des champs ne peut être sorti de son trou sans enfumage, de même on ne peut extirper aux Nègres la capitation et des travailleurs forcés sans torture et incendie.

– Non, non, répliqua le commandant, le Noir est naturellement gentil, bon et obéissant.

Djéliba se leva et détrompa le Blanc :

– Nous, Noirs, nous ne sommes ni bons ni humains, mais toujours menteurs et pécheurs bien que nous connaissions les paroles du Coran que vous nazaréens ignorez.

Le commandant allait répondre au griot, mais les suivants commencèrent à réciter l'un après l'autre des versets, et le fils Kélétigui, qui depuis son arrivée ne se rassasiait pas de regarder son père – au vrai, le Centenaire, sauf ses yeux de fauve, était devenu, ces derniers mois, si décrépit qu'on le recherchait dans lui-même –, arrêta la palabre pour qu'elle ne s'enlisât pas dans les discussions théologiques.

C'est alors que Djigui, absent et lymphatique, voulut que soit promis qu'aucun train ne lui serait plus offert. On lui annonça qu'un nouveau tracé de la ligne était à l'étude.

Le commandant annonça qu'une fête serait donnée dans tous les pays de Soba pour célébrer la victoire et la restauration du Centenaire. Le griot remercia, entonna le chant traditionnel qui louange les Keita puis, d'une voix brisée par l'émotion, enchaîna le chant des *monnew*, enfin pleura comme une femme. En larmes, il demanda que fussent rétablies, elles aussi, les visites de vendredi. Malgré la grande émotion qui nous étreignait, personne ne l'approuva : les visites de vendredi n'étaient pas honorables ; elles étaient les actes d'allégeance du vaincu au vainqueur, du Nègre au Blanc nazaréen triomphant, du sauvage au civilisé. Elles ne pouvaient donc pas être rétablies entre des citoyens français qui ont montré par la lutte qu'ils ont opposée au fascisme le prix qu'ils attachaient l'un et l'autre à la liberté et à la dignité de l'homme. Le griot ne fut pas convaincu : il maîtrisa ses larmes, aligna des citations samoriennes et conclut qu'une victoire ne saurait oublier ses morts. C'était à cause de ce que nous devions à Fadoua que lui, Djéliba, souhaitait la restauration des visites de vendredi. Le porte-canne étant mort, après leur abolition, de leur manque, ses mânes sans répit continueraient à errer tant que des visites ne leur seraient pas apportées en offrande. Il y avait par ailleurs une autre raison : pour tous les sujets du Centenaire, elles constituaient le brillant nécessaire, la parure complémentaire à la splendeur du Bolloda, et, pour certains, les forces et pouvoirs de Djigui ne seraient jamais rétablis tant que ne reprendraient pas les visites.

C'est pourquoi nous eûmes notre visite de vendredi à l'ancienne, à l'occasion de la fête de la restauration.

Qu'Allah donne force à notre foi et bénisse les pays de Soba. Notre pays est beau et nous sommes des croyants !

Le soleil annonça l'événement en montant d'un trait. Un moment, tout parut suspendu. Brusquement des cris déchirèrent le calme : apparurent alors les mendiants, les mêmes affreux lépreux, sommeilleux et aveugles qu'avant les saisons d'amertume. Ils reprirent où ils les avaient laissées les mêmes litanies insupportables à la gloire d'Allah et de Djigui. Les vautours tombèrent du ciel, au sol dodelinèrent comme avant, quand le fumet des sacrifices égorgés nous enivrait, eux les animaux et nous les humains. Tout revenait, mieux, tout était là, rien n'avait changé : il nous suffisait de lever les yeux, de cesser de regarder nos pieds poussiéreux, effilochés par les nombreuses années de marche sans bâton. Les choses avaient les teintes et les reliefs d'avant. Nous nous recherchions, étonnés, quand au loin les tam-tams retentirent. Débouchèrent par toutes les pistes des orchestres avec des danses que nous croyions abandonnées, des chants que nous pensions oubliés ; leur emboîtaient le pas des cohortes de montagnards et de broussards que les entraves dressées par les sbires de Béma n'avaient pas effrayés, des hommes et des femmes dont aucun ne balançait des mains vides : ceux qui ne tiraient pas des cabris noirs tenaient des poulets blancs ou des noix de cola blanches. C'étaient les offrandes ou de simples présents dont ils se débarrassaient dès leur arrivée au Bolloda pour se jeter dans la fête qui tourbillonnait. Tout le monde voulait revoir, féliciter et admirer le Centenaire. Djéliba, farouchement, s'y opposa et détourna les admirateurs abusifs. Il avait à constituer une vraie visite de vendredi à l'ancienne et ajoutait à son rôle traditionnel de griot celui de maître de cérémonie du regretté défunt porte-canne. Accompagné d'un brigadier, de trois tirailleurs et de l'interprète, il montait et descendait au trot, du Kébi au Bolloda, déplaçait et alignait les danseurs, les curieux et les sacrificateurs. Le commandant Héraud, en hommage au grand âge du Centenaire, voulut descendre au Bolloda : le griot le dissuada parce que : « Une vraie visite de vendredi à l'ancienne, dit-il, c'est d'abord deux choses, deux sentiments : le triomphe, la fierté, la supériorité du Toubab nazaréen incroyant vainqueur par les armes qui, dans un fauteuil, attend l'allégeance du roi nègre croyant, vaincu, agoni. »

D'ailleurs, tout ce qui était fait ou devrait s'accomplir paraissait au griot, pour l'avoir souvent dit ou parcouru dans ses souhaits, connu, vu, vécu. Tout était un recommencement, et d'instinct il expédiait chacun à la place qui lui était réservée.

Enfin, il avança, à cheval, à quatre-vingts pas du Centenaire, en égrenant la cora, sans recherche, sans hésitation, de sa voix métallique, il débita trois louanges inédites à l'adresse du Massa Djigui et des Keita. Le patriarche, auquel avec insistance il avait conseillé de jouer pleinement son rôle de roi nègre en colère, se fit ajuster le turban et se hissa sur son cheval, le connu Sogbê. Le cortège s'ébranla, hétéroclite, poussiéreux, le Centenaire et Djéliba à cheval au centre, autour et à pied les héros du combat de Boribana. Ils étaient affublés d'antiques boubous colorés, froissés et miteux ; deux s'appuyaient sur des sagaies centenaires. Même les badauds, en voyant le cortège démarrer, parurent partagés : ils se demandèrent s'ils devaient avoir pitié, admirer ou rire tant la théorie surannée avançait péniblement. C'est quand Sogbê se cabra et que le Centenaire avec dextérité le maîtrisa que l'admiration l'emporta : spontanément, des cris fusèrent de la foule. Djéliba fonça à cheval sur les admirateurs abusifs : les exclamations n'étaient pas tolérées parce que le roi devait être considéré comme un homme honni et affligé.

A la mosquée, la prière fut vite courbée. Le cortège s'ébranla aussitôt en direction du Kébi et commença la dernière marche triomphale de son règne que notre roi jouait à vivre comme une pénitence. Les danses et les tam-tams battaient sous les manguiers, tout le long de l'avenue ; après les arbres et les fossés, montait, à l'allure du cortège officiel, la foule des curieux. Arrivé sur la place du Kébi (on se rappelle que, dans les vraies visites de vendredi, seuls Massa et Fadoua montaient les escaliers du Kébi), le cortège s'arrêta, le Centenaire se détacha, unique, solitaire (en *djigui*), et Sogbê trotta vers la balustrade. Le commandant, coiffé d'un casque colonial blanc, apparut sur le seuil. Avant que le patriarche ait atteint la balustrade, d'instinct, nous avons tous tourné les yeux vers le griot qui, sollicité et flatté, égrena la cora, cria quatre louanges à la gloire de Djigui dont trois inédites, puis, se souvenant que lui, Djéliba, avait un double rôle à interpréter (le sien propre et celui du porte-canne), entreprit de rejoindre le Massa, éperonna son cheval, se redressa sur l'étrier, joua son instrument et commença de crier une quatrième louange inédite, mais, en l'articulant, ouvrit si large la gorge qu'une quinte de toux s'y engouffra et étouffa le chanteur ; la quinte descendit, perça sa poitrine et la traversa comme une épée. Tout l'univers vit, médusé, le griot, comme une liane, s'effondrer sur son cheval qui, comme si rien ne s'était produit, continua son trot jusqu'à l'escalier où arrivait Djigui.

Des cris de consternation fusèrent de la foule. Le commandant Héraud et les gardes accoururent pour détacher le vieux griot qui eut juste le temps de jeter un coup d'œil sur Djigui et de lancer des paroles de regret : « Cela ne méritait plus d'aller aussi loin ; il ne valait pas une cause dès lors que notre *monnè* était vengé. » … Et il expira.

Djéliba avait fini sa vie, victime lui aussi des visites de vendredi, comme Fadoua. Le porte-canne n'avait pas supporté leur suppression, ni lui leur restauration.

Djéliba Diabaté entra, vécut et sortit de la vie en griot. Il eut une fin de loin préférable à celle de beaucoup de croyants : il ne partit pas affligé et agoni par le *monnè* comme le porte-canne. C'est un signe : le signe qu'il appartenait à la catégorie de ceux qui sont comblés de bienfaits, non à celle de ceux qui ont encouru la colère du Tout-Puissant. Djigui n'entra pas dans le Kébi après la mort de son griot ; il recula, retourna au Bolloda, et il n'y eut plus d'autre visite de vendredi – cela devait être écrit dans la destinée du Bolloda. Le Massa voulut ordonner qu'on arrêtât la fête ; c'était inutile, d'elle-même elle s'était interrompue : de danse en danse la nouvelle s'était propagée, les mains avaient cessé de battre et déjà, dans la confusion, nous nous dispersions. Ceux-ci avec les tam-tams sur les têtes, ceux-là avec les xylophones sur les épaules.

La fête était terminée. On a dit que ce fut pour sa fin qu'il voulait spectaculaire et publique que Djéliba l'avait montée.

Aux différentes funérailles du griot (l'inhumation, le septième et le quarantième jour), il y eut du monde et ce fut Djigui en personne qui dirigea et présida les cérémonies. Cela depuis vingt ans ne s'était pas produit et se justifiait : Djéliba était de deux classes d'âge plus jeune que le Centenaire et cette différence d'âge n'interdisait pas au roi d'assister aux obsèques du défunt. Ce fut d'ailleurs le dernier enterrement que Djigui conduisit. A titre posthume, le griot fut décoré de la médaille de résistant pour la lutte qu'il avait menée pour la liberté de la patrie, la France — le combat pour la *nabata* comme il eût prononcé le mot liberté.

Quand un homme part définitivement, le premier devoir des survivants est de parler de lui. Discourir sur la vie de Djéliba n'exigeait pas de longues et nombreuses paroles. Il était né, est mort dans les fêtes ; a vécu et est mort en croyant : c'est une chance ! Jeune, il s'était révélé le plus doué de sa classe d'âge ; toute sa vie il fut un homme d'honneur et de paroles, lui, homme de caste, de qui cela n'était pas exigé. En personne vivant de la parole, il affirmait qu'Allah n'avait descendu du ciel que le Livre et la Parole. Le Livre pour le savoir de LUI, le Suprême, le Tout-Puissant ; la Parole avec laquelle nous avions réalisé l'humanisme et tout le reste de l'univers. Ne disons pas plus : ce qu'il a dit et fait sera dénombré et apprécié le jour du dernier rassemblement et ce jour-là n'appartient qu'au Tout-Puissant.

Ajoutons cependant que Djéliba Diabaté n'arriva pas à Soba appelé par la grandeur, la richesse et la générosité des Keita comme les autres courtisans : il vint en mission, ne comptait pas y séjourner plus d'une nuit ; c'est toute sa vie qu'il y a vécu. N'empêche qu'il s'était toujours comporté au Bolloda en étranger de passage, et, au fond, le seul regret qu'il eut en mourant, ce fut de n'être jamais retourné dans son Konian natal (où d'ailleurs personne ne se souvenait de lui) pour y mourir. Regret très mince pour la fin d'une longue vie de plus de cent ans !

Allah, gratifie chacun de nous de ce que Tu as accordé à Djéliba. Amen !

15

*Elle dormait quand les esprits des enfants
disparus l'ont appelée et réveillée pour
lui demander de ne jamais plus se coucher
avant qu'elle n'ait congratulé le député*

Il fut demandé aux griots prétendant au titre de Djéliba du Bolloda de nommer la période de la restauration : ils trouvèrent *monnew botouma* (le temps de la vengeance des *monnew)*, expression plate, à laquelle il manquait ce je-ne-sais-quoi que le Djéliba défunt savait donner à ses créations et qui faisait que les mots se prolongeaient en nous par des échos longtemps après leur énonciation. Aucun prétendant n'avait le génie griotique du défunt : Djigui décida de ne pas décerner le titre de Djéliba et la charge de grand maître de la parole de tous les pays de Soba ne fut pas attribuée.

Le *monnè botouma* se caractérisa par une véritable résurrection du Centenaire. Pendant les funérailles de Djéliba, il redevint ingambe. La semaine suivante, son visage et son maintien s'améliorèrent au point que nous commençâmes à croire aux dires de ses louangeurs qui affirmaient qu'il était de la race de ces serpents sacrés qui ne meurent que par leur propre fait, le jour qu'ils ont choisi. Chacun au Bolloda voulut tout recommencer. Les sorciers, empiristes, médicastes proposèrent des décoctions pour faire recouvrer au Centenaire son appétit de jeunesse quand, chaque après-midi, après la troisième prière, il dévorait un gigot entier de mouton, et des élixirs pour lui redonner les forces de combler, après la dernière prière, la petite préférée et les cinq épouses qu'il avait le devoir de respecter chaque nuit. Djigui les rabroua : ce n'étaient pas les jouissances de la vie et les nourritures terrestres, mais la clémence divine du jugement dernier qu'il recherchait. Pendant les saisons d'amertume, le marabout Yacouba lui avait souvent dit :

« Le pèlerinage est le cinquième pilier de l'islam. L'au-delà sera difficile pour les musulmans à qui Allah aura donné la richesse et la santé et qui ne l'auraient pas accompli. Tous les grands empereurs du Mandingue ont effectué le voyage de La Mecque. Il vous a manqué, à vous Djigui, de les avoir imités. C'est une faute, un repentir, mais Allah est miséricorde, prions-le pour qu'avant que son dernier appel vous parvienne, une nouvelle fois, Il vous donne les moyens de vous acquitter de ce devoir. »

Pour Djigui, la restauration constituait cette nouvelle occasion.

Un pèlerinage se prépare : il faut surtout, entre d'autres obligations, réduire ses épouses à quatre. Djigui, qui ne connaissait pas le nombre de ses femmes, les répudia toutes, sauf Moussokoro, la préférée officielle, et les deux plus jeunes du harem.

La répudiation des épouses fut réalisée dans la justice. Les lois du Coran qui exigent qu'une femme, quel que soit son âge, doit vivre dans le mariage furent respectées. Plusieurs épouses de Djigui étaient des arrière-arrière-grand-mères terminées par la sénilité et les maladies. Souvent aveugles et percluses, elles attendaient patiemment à Toukoro au fond des cases, près des feux, au milieu des haillons et des rats. Leur répudiation consista en ceci : on leur fit contracter des mariages blancs avec un petit-arrière-fils de moins de cinq ans. La cérémonie était présidée par un marabout. Une noix de cola blanche était présentée à l'enfant qui la serrait dans la main avant de l'offrir à la vieille. Le marabout récitait des paroles sacramentelles qui se terminaient par des amen que la vieillarde, souvent inconsciente de ce qui se tramait, prononçait ou non. Bien sûr, ces vieilles continuèrent à vivre dans les harems de Soba et de Toukoro avec tous les respects et droits dus aux épouses du roi de Soba. Djigui se fit associer aux remariages des jeunes répudiées qui contractaient des mariages consommables. La répudiée et son prétendant se prosternaient. Le roi murmurait quelques mots. Les griots affirmaient que Djigui publiquement venait de demander, comme le veut la religion, le pardon à son ex-épouse. Celle-ci, toujours prosternée, très émue, énonçait qu'elle accordait un pardon entier et sincère à son maître et roi. Le roi murmurait des formules de remerciements. Les griots s'adressaient au prétendant : « Le roi a parlé. Celle que tu veux épouser est croyante et honnête. Elle n'a ni menti ni volé, elle n'a pas été adultère. Il te la donne sans exiger de toi un seul cauri de dot. En revanche, tu la traiteras humainement : quand tu ne voudras plus d'elle, ramène-la au Bolloda où le gîte et la nourriture lui restent garantis toute la vie ; quand tu te sentiras incapable de la nourrir, présente-toi dans les champs du roi, il ne manquera jamais de grains pour elle dans les greniers. »

Les époux des répudiées profitèrent largement des offres royales : pendant les saisons des récoltes, ils venaient nombreux aider les moissonneurs dans les champs royaux et emportaient des brassées de bottes avant l'engrangement.

C'est d'ailleurs deux fois que Djigui effectua le pèlerinage, deux harmattans successifs il alla à La Mecque. Après le premier pèlerinage, il envoya un message à Yacouba. L'hamalliste, toujours en résidence surveillée dans une ville du Sud, félicita le roi et s'enquit des conditions dans lesquelles le pèlerinage avait été effectué : Djigui avait répudié toutes ses femmes, excepté les deux préférées et les deux plus jeunes. Yacouba cita des sourates ; le pèlerinage n'avait pas été valable : c'étaient les quatre femmes les plus âgées qui auraient dû être maintenues. Au Bolloda, on reconnut la faute et un autre pèlerinage fut préparé. Djigui remaria les quatre plus âgées de ses harems : des vieillardes percluses, aveugles et gâteuses qui avaient été acquises par legs. Elles ne se souvenaient plus d'avoir été répudiées et ne comprenaient pas pourquoi on voulait les remarier avec leur seul et toujours maître Djigui. Les deux jeunes ne furent pas répudiées puisqu'elles ne furent pas autorisées à quitter le harem pour contracter des mariages consommables. Les statuts de Moussokoro et de la préférée officielle ne furent même pas évoqués. Plus étrange, rien ne fut indiqué à l'eunuque qui continua à ignorer les répudiations et n'arrêta jamais de conduire, chaque nuit, cinq des femmes qui étaient restées dans le harem, dans l'antichambre du palais.

Donc, seul Allah, quand Djigui effectuait le second pèlerinage, connaissait le nombre exact de ses épouses. Même si le nombre fatidique de quatre a pu être dépassé, le pèlerinage a été valide : le Tout-Puissant, nous ne cessons de le proclamer, est miséricorde.

Le second souci de Djigui pendant le *monnew botouma* fut la politique.

« Vous, Noirs, vous êtes des citoyens français : vous avez le droit de désigner un député pour l'Assemblée constituante de Paris. »

Député, dit par les Malinkés, devint *djibité*, mais le Centenaire ne traduisit pas le nouveau mot français par le sens de son vocable en malinké ; on lui donna de longues explications qui lui permirent de conclure que c'était quelque chose que les Malinkés connaissaient et pratiquaient : il fallait envoyer un otage à la cour parisienne du Massa de Gaulle.

Le commandant Héraud arriva le premier au Bolloda pour instruire Djigui des nouveaux droits des indigènes. « Pour la première fois, vous cessez d'être des riens. La grande famille des Keita ne peut pas se désintéresser de la députation : le rôle politique d'un député est très important. Vous n'avez pas destitué Béma pour le remplacer par Kélétigui comme nous l'attendions. » Le commandant, par politesse, n'expliqua pas au vieillard que dans tout le pays circulait le bruit qu'il était envoûté par l'étrangère Moussokoro qui lui dictait sa conduite. Il lui demanda de proposer la candidature de Kélétigui. « Le peuple en sera heureux, Kélétigui est un grand patriote, un résistant qui a serré la main du général de Gaulle. »

Était-il salvateur et honorable, pour un Keita croyant, de chercher à aller vivre à la cour d'un Massa mécréant blanc ? demanda le vieillard.

On lui répondit que le député serait le deuxième personnage de la colonie, le détenteur du pouvoir après le gouverneur. Le patriarche, pensif, serra les lèvres, bloqua sa mâchoire ; dans le visage tout devint immobile, sombre, sauf ses yeux brillants de fauve. C'était le silence, le silence devenu son arme favorite depuis les saisons d'amertume. Il interrompait la palabre qui lui déplaisait par un silence impromptu, et rien au monde ne pouvait plus le faire revenir sur le sujet. Au Bolloda on connaissait la méthode, et personne n'insistait.

Le deuxième interlocuteur à réintroduire la palabre de la députation au Bolloda fut le chef Béma. Il arriva à cheval mais, contrairement à ses habitudes, l'arrêta à bonne distance en descendit, essaya de marcher à pas feutrés de fauve, de se faire petit, n'y parvint pas à cause des craquements des pans amidonnés de ses larges boubous et du couinement de ses bottes en maroquin qui bruissaient à faire fuir à cent pas à la ronde des lézards en train de s'accoupler, salua poliment, s'installa près de son père :

— Papa, je viens vous entretenir de quelque chose d'important pour la dynastie. Des Toubabs exploitants forestiers et négociants, des Noirs lettrés sont montés du Sud pour me demander d'être leur candidat à la députation. Avant de monter, ils ont distribué à chacun des travailleurs forcés de leurs chantiers une couverture de laine supplémentaire et m'ont apporté de l'argent. Ils me donneront une auto pour ma campagne électorale.

— Mais pourquoi tant de générosités ?

— Pour barrer la route à Touboug. Seul un Keita peut empêcher l'élection de Touboug. Un député aura plus de pouvoir qu un chef de canton.

— La députation pourrait être une cause pour les autres chefs, elle ne le sera jamais pour un Keita : le sabre de parade des uns n'est que le coupe-coupe à défricher des autres. Il ne conviendra jamais à un Keita d'être courtisan dans la cour d'un mécréant, quand même celui-ci serait le grand et victorieux général de Gaulle. Tu te trompes, mon fils, quand tu viens souhaiter les bénédictions, les sacrifices et les soutiens de ton père pour une aventure de rapetissement de notre dynastie.

Et le vieillard se tut. De la députation on ne parla plus au Bolloda jusqu'à l'arrivée surprise de Touboug qui, après le *salam alekou* aux musulmans, se déchaussa, se courba et avança.

— Et vous et le matin, avez-vous passé la nuit en paix ?

— En paix seulement. Et vous et le voyage, avez-vous eu la paix sur vos chemins ?

– Rien que la paix.

– Alors, à vous notre remerciement pour le long chemin marché jusqu'à nous.

– Aussi longue que puisse être la séparation, survient l'occasion que le Tout-Puissant a réservée à ses esclaves pour qu'ils se rencontrent si telle est Sa volonté.

– Une fois encore, remercions-le de nous avoir accordé l'occasion dans la santé et la paix.

Ce dialogue était celui des retrouvailles : le chef Touboug n'était pas un inconnu au Bolloda.

Il était arrivé à Soba, il y a d'anciennes années, comme instituteur, et surtout avec le premier vélo. La bicyclette, avant d'être désignée par son nom actuel de *naikaisso* (le cheval de fer), fut appelée à Soba *toubougisso* (le cheval de Touboug). Le voir monter à vélo constitua pendant de longs mois un spectacle auquel chacun voulait assister. Des paysans quittaient de lointains villages, les jours de marché, pour venir voir Touboug monter son cheval de fer.

Le soir, nous attendions le long du fossé. Le clairon sonnait la descente des couleurs et l'arrêt du travail : les écoliers sortaient. Touboug, pour mettre notre patience à l'épreuve, consacrait un temps infini à s'habiller, se peigner, se coiffer, à sortir doucement la bicyclette (nous l'appelions son animal). Il tâtait avec soin les pneus et parfois les regonflait, enfin poussait l'engin et, avec une dextérité et une agilité que nous saluions par des cris d'admiration, se hissait sur la selle et avançait en se déhanchant et dansant. Spectacle insolite que nous ne pouvions regarder sans nous tordre de rire. Imperturbable et fier, Touboug fonçait sur la route que nous dégagions. Une traînée de bambins nus en vain tentaient de le rattraper. Au Bolloda, il descendait de l'engin, se décoiffait, se courbait et saluait à sa façon tout obséquieuse. « Assurément, ce garçon est, avec sa chose, un déhonté », murmurait le Massa Djigui. Il riait, imité par ses suivants, de l'acrobatie avec laquelle le malin parvenait à se hisser pour repartir.

Un après-midi, après son salut, l'instituteur rappela : « C'est ce soir. » Le soir après la dernière prière – c'était clair de lune –, tout le Bolloda à cheval se porta à l'école pour les cours d'adultes. Le commandant avait chargé Touboug d'apprendre à lire, écrire et parler français à notre Massa Djigui et ses suivants. Nous avons installé la chaise royale au milieu de la classe, dans l'allée centrale séparant les tables-bancs. Notre roi l'occupa. L'instituteur s'approcha, se courba, serra la main de Djigui, puis monta au tableau noir, parla, dessina et écrivit. Les quatre premières nuits d'école furent studieuses. La cinquième, il fallait répéter, mot à mot et à haute voix, « Mamadou amène sa sœur », phrase qui prononcée (très mal prononcée et déformée par le griot) devint *« Mamadou à mina ka siri »*. Ce qui signifie en malinké Mamadou saisis-le et attache-le : ordre que très souvent Djigui donnait au Bolloda et qui ne devait l'être que par lui seul. Djigui esquissa un signe : Fadoua fit arrêter l'instituteur dans sa leçon et lui fit entendre que l'ordre d'attacher un sujet dans une assemblée ne pouvait être donné que par le roi seul et pas par un autre et surtout pas par un incirconcis et par surcroît cafre comme Touboug. L'instituteur plaida la méprise, se courba, s'excusa et ne fit plus répéter « Mamadou amène sa sœur ». Le soir du vendredi suivant (les vendredis sont jours saints), l'instituteur dessina un chat, un chien, un cheval et eut la malchance de nous proposer « le chat voit bien même la nuit », phrase qui, criée à haute voix par les courtisans, devint en malinké *« Zan ba biè na nogo »* qui littéralement s'entend : le vagin de la maman de Zan sauce gluante. Le Massa refusa de débiter une telle insanité par une nuit sainte, se leva indigné, sortit, remonta à cheval et, suivi par tous ses courtisans, redescendit au Bolloda. Ainsi se terminèrent les études de français du roi de Soba : il ne monta plus au cours du soir des adultes.

De ses études, le Massa Djigui conclut que le français était un langage de déhonté et indicible par un croyant et un grand chef : il s'interdit de le parler et de le comprendre et ne changea pas d'opinion, même après l'inoubliable voyage de Paris et de Marseille à l'occasion de l'Exposition coloniale de 1931. On a dit que tout cela ne fut que ruse : il comprenait, en plus du malinké, le sénoufo et le peul et savait qu'une langue ne se traduisait pas par les consonances entendues. C'est pour des motifs politiques et religieux plus sérieux qu'il arrêta les cours. Il connaissait plus que tout autre l'arbitraire des commandants. Maintenir un interprète entre le Blanc et lui, c'était se réserver une distance, quelques libertés, un temps de réflexion, des possibilités de réticences et de commentaires ; entretenir une certaine incompréhension. La souris, même si elle les entend mal, préfère suivre du fond du trou les chants de fêtes des chats. Le Massa n'en voulut jamais à Touboug pour l'obscénité du parler qu'il enseignait aux enfants. Touboug continua d'aller le soir à vélo au Bolloda et à tourner dans le Famakourou (le quartier royal). Les enfants couraient après le vélo jusqu'à l'école où l'instituteur parfois leur distribuait des bonbons. Un soir, il attira une écolière dans la classe et la viola. C'était une fille adoptive de Djigui, une enfant des pans des boubous avant l'institution. Elle s'appelait Mariam et n'était pas encore incisée. Le viol d'une de ses filles adoptives non incisées par un incirconcis, de surcroît cafre, apparut à Djigui comme une injure personnelle, un *monnè*. C'était à l'époque où toute palabre s'arrêtait au point où il la laissait. Ses ordres furent exécutés : Touboug fut circoncis le même jour. Après la guérison, il se convertit à l'islam et épousa Mariam, devint notre gendre – nous le disions avec un petit ris dans le coin des lèvres – et un grand ami, un confident et un conseiller juridique de Djigui. Une amitié que rien n'altéra et qui continua même après que Touboug quitta Soba et devint chef de canton chez lui.

Touboug, par sa mère, une tante paternelle ou maternelle ou quelque chose de ce genre (Djigui n'entendait rien aux règles du matrilignage des gens de l'ethnie de l'instituteur, les Akans de la forêt), pouvait prétendre comme cinq autres cousins à une succession.

Dès le décès du chef titulaire, l'instituteur abandonna élèves et vélo et rejoignit son pays où il trouva que les prétendants rivaux, par la magie, l'empoisonnement et les sacrifices, s'entre-ensorcelaient, s'entre-tuaient : en moins de deux semaines, deux candidats avaient succombé à des maux inexplicables. Pour ne pas être la troisième victime, affolé, Touboug quitta son pays, revint à Soba et sollicita le secours du Massa. Djigui soumit le sort de l'instituteur et des autres prétendants à des sorciers, des marabouts et des savants, y alla de ses propres recettes : bénédictions, sacrifices et conseils. Rassuré, Touboug regagna son pays et il achoppa à l'hostilité de certaines tribus qui ne voulaient pas d'un musulman comme chef : pour elles, les musulmans, les Dioulas étaient des esclaves. Touboug tenta d'expliquer l'islam ; elles se révoltèrent : incendièrent et tuèrent ; les tirailleurs aux chéchias et aux ceintures rouges dépêchés sur les lieux violèrent les femmes, fusillèrent les hommes sans parvenir à faire taire les colères. L'instituteur abjura l'islam. Les tribus ne voulaient pas d'un époux d'une Malinké non plus : il répudia Mariam. Elles n'acceptaient pas un circoncis ; le prépuce ne se recollant pas, Touboug ne répondit plus. On eut recours à des élections : les rebelles étant minoritaires, Touboug gagna comme Djigui et les sorciers de Soba l'avaient annoncé et promis.

L'instituteur n'oublia jamais qu'il devait son pouvoir à la science du Centenaire. Djigui pardonna à Touboug l'abjuration et la répudiation. Les deux chefs se consultaient souvent. Deux ans auparavant, Touboug avait créé la Ligue indigène des chefs, des riches et des évolués pour l'obtention de la citoyenneté française et avait attribué la présidence d'honneur de son mouvement à Djigui qui restait pour lui un père spirituel. Le Centenaire était heureux de voir descendre l'ex-cycliste d'une grande auto rouge.

— Soyez le bienvenu. Nous avons la paix, mais une paix dans la solitude : Allah a appelé des compagnons que nous ne cessons de regretter.

— Que la terre leur soit légère.

— Nous, qui sommes restés, avons parcouru des années d'amertume et de *monnè*… Mais arrêtons là nos quérimonies : tout est dans la volonté d'Allah. Est-ce la paix qui vous amène à Soba ?

— La paix et une petite cause. Je viens vous apprendre que la députation est importante et solliciter votre appui et autorisation pour me présenter au nom de notre Ligue indigène des chefs, des riches et des évolués. Notre Ligue a intégré le RDA (Rassemblement démocratique africain) de Houphouët-Boigny.

Le Centenaire eût après cette introduction laissé Touboug parler, s'expliquer, se contredire, palabrer sans placer un seul mot (la désignation d'un courtisan pour la cour de De Gaulle n'était pas une cause digne de lui) si l'instituteur n'avait pas tout de go déclaré :

– Nous, ceux du RDA, si nous sommes élus nous demanderons la citoyenneté française pour tous les indigènes et supprimerons les travaux forcés.

Le Massa ne retint que les mots travaux forcés ; il l'interrompit et se fit répéter « supprimerons les travaux forcés ».

– Si, si, c'est des travaux forcés des Toubabs, des travaux forcés qui vident les villages, des travaux forcés qui tuent qu'il s'agit, précisa l'instituteur.

Pour le Centenaire c'était de la jactance, il eut envie de se taire, de renvoyer son prétentieux interlocuteur, mais il hésita : bien que renégat, Touboug restait le Nègre de la colonie qui connaissait le mieux les habitudes des Blancs. D'un geste discret, il fit éloigner les courtisans, Touboug s'approcha de son grabat, ils eurent un long aparté. C'était exceptionnel, habituellement, le patriarche participait aux discussions et conversations comme à un jeu de cache-cache : ses convictions profondes restaient connues d'Allah seul ; pour les mortels, elles ressemblaient à des pintades sous les herbes et ne se trouvaient jamais à l'endroit où l'interlocuteur croyait les soupçonner. Le Centenaire disait généralement ce qui paraissait satisfaire l'interlocuteur et la palabre, si elle n'était pas interrompue par un brusque silence, se limitait dans la plupart des cas à un passe-passe pour jauger de la crédulité du vis-à-vis.

Oui, la suppression des travaux forcés était faisable par des députés, Touboug le répéta encore dans le tête-à-tête.

– Mais, mon fils, comment sans fusils ni guerriers pourrez-vous enlever de la bouche des vainqueurs blancs les avantages de la conquête ?

Touboug voulut expliquer que, par générosité et reconnaissance, le chef général de Gaulle avait décidé d'accorder la citoyenneté, l'égalité, etc. Le Centenaire ne le laissa pas terminer.

– Non ! non ! On ne renonce pas aux bénéfices des

conquêtes de guerre, du sang versé, par générosité et par reconnaissance. L'homme ne se mange pas comme le bétail : on utilise son travail. Les conquérants qui renonceraient au travail des subjugués ne tireraient plus de bénéfice de leur guerre et de leur victoire.

Le Centenaire interrompit l'aparté, se tut, se coucha et se détourna de l'ex-instituteur.

Le commandant Héraud, le lendemain, après la troisième prière, accompagna Touboug au Bolloda et parla au Centenaire.

Les propos de Touboug s'expliquaient. Les Toubabs français avaient été vaincus et chassés de leur pays par les Allemands de Hitler comme les Malinkés de Samory l'avaient été du Mandingue par les troupes françaises après 1880. Les Américains, Russes et Anglais, qui avaient permis aux Français de retourner chez eux, exigeaient de De Gaulle, comme prix du sang versé, le partage de toutes les conquêtes africaines et asiatiques de la France ; des indigènes des possessions françaises songeaient profiter de la faiblesse du colonisateur pour se soulever et se libérer. Pour ne rien céder et s'accorder le temps de reconstituer ses forces et les moyens de tout refuser, le général de Gaulle biaisait, promettait et trompait tout le monde, ses alliés et ses indigènes. Il proclamait que vous, Nègres, Arabes et Annamites, étiez des Français à part entière comme les Toubabs, que vos pays étaient le sol français ; prétendait et expliquait que si des conquêtes se partagent ou s'abandonnent aux séditieux, jamais ne se cèdent les terres des aïeux. Le Centenaire explosa avec un « On Hon » de compréhension et murmura : « Vous dites là des paroles qui ressemblent à la vérité. » Les duperies que de Gaulle avait inventées pour flouer ses alliés et les indigènes amusèrent le Centenaire et renforcèrent son admiration pour le Général.

— Le riche qui fait de l'orphelin son frère utérin ne peut refuser à cet orphelin le tissu qui couvrira sa nudité. Si la suppression des travaux forcés est sollicitée dans la situation actuelle, elle sera lâchée par le général de Gaulle qui est observé par ses alliés et qui se trouve acculé.

Le vieillard avait compris, il acquiesça par un « Assurément oui » franc.

Mais les décisions du Général seraient contrariées par les colons blancs si les chefs de cantons ne promettaient pas que les travailleurs volontaires seraient envoyés sur les chantiers. Le vieillard ne croyait pas qu'il se trouverait un seul volontaire à Soba pour aller tirer le rail si la construction du chemin de fer reprenait.

On ne demandait pas au vieillard de croire quelque chose, mais de promettre qu'il le demanderait aux hommes de Soba. Un sourire malicieux éclaira son visage ; il avait tout de suite compris : on attendait de lui qu'il prenne une petite revanche en flouant le général de Gaulle et tous les Toubabs du Sud. Dans une communauté de singes où chacun s'abreuve directement avec la bouche, sera désavantagé celui qui par civilité s'entêtera à continuer à boire avec le creux de la main.

– Oui ! oui ! Je soutiendrai la candidature de ceux du RDA, les candidatures de Houphouët et de Touboug et promettrai n'importe quoi pour faciliter la suppression des travaux forcés.

C'étaient des paroles de Keita, des engagements. Un Keita ne peut jamais être cet animal qui ravale sa vomissure.

Un village à l'ouest de Soba près de M'Bidjaili, une foule dense sur la place, plus loin une vieillarde au milieu de la chaussée… On ne comptait plus le nombre de fois qu'elle s'était détachée de la foule, la vieille têtue comme un furoncle de fesse, pour aller s'accroupir au plein de la route. Chaque fois nous étions accouru, l'avions entourée et lui avions expliqué que ce n'était pas au milieu de la chaussée qu'il fallait attendre, l'auto du député était plus large et rapide que celle du commandant : elle ne pourrait pas s'arrêter court et la préserver. La vieille entêtée n'entendait rien et se collait au sol ; nous la soulevions comme un bébé et, en dépit de ses piaulements, la portions et la déposions dans le fossé à côté de tout le monde, tous les habitants des villages et des brousses à trente kilomètres à la ronde, qui depuis deux nuits attendaient, tout en liesse, au bord de la route l'arrivée (personne ne savait quand ?) de nos députés Houphouët et Touboug qui après leur élection visitaient la colonie, subdivision par subdivision.

Dès le lever du matin, nous dansions et chantions. C'était le début de l'harmattan : le soleil montait vite, mais les arbres n'étaient pas encore défeuillés, nous pouvions, à l'ombre des manguiers, continuer les fêtes, manger et boire à midi à notre faim parce que les récoltes venaient de rentrer et les rivières coulaient clair. Le soleil tombait tôt, les nuits descendaient froid, mais il ne manquait jamais de bois pour alimenter les feux autour desquels la fête reprenait, se répandait dans la brousse, densifiée par les échos des montagnes ; elle se poursuivait parfois jusqu'à l'aurore. Après sept nuits et jours de danse, malgré nos coutumes de ne jamais nous lasser dans l'attente des hôtes que nous désirons honorer, nous fûmes défaits par la fatigue et la veille. Les bons paysans abandonnèrent la fête aux seuls qui n'avaient plus rien à glaner, n'avaient ni bête ni récolte à rentrer, aux fainéants du village et aussi à l'obstinée vieille, clouée nuit et jour au milieu de la route. Personne n'allait plus la chercher, les fainéants ne secourent jamais les vieilles en danger de se faire écraser.

C'est le douzième jour, et seulement après la troisième prière, que les voitures débouchèrent : deux, trois, plusieurs encadrant la longue rouge des députés. Les klaxons ébranlèrent le village, la vieille ne bougea pas, le convoi descendait à vive allure, nous avons fermé les yeux… Quand les freins grincèrent, nous les avons rouverts : des nuages de poussière, la voiture à un cheveu. La vieille se leva, secoua ses haillons. « Montrez-moi Fouphouai ; donnez-moi Fouphouai », miaula-t-elle. On la guida jusqu'à la voiture rouge, elle s'accrocha à la main du député, la couvrit de larmes de joie. Elle tenait l'objet de tant de nuits d'attente, de vent, d'insomnie, de froid, tant de jours de soif, de faim, de raillerie. Une double assurance lui parut indispensable : « Êtes-vous bien Fouphouai ? » demanda-t-elle encore. Oui, c'était bien le député, le député Houphouët. Elle lui mordilla les doigts.

« Mes compliments ! Mes compliments pour les longs chemins marchés, pour l'harassant travail. Mes compliments pour les blessantes injures, les méchantes jalousies. Je vous tiens pour des missions qui m'ont été demandées. » Elle leva les yeux au ciel, l'interrogea, les baissa pour scruter le sol et annonça : « J'avais un mari ; les travaux forcés l'ont emmené tirer les billes au Sud et l'ont tué. Son esprit a su que vous passeriez (les défunts savent toujours), il est apparu dans la nuit et m'a chargée de la commission de vous attendre, même si cela devait durer, de vous attendre, de vous saluer. Tout le pays est témoin, depuis je n'ai fait que vous attendre, et voilà que je vous salue et vous complimente. » Elle souffla, interrogea encore ciel et terre.

« Mon fils, c'est les travaux forcés qui l'ont terminé ; il a appris que vous arriveriez ; son double m'a appelée, m'a réveillée et m'a sommée de ne plus me recoucher sans vous avoir salué. On ne refuse jamais rien à un défunt. Jamais de ne plus gémir sans vous avoir salué : il n'y a pas de mère qui refuse quelque chose à son dernier. Depuis personne ici ne m'a surprise en train de maugréer, et voilà que je dis vos salutations et compliments. »

— N'étaient-ce pas là des dures et difficiles missions ? interrogea-t-elle.

— Oui, assurément oui, des dures et difficiles que vous deviez absolument accomplir, acquiesça le griot de compagnie des députés.

— Les autres ont voulu m'empêcher, m'interdire de les exécuter : je me suis obstinée.

— Oui, c'est toi qui as raison, répondirent les députés remués l'un après l'autre.

La vieille répéta des innombrables « Je vous salue et vous complimente », lâcha la main de Houphouët et s'éloigna en chuchotant : « L'existence à moi n'a plus de cause, de reste ; tout est achevé : je vais me reposer à présent. »

Toute l'assistance, y compris les fainéants, bouleversée, suivit la vieille chercher son chemin, et des larmes perlèrent sur beaucoup de visages, même sur ceux de certains vauriens.

Aucune des libérations n'égalera plus dans notre histoire celle de la suppression des travaux forcés. C'est une libération que nous avons tout de suite vue et vécue et qui fut bien plus authentique que les nombreux coups d'État des partis uniques et les *pronunciamientos* qui viendraient plus tard et que nous serions obligés de danser et de chanter pour les faire exister. Dans les plus lointaines brousses, dès qu'arrivèrent les premiers libérés des travaux forcés, les habitants spontanément organisèrent des fêtes qu'ils appelèrent « les fêtes de Fouphouai », des danses que les ténèbres des soirs sans lune et les enterrements n'arrêtaient pas. Les crépitements des tam-tams et les chants se répétèrent et se prolongèrent au point que les oiseaux sauvages gazouillèrent les noms de « Fouphouai ». Chez nous cela a une signification : le signe de ce qui a dépassé l'entendement.

Pourtant, le vote de Soba pour les députés du RDA, pour Touboug, n'avait pas été facilement acquis. Quand on annonça à Béma que son père, le patriarche, soutenait la candidature de l'ex-cycliste, il se rebella.

— C'est ce que le vieillard a décidé. Il ne veut pas qu'un autre soit ce qu'il fut, possède ce qu'il a eu. La députation est bien une cause pour un chef. Houphouët et Touboug ne sont-ils pas des chefs ? Moi, Béma, je me présenterai avec ou sans le soutien de mon père.

— Mais, mon fils, tu ne parviendras qu'à te charger encore de nouvelles malédictions : jamais tu ne gagneras, lui avait répondu sa mère Moussokoro.

— Je serai élu si Allah le veut : le Grand Pardonnateur n'appartient à personne d'ici-bas.

— Moi, Kélétigui, je ne me présenterai pas, annonça son frère. Je soutiendrai le candidat du RDA, Touboug, qui a l'appui du vieux. Le RDA va supprimer les travaux forcés.

La campagne électorale pouvait commencer. Elle opposait les deux frères ennemis, tout devenait clair, chacun connaissait son parti. A Soba on était pour Kélétigui contre Béma ou *vice versa*, il n'y avait pas d'indifférent.

Les partisans de Touboug, autour de Kélétigui, s'assemblaient chez Mariam qui devint la personnalité en vue de Soba. Après sa répudiation par Touboug, elle était revenue à Soba. Mais ne s'était pas mariée, avait bâti la plus blanche des cases rectangulaires du quartier central où se montraient tous ceux qui n'étaient pas astreints aux travaux forcés : boutiquiers, tailleurs, fonctionnaires. Ces dernières semaines, ces habitués s'étaient éloignés ; des plus gros qu'eux y entraient : les hyènes et les caprins ne vont pas au *salam* dans la même mosquée. Le commandant Héraud y allait ou Mariam entrait chez le commandant. On apercevait Kélétigui chez Mariam, mais, à cause des on-dit, Mariam n'arrivait pas chez Kélétigui. Naturellement, lorsque le député Touboug entra à Soba, il descendit chez son ex-épouse qu'il aima toute sa vie.

Après la case de Mariam, s'étendait un vaste terrain vague planté de manguiers. Les habitants s'y assemblèrent. Kélétigui et Touboug eurent le plus grand mal du monde dans de longs discours à expliquer ce qu'étaient le vote et la citoyenneté française. Mariam avec passion dénonça Béma et ceux qui le commanditaient et l'utilisaient pour préserver les travaux forcés et refuser la citoyenneté. Les auditeurs entendirent mal : ils comprirent que ceux qui resteraient autour de la case de Mariam seraient tout de suite des citoyens et seraient exemptés de travaux forcés. Beaucoup s'y installèrent et eurent en définitive raison. De la fenêtre de Mariam, très souvent le commandant Héraud les regardait et il n'autorisa pas que sous son nez on réquisitionnât des travailleurs. Dans la journée, à l'ombre des manguiers, une foule hétéroclite continua à danser, la nuit tout le monde s'y réfugiait et y dormait à la belle étoile. Des semaines avant la suppression des travaux forcés, les environs de la case de Mariam devinrent à la fois le marché, la mosquée, le dispensaire, la maternité et, si l'abolition n'était pas vite intervenue, tous les habitants de la ville et de tous les villages environnants s'y seraient trouvés.

Béma entra dans la campagne électorale comme son totem l'hippopotame plonge dans le bief : de grands ploufs et plafs éclaboussèrent et secouèrent tout le pays ; des fromagers des volées de vautours et de gendarmes se levèrent. La tête enrubannée, drapé dans un grand boubou amidonné, suivi par une foule de griots, de tam-tamistes et de balafonistes, il sortait de son palais après la troisième prière, s'arrêtait sur la petite place attenante au Bolloda. Ses joueurs organisaient un cercle et tambourinaient. Au centre, Béma faisait caracoler le cheval, lui faisait exécuter des écarts, des courbettes et des cabrioles en réponse aux dithyrambes des griots. A la fin la bête se cabrait, Béma faisait interrompre le vacarme et le spectacle, se dressait sur les étriers, invectivait les déhontés de la case de l'agonie en montrant du doigt la case de Mariam.

« Je vous défie tous et vous attend. Qu'un seul sorte du repaire et vienne pour que dans un duel franc au sabre et dans un franc concours hippique nous montrions au peuple qui est le meilleur, lequel mérite le mieux la confiance des Malinkés. » Un instant de silence : personne ne paraissait. Il criait, triomphant : « Lâches, tous des fils de lâches. Pas un seul parmi vous n'a du solide entre les jambes. Les gens de chez nous jamais n'écouteront un côtier, jamais ils ne voteront pour un *boussman* inféodé à un autre côtier, Houphouët, un petit bonhomme chef d'un minuscule canton. On dit que Houphouët fait trembler le Blancs, jamais un vrai Keita, un circoncis, un croyant, un authentique Keita comme Béma ne le craindra. » Il injuriait les deux maudits de notre race qui soutenaient la candidature d'un cafre comme Touboug inféodé à un infidèle comme Houphouët. Avec sarcasmes, il disait pourquoi il ne parlerait pas des travers de son grand frère, tout le monde les connaissait. Brusquement il pouffait, le rire se communiquait aux auditeurs ; il annonçait la brouille prochaine, très prochaine entre son frère et ses associés dans la débauche : comment partager quelque chose avec celui qui ne se rassasie pas ?

Avec indignation et colère, il parlait de la petite non incisée qui se livrait à la honterie et transgressait les interdits. C'est elle et ses semblables qui ont amené la sécheresse et les autres manques qui nous fatiguent. « Nous serons toujours dans le malheur tant que de telles filles ne seront pas brûlées sur les immondices, les hommes qui les consomment déshabillés, flagellés et promenés avec les pantalons sur les têtes jusqu'à ce qu'ils renoncent publiquement à leur péché. »

Il quittait le cercle de danse ; les badauds, les tam-tams et les griots se levaient et le suivaient : le spectacle recommençait avec les mêmes défis et injures au prochain arrêt.

Un jour, dans les invectives contre les incirconcis, les non-incisées, les cafres, les ennemis du Tout-Puissant, il commanda aux collecteurs de la capitation et recruteurs d'interdire les chemins de nos montagnes et des villages aux propagandistes des *boussmen* étrangers. Les collecteurs et les recruteurs se heurtèrent à des résistances aux abords des villages : il y eut des coups de feu et aussi des morts, les premiers de la nouvelle ère qui s'annonçait pour notre pays de peine.

Les derniers jours de la campagne électorale, Béma abandonna le cheval et se fit conduire dans la voiture que les colons toubabs du Sud lui avaient envoyée afin qu'il paraisse aussi riche que Touboug qui, des semaines durant, avait parcouru les circonscriptions de la colonie en grosse Buick rouge. La veille des élections, Béma organisa un grand festin sur la place du marché pour tous ceux qui dans la vie n'avaient jamais, une seule fois encore, mangé à leur faim, c'est-à-dire pratiquement nous tous. Il nous offrit d'avaler du riz bien cuit et pimenté aux oignons et *soumara*, de déchirer de la viande avec nos canines. Nous nous sommes ballonnés au point que nos ventres ont retenti comme la peau de tam-tam bien tendue et longuement chauffée ; la générosité ne troubla point, ne changea rien à nos décisions : nous n'avons jamais eu la reconnaissance du ventre.

C'est au milieu des nuées de marabouts, féticheurs, devins et sorciers qu'il avait rassemblés pour maîtriser le sort des élections, de quelques fonctionnaires et courtisans, et toujours la tête enrubannée, le sabre arabe en bandoulière que Béma apprit les résultats. Il cria des dires prophétiques. « Malinkés, quelque chose qui n'a pas de dents vous mordra. On vous a menti et trompé. Il n'y a pas de querelle entre membres de même tribu qui vaut que l'on préfère pour le pouvoir et la force un étranger à un coreligionnaire. Les côtiers comme un seul homme ont voté pour leurs frères. Le député, c'est le pouvoir et la force, c'est le guide et cela ne s'offre jamais à un étranger : mêmes les lycaons ne suivent qu'un autre lycaon ; l'étranger qu'on fait roi méprise ceux qui l'ont fait monter et enlève aussitôt l'échelle par laquelle il a été hissé au sommet. »

Nous ne pouvions rien entendre, rien comprendre, nous

chantions et dansions haut et fort les fêtes des suppressions des travaux forcés et de l'indigénat, les fêtes de Houphouët, de Touboug et du Centenaire.

Djigui, en voyant tant de fêtes et de joies, en entendant tant de bénédictions souhaitées pour lui, remercia Allah de l'avoir gracié d'assez de jours pour assister aux manifestations de son peuple en liesse.

« Si la cause de tant de *monnè* a été de vivre ces jours, murmura-t-il, alors je voudrais en homme aux mains vides remercier mon Créateur. »

C'est bien plus tard que les paroles de Béma se révélèrent exactes. Touboug, une fois député, se préoccupa de sauver du sous-développement ceux de sa famille, de son village et de sa tribu. Dans le parti unique, il soutint que ceux de Soba ne méritaient pas la liberté de vote parce qu'ils ne savaient pas se départir de la solidarité tribale, n'arrivaient pas à transcender leur appartenance tribale.

Tout nous fut pris sauf nos prières et il ne nous resta qu'à réciter après nos *alphatia* : « Allah, les Malinkés prient plus que toutes les races et vous connaissez leurs foi et sincérité. Maintenant, voyez les *monnew* qui les frappent. Alors, faites, faites donc, envoyez-nous rapidement le seul mode de changement de gouvernement que la Négritie connaisse : le salutaire coup d'État militaire. Afin que ceux qui nous ont méprisés soient méprisés et honnis. Amen ! »

Il y eut plus de *pronunciamientos* que ne comptaient de grains les chapelets qu'ils disaient.

SIXIÈME PARTIE

16

Il nous a toujours manqué de savoir haïr et de comprendre que des malédictions des autres pouvait naître notre bonheur

Mariam était une femme : la vie est toujours facile pour celles qui ont tous les dons des femmes. Des boubous transparents, des poignets et des chevilles d'une finesse ! On la regardait sans se rassasier et sans d'ailleurs en trouver les raisons ; il lui manquait les canons de la grande beauté : le cou, comme chez le crapaud, était inexistant, le nez étalé était, comme le tronc du baobab, lourdement fixé. Mais la peau était légère à vous donner l'envie curieuse de l'érafler au canif ; les dents resplendissaient entre les lèvres piquetées dont les noirceur et excroissance étaient telles qu'on résistait difficilement au désir de les mordiller. Mariam était généreuse en sourires, ses paroles désaltéraient comme du lait frais. Les bagues des orteils et les plantes de pieds violacées par le henné donnaient à ses pagnes un charme envoûtant. On disait que tout cela n'était que ses atours de jour qui n'égalaient pas ceux de ses nuits, qu'aucune autre femme n'arrivait à faire oublier à ceux qui, comme le commandant Héraud, l'avaient une fois aimée.

– Qui ? Qui ? La main de qui ?... redemanda Djigui au commandant Héraud.

Le Blanc répéta : Mariam et expliqua que c'était sa fiancée qui avait inspiré sa démarche, elle voulait que toutes les coutumes soient suivies pour son remariage.

Le Centenaire embarrassé demanda à son ami blanc qu'il lui donnât le temps de réfléchir. Il lui répondrait dans l'après-midi. Il souffla à ses courtisans de ne point ébruiter la demande du Blanc : elle constituait, pour tous les indigènes, un reproche. Nous n'avons pas pris l'initiative à temps d'honorer de femmes un homme de bien ; celui-ci avait approché la première qui s'était présentée : Mariam. Malheureusement, Mariam n'était pas mariable par un homme non casté et honorable comme Héraud. Peu d'amis du commandant pouvaient jurer que Mariam avait été pour eux un totem : une femme qui a été couchée par nos fréquentations ne s'épouse pas. Mariam n'était pas excisée et n'avait pas une généalogie sûre : la consommation, pire, le mariage d'une non-excisée dévalue, invalide les fétiches et sacrifices de l'époux ; celui d'une femme dont la filiation n'est pas certaine entraîne pour la descendance un mélange de sang aux conséquences imprévisibles. La demande constituait aussi une honte pour le prétendant et le Centenaire. Afin que personne n'en parlât plus, Djigui offrit au Blanc, l'après-midi, trois jeunes vierges, belles, nobles, de sang pur et sûr et récemment excisées.

— Merci, s'excusa Héraud, je ne veux ni de sang sûr, ni d'excisée : c'est Mariam que j'aime, désire et veux, et pas une autre.

— Mais une femme ne s'aime jamais avant, répondit le vieillard étonné. Une femme s'aime après un long usage, après qu'elle s'est montrée suffisante à notre service, après que ses calmes et humanismes ont valu plus que ceux des autres femmes, après qu'elle s'est révélée plus chaude que les autres.

— Ce sont les mains de Mariam que j'ai sollicitées et c'est elle que je demande en mariage, pas une autre.

— Elles vous sont données, laissa tomber le Centenaire déçu. Laissez-le se marier pour son malheur avec une femme non excisée et éhontée.

Il caressa sa barbe.

— Il est inutile d'expliquer la différence entre les deux métaux à celui qui préfère son pendant de cuivre à la boucle d'or que vous offrez, conclut-il.

Il chiqua sa déception. Une fois encore, Djigui venait de s'apercevoir qu'il s'était mépris. Il se louait d'avoir enfin trouvé en Héraud le Toubab nazaréen français connaissant la différence entre le permanent et le fugace, l'essentiel et l'accessoire, respectueux du sacré et de lui-même, comme un Malinké croyant ; il n'en avait pas rencontré un seul ni dans la capitale, ni à Marseille, ni à Paris. Il s'était trompé,

Héraud non plus n'en était pas. Pareil Toubab ne devait pas exister. Avec fierté et joie, il remercia le Tout-Puissant de l'avoir créé Malinké et croyant. « Les motifs de glorifier Allah sont innombrables et se découvrent tous les jours par les pauvres bipèdes que nous sommes », marmonna-t-il.

Le mariage eut lieu le samedi ; toutes les règles de nos coutumes furent respectées : attachage des colas, accompagnement de la mariée voilée par une longue foule et plusieurs tam-tams et balafons, lavage de sa tête dans la cour de l'époux, et même, le lendemain, la théorie de vieilles frappant des mains et chantonnant est allée, de quartier en quartier, faire le porte-à-porte et nous présenter le drap maculé sur lequel avaient eu lieu les ébats. Étonnante Mariam ! elle voulait faire admettre qu'elle était vierge. Nous avons insulté les vieilles, nous nous rappelions que Mariam avait été violée et mariée à treize ans. Elles ont rétorqué sans la moindre honte que depuis sa répudiation, Mariam avait observé une chasteté si stricte que la virginité s'était reconstituée. Nous ne les avons pas crues : nous ne croyons pas aux paroles des autres chaque fois que nous le pouvons.

Le commandant Héraud époux officiel de Mariam gouverna le cercle jusqu'aux « glorieuses de Soba » qui mirent fin à sa carrière d'administrateur colonial, à ses aventures africaines consacrées à la défense du Nègre.

« Appelons-les les glorieuses, s'était écrié le député Toubug. Ces journées au cours desquelles, comme un seul homme, notre peuple s'est levé les bras nus pour braver la soldatesque coloniale et s'opposer victorieusement aux tentatives des colons mal repentis de restaurer les travaux forcés sont nos glorieuses. Nous érigerons un monument aux victimes de la répression. »

Avant d'évoquer les glorieuses, signalons que ceux de Soba attendent toujours ce monument...

Les violences des glorieuses et leur rapide extension furent-elles dues aux seules provocations colonialistes ? Pas certain ! Car, bien qu'il ait beaucoup plu cette année-là et que les récoltes aient été abondantes, la famine était apparue.

Après la suppression des travaux forcés, nous avons

monté, en honneur du Centenaire et de notre député, des manifestations suivies de mangeries. Au retour au foyer de chaque rescapé des travaux forcés, nous avons organisé des danses qui ont été suivies de festins. Avec la suppression des laissez-passer, les parents éloignés nous ont fait des visites et nous les avons reçus avec des fêtes dignes de notre hospitalité proverbiale qui ont été suivies de bombance. Les fêtes suivies d'inconsidérées ventrées se sont prolongées, sous n'importe quel prétexte, jusqu'aux premières pluies, jusqu'à ces durs mois de soudure qui cette année-là se révélèrent trois fois incléments. Vers la floraison, nous étions amenés à racler trois fois les greniers qui l'avaient déjà été ; nous étions devant notre vieille connaissance : la famine. Une pénurie qui contrairement à celles des autres années paraissait mal répartie. Dans certains *lougan* et concessions, des greniers restaient pleins à déborder : ils n'avaient pas été sollicités. C'étaient ceux des suppôts du colonialisme : collecteurs de la capitation, recruteurs et chefs de villages que nous avions, pour notre dignité, exclus de nos fêtes. Curieusement, quand le manque empira, des pertes de plus en plus profondes qui ne pouvaient pas être toutes dues aux seuls grignotages des rats apparurent dans les greniers garnis et obligèrent les propriétaires à organiser des rondes et à monter des embuscades.

Et c'est ainsi qu'un événement historique aussi important que les glorieuses partit à Soba d'un incident de maraude.

Des inconnus chapardaient dans les champs et les greniers lorsque, juste au lever de la lune, deux coups de fusil éclatèrent et déchirèrent la nuit. Le matin on releva un mort, et il s'ensuivit une vraie histoire nègre contée par des Nègres menteurs.

Le fusillé était un père qui, après la suppression des travaux forcés, avait retiré sa fille du harem de Béma : un adversaire politique de Béma, il avait voté Touboug. S'il avait voté Touboug alors que les tireurs étaient des suppôts du colonialisme, il ne pouvait plus être un chapardeur, mais un paisible paysan qui sur le chemin de son *lougan* avait été sauvagement assassiné par les sbires de Béma. C'est ainsi que fut expliqué l'incident aux militants du RDA. Touboug et ses partisans, les plus nombreux dans le pays, se levèrent tous et injurièrent, jusque sous le pagne et le pantalon, les mères et les pères des collecteurs et des recruteurs. Ceux-ci, contrairement à leur habitude, ne répondirent pas à la vilenie par des coups de fusils de chasse. Les militants du RDA prirent la retenue pour de l'impuissance et s'enhardirent : ils marchèrent sur les greniers garnis, les pillèrent et les vidèrent. Certains déféquèrent sur le sol des greniers avant d'incendier les toits. Les incendies s'étendirent aux toits des cases ; de village en village les troubles embrasèrent et ensanglantèrent toute la brousse.

Héraud, accompagné de son épouse Mariam et d'un fort détachement de tirailleurs, accourut, parcourut le pays, réussit avec force proverbes à réconcilier partout les antagonistes, sauf dans un village où au cours de la palabre apparut, sans qu'on ait su d'où il a pu provenir, planté dans l'œsophage ensanglanté d'un militant, un long couteau de chasseur. Un mouvement de foule s'ensuivit, des menaces de coupe-coupe et de sagaies flamboyantes contrèrent et cernèrent le commandant et son épouse qui n'échappèrent à une mort certaine qu'en reculant et en donnant l'ordre aux tirailleurs de tirer. Ceux-ci firent feu et on compta treize morts, tous proches parents et amis des collecteurs et des recruteurs qui avaient voté contre le député Touboug. C'est Béma en personne qui compta sur ses doigts le nombre d'assassinés et démontra la suspecte coïncidence. Il le fit devant des reporters de presse venus de la France métropolitaine. Oui ! Parce que les Nègres étaient devenus des citoyens, on pleura nos morts jusqu'à Marseille et Paris où des journaux titrèrent : « Un commandant communisant fait tirer sur les adversaires du député communisant à Soba : 13 morts. »

Du jour au lendemain, le monde venait de s'apercevoir de notre existence. C'était une promotion pour nous et nos treize morts qui devenaient les premiers tués de la colonie auxquels la grande presse s'intéressait. On nous démontra qu'on utilisait nos morts pour des opérations de politique intérieure française ; ce n'était pas leur assassinat qu'on flétrissait, on voulait montrer que certaines mains étaient rouges : celles du commandant Héraud, du député Touboug et celles des députés communistes français. Notre député s'était affilié au groupe communiste à l'Assemblée nationale française. Les bœufs ne se déchargent pas pour les scarabées, il n'en demeure pas moins que ceux-ci les remercient pour la bouse laissée dans les prés.

Nous fûmes fiers de voir le nom de Soba imprimé en gros en première page. L'inattendu fut que l'événement profita à nos enfants dans les collèges en France : leurs collègues européens les entourèrent de sympathie et moult étudiants africains originaires d'autres régions se firent passer pour des natifs de Soba pour bénéficier de la compassion des Français de France. Le commandant Héraud pour la troisième fois fut banni de Soba, cette fois comme un vulgaire transgresseur de tabou. Définitivement il rejoignit son Dauphiné natal.

Son remplaçant, le commandant Lefort, arriva un matin. Un colosse, un molosse, un cou de taurillon, une tête de brique, des mains de pachyderme ; il parlait peu et regardait rarement en face. En deux mots il nous en apprit beaucoup. D'abord la différence entre un vrai et un faux Français : Héraud était un faux, un Juif. Juif et Nègre ne sont pas dissemblables : c'est pourquoi il avait pu officiellement se marier avec une Négresse. Ensuite la distinction entre le monde libre et la barbarie communiste : nous, ceux de Soba, nous avions la chance d'appartenir au monde libre. La barbarie communiste voulait détruire le monde libre, s'emparer de l'Afrique, le monde libre l'avait enfin compris et s'était engagé dans la guerre froide : partout on pourchassait les communistes. Les communistes sont les ennemis de Dieu, de la religion, de l'ordre, de la famille et de la liberté. Lui, Lefort, était venu avec des pouvoirs étendus pour extirper le communisme de Soba. Sans achever la calebassée d'eau que nous offrons à l'arrivant, il monta au Kébi, annonça qu'il ne parlerait pas au Centenaire, un chef retraité qu'un ennemi du monde libre avait mis en selle pour faciliter l'introduction du communisme à Soba ; et sur-le-champ il convoqua Béma.

Béma en sueur arriva, impérial, la tête enrubannée, le sabre arabe en bandoulière et se lança dans des dires amers et emportés.

246

« La France a eu tort de nous accorder, à nous Nègres, ce dont nous ne savons pas user : les libertés. Mon harem se vide : mes femmes fuient et rejoignent leurs parents qui me réclament de nouvelles dots. Ce sont des épouses qui m'ont été librement offertes, des femmes dont les attachages de colas et les mariages ont été régulièrement accomplis. Donc les Malinkés rejettent le mariage, alors que cela n'a pas été supprimé : c'est l'indigénat qui l'a été. Les collecteurs de la capitation ne sortent plus : dans les villages on leur fait descendre les pantalons qu'on leur fait porter sur les têtes avant de les expulser. Quel travail de mâle, après l'ignominie, peut-on demander à des hommes dont les masculinités ont été vues par toutes les femmes et tous les enfants ? Donc c'est la capitation que ceux de Soba ne veulent pas, alors que cela n'a pas été aboli : ce sont les prestations qui l'ont été. En plein jour les querelleurs se battent, les voleurs opèrent, les sorciers tuent, c'est l'anarchie ; aucune de ces licences n'a été accordée : c'est la citoyenneté française qui l'a été. Les ponts, les routes, les toits des campements, des dispensaires, des maternités et de la société de prévoyance ne sont plus réparés. Les plantations de coton, d'arachides, de riz sont en friche. Les Sénoufos et les Malinkés de Soba, même doublement payés, refusent de travailler. Ils n'aiment que la fainéantise, le vol, le mensonge et la débauche, alors que le vice n'a pas été autorisé : ce sont les travaux forcés qui ont été supprimés.

« Nous les Nègres, nous sommes comme la tortue, sans la braise aux fesses nous ne courrons jamais : nous ne travaillerons pas, ne paierons jamais nos impôts sans la force. Il faut immédiatement monter dans les villages, montrer la force, recréer la peur : les Noirs ne reconnaissent pas une arme cachée dans son fourreau. »

Protégés par un fort détachement avec drapeau en tête, Béma et le commandant à cheval commencèrent la reconquête des pays de Soba, terre revêche et de peine.

Arrivés aux approches du premier village, ils le cernèrent en silence. Impromptu, des salves pétèrent et montèrent des broussailles contiguës aux cases. Les chiens aboyèrent ; les vautours et les charognards s'envolèrent des touffes et planèrent sur le village; les caprins, les moutons, les bœufs et la volaille désemparés coururent dans tous les sens. Les humains qui, depuis les époques mémorables de la chasse aux esclaves, connaissaient la signification du message de la voix des poudres, qui est toujours : « Votre retraite est coupée, rentrez dans les cases », se barricadèrent et attendirent. Le silence retomba sur les cases; l'odeur de la poudre qui enivre le guerrier et hébète le cerné se répandit. Les gardes bondirent des caches, se faufilèrent entre les concessions, défoncèrent les portes et arrêtèrent les récalcitrants. L'odeur de la poudre se mêla aux puanteurs du viol et du vol comme il se doit après le passage de très bons gardes dans un village rebelle.

Béma effectivement avait raison; la méthode suggérée était efficace : Lefort et Béma auraient avec la seule garnison du chef-lieu pacifié tous les cantons du cercle si ce qui se passait à Soba ne les avait obligés à rentrer précipitamment. Le député Touboug et Mariam organisaient à Soba un grand meeting avec la participation d'un ténor du groupe communiste de l'Assemblée française et des journalistes parisiens. Béma et Lefort arrivèrent juste à temps pour entendre l'orateur dénoncer les méthodes policières dignes des nazis appliquées par des Français à d'autres Français (c'est ainsi généreusement qu'il appelait ceux de Soba), exiger la libération des prisonniers et la cessation des arrestations arbitraires.

La réunion se termina par un grand défilé dans les rues qui spontanément se dirigea vers la prison où étaient parqués les récalcitrants. Le commandant Lefort considéra la démonstration comme un défi et il s'ensuivit un salmigondis.

Les gardes ont-ils arrêté les manifestants à hauteur du bureau de poste ou ceux-ci sont-ils parvenus à la prison ? C'est un point qui dans la suite de l'enquête ne serait pas explicité.

Peut-être ont-ils tiré d'abord à blanc pour obliger les manifestants à se débander et à descendre sur Soba où d'autres tireurs (qui étaient-ils ?) les ont accueillis (et pourquoi ?) avec de vraies balles. Ce fut là une des versions

248

officielles reprises par les grands journaux gouvernemen-
taux parisiens qui expliquèrent que ceux qui avaient
reçu les manifestants à coups de fusil étaient des anciens
combattants patriotes qui, fâchés de l'aventure anti-fran-
çaise dans laquelle on les jetait, avaient, dans une saine
réaction, abattu les provocateurs communistes armés.
C'étaient donc des règlements de comptes entre Nègres
auxquels l'administration coloniale devait éviter de se
mêler.

Peut-être aussi les gardes ont-ils sommé les manifestants
de se disperser ; ceux-ci, en ordre, se seraient en majorité
exécutés. Seules seraient restées dans le fossé les femmes
de prisonniers ayant leurs règles. Elles auraient soulevé à
demi les pagnes pour injurier et maudire les gardes de leurs
féminités, de la façon ignominieuse, la pire, qu'aucun mâle
de chez nous ne peut supporter et surtout pas des hommes
en armes : aveuglés, ils auraient tiré dans les sexes. Ce fut
la version que les griots de Béma, pour donner bonne
conscience à leur maître, firent circuler.

Incontestablement, il y eut des morts et surtout des
mortes. Mais combien ? On ne l'a jamais su. Le chiffre
treize a été avancé par les uns, les autres ont parlé de vingt-
trois et de nombreux blessés.

Un complot international ! démontrèrent les journaux de
la capitale, de Dakar et de Paris. La preuve en était qu'en
l'espace de deux semaines la même chose s'était répétée
dans plusieurs autres villes de la colonie. Les prisons furent
attaquées de la même manière par des énergumènes bien
entraînés et armés, obéissant à des consignes précises.
« C'est une nouvelle agression du communisme international contre l'Union française et le Monde Libre, une nouvelle Indochine, un nouveau Madagascar. On veut tester
notre volonté de demeurer libres. Mais cette fois nos ennemis se sont trompés, lourdement trompés ; il faut le leur
prouver. L'Afrique n'est pas l'Asie et les Nègres ne sont
pas des Annamites. Heureusement, les Noirs sont naturellement gentils et pusillanimes. L'erreur consisterait à hésiter, à tergiverser, à chercher à négocier : frappons d'abord
tout de suite, vite et très fort », concluait un éditorialiste.

Il fut compris et suivi.

Des salves retentirent au lever du jour : ce fut un embrouillamini dans toute la ville de Soba. Des gens se mirent à courir dans tous les sens. Un bataillon entier de tirailleurs originaires du Nord était arrivé la nuit. A la faveur du clair de lune, la ville avait été cernée, des sections avaient furtivement occupé les carrefours et les principales places. Les chiens toute la nuit avaient aboyé. Ceux de Soba qui aux premiers chants du coq avaient voulu aller à la mosquée avaient été refoulés : ils n'avaient pas pu avertir les voisins. Les tirailleurs avaient attendu le matin pour tirer en l'air la salve. La ville entière était noyée dans la fumée et l'odeur âcre de la poudre. Une demi-heure après la fusillade, seuls les aboiements des chiens se faisaient encore écho de concession en concession. Chaque habitant s'était enfermé dans sa case. Les tirailleurs commencèrent l'investissement de la ville cour par cour. De loin nous les entendions et sentions venir et ceux qui parmi nous pouvaient fuir couraient se réfugier dans la brousse. Ils fourgonnaient les cases vides dans lesquelles ils trouvaient à voler mais pas à violer.

Les arrestations furent nombreuses : tous les organisateurs du meeting, tous les responsables du RDA dont Mariam et Kélétigui, et le député communiste, furent appréhendés, tous sauf le député Touboug qui, parce qu'il connaissait toutes les pistes du pays, avait pu à temps échapper aux recherches des tirailleurs balafrés et se cacher. Mais le député communiste blanc, et Mariam par son mariage, qui étaient citoyens français de première catégorie ne pouvaient pas être incarcérés à Soba où il n'existait que des prisons pour nous, citoyens de statut local : ils furent relâchés et expulsés vers la capitale. Kélétigui et les autres restèrent claquemurés dans la prison centrale calfeutrée et bien gardée par les tirailleurs du Nord qui ne laissaient rien filtrer.

Quand les gamins avec lesquels on s'amuse vous demandent de descendre les culottes pour que vous vous divertissiez avec les masculinités, on arrête le jeu. Les Toubabs venaient de mettre fin aux jeux de l'égalité et de la fraternité parce que les Nègres avaient manqué de mesure.

« Seyant ! C'est seyant ! exulta Béma. La vérité rend les

yeux rouges, mais ne les crève pas. Rien ne sied mieux à son damné de frère Kélétigui que cette incarcération dans une prison barricadée et gardée par des tirailleurs balafrés. C'est d'ailleurs là qu'il aurait dû toujours résider. Ses compagnons de détention ont eux aussi mérité la prison. Celui qui est sourd à l'orage est battu par la pluie. Les Toubabs sont la force et le pouvoir et, entre eux et nous, le jeu qui existe doit demeurer celui prévalant entre chien et volaille. Les oiseaux de la basse-cour doivent à chaque instant connaître les limites, savoir que les règles du jeu ne les autorisent pas à aller picorer dans l'écuelle du mâtin. »

Béma était pressé, partout c'est lui qu'on demandait et attendait. Il parcourait les lieux à cheval et au galop, la tête enrubannée, le grand sabre arabe en bandoulière, entouré de farouches guerriers qui, parce que les autorités coloniales avaient confisqué toutes les armes à feu, étaient armés de sagaies. La présence des tirailleurs balafrés le comblait de joie. Elle apprenait aux insoumis que l'amusement avec la queue du fauve devait cesser, que ceux parmi les indigènes qui avaient les masculinités en érection devaient se calmer, les baisser et les entrer dans les gaines.

Il décréta que tous les tirailleurs étaient ses hôtes personnels et décida de les nourrir pendant leur séjour dans le pays. Le premier matin Béma fit égorger trois bœufs, des moutons, des cabris et des poulets, cuire trente grosses marmites de riz et soixante-trois jeunes filles portèrent au campement la mangeaille fumante d'oignons et de piments. Tant de soins se révélèrent insuffisants pour rassasier les tirailleurs qui, furieux, se jetèrent sur les jeunes filles convoyeuses, lesquelles n'échappèrent au viol qu'en s'enfuyant sans redemander les marmites et les plats, quelques-unes sans les pagnes et les mouchoirs de tête, et douze sans les caleçons et les colliers des fesses.

A Béma, qui le lendemain voulait se plaindre du comportement des tirailleurs, le capitaine commandant le bataillon, après un gros verre de vin et avec des rires bruyants, expliqua qu'un tirailleur bien entraîné devenait un chien en rut près duquel il n'était pas conseillé de promener une jeune fille. Il démontra aussi que les gestes d'hospitalité étaient inutiles : partout où ils arrivaient, les tirailleurs étaient chez eux, ils se servaient et cuisinaient. « Ils abattront chaque jour trois à six parmi les bœufs qui divaguent autour du village. » Béma, interloqué, ajusta son turban et regarda le Blanc qui toujours gai accompagnait ses dires de gestes rapides et tranchants. A Soba, les habitants préfèrent leur propre mort à la disparition du bétail et le seul péché qui ne se pardonne pas chez les Malinkés est le vol d'un bœuf, Béma n'osa pas le dire au capitaine.

En revanche, il exposa comment les conquérants chaque fois obtenaient la soumission du Mandingue : des fusillades, des incendies, de la torture. Dans nos veillées, nos griots ne nous parlent que de ceux qui ont été impitoyables pour nous. La reconquête de Soba, pour qu'elle soit suivie d'une paix réelle et longue, a besoin d'être cruelle. C'est ainsi qu'Allah nous a fabriqués, nous Nègres.

Les tirailleurs originaires du Nord étaient des géants balafrés des cheveux aux fesses, plus cruels que nos gardes. Ils avaient du métier, des habitudes, des goûts et des phobies. Ils craignaient les eaux, même celles des canaris, les hiboux, les geckos et surtout les scorpions dont les piqûres qui habituellement n'occasionnaient que de légère douleur chez nous, Malinkés, se révélaient chez eux aussi sérieuses que les morsures des vipères. C'étaient des cafres : ils mangeaient le cochon, le chien, l'agame et la viande des bêtes non égorgées par un musulman. Chaque matin, par sections, ils traversaient la ville. Dans les champs et les pâturages, en chantant, ils tiraient sur les bœufs, les moutons et les cabris, dans la brousse lointaine sur les singes, dont ils affectionnaient la chair que le Malinké ne consomme pas. Dans les forêts-galeries des bords des ruisseaux, ils décrochaient des troncs des palmiers les gourdes que nous avions suspendues pour recueillir le vin de palme et les vidaient. Ils arrivaient toujours ivres dans les villages à pacifier.

Dans les premiers villages investis, les militants furent arrêtés, puis envoyés dans le camp de Soba où ils furent déshabillés et battus jusqu'à ce qu'ils aient publiquement renié le parti.

Rapidement les tam-tams fonctionnèrent dans toute la brousse, tous les autres villages furent avertis « C'est plus efficace que la TSF », fit remarquer le capitaine. Les conquérants arrivaient dans le village et, sans qu'ils aient eu à dire un seul mot, la cérémonie s'organisait, la même scène de reddition se répétait. Avec le drapeau blanc à la main, venait à la rencontre de la troupe l'ancien combattant du lieu affublé de ce qui lui restait du barda : la chéchia rouge sur la tête, sur la vareuse en haillons la ceinture de laine rouge et les buffleteries, agrafées sur la poitrine les médailles, la gamelle accrochée quelque part, les bandes de laine enroulées autour des mollets au-dessus des pieds qui lorsqu'ils n'étaient pas nus étaient ficelés dans des godasses bâillantes. Il appliquait un salut militaire bruyant, mais impeccable. Les tirailleurs lui répondaient avec sympathie : jouait déjà cet esprit de corps qui, après 1960, serait le ciment des *pronunciamientos* de dérision qui balaieraient les Républiques corrompues et ineptes de l'Afrique des partis uniques. Le capitaine commandait à l'ancien combattant de crier aux habitants de sortir. Le collecteur de la capitation procédait à l'appel de tous les notables : tous répondaient présent – les absents auraient trouvé leurs concessions, récoltes et *lougan* incendiés, leurs biens pillés, leurs parents torturés et emprisonnés. Chacun remettait sa carte du RDA, le capitaine les assemblait, en faisait un autodafé. Un gradé dont les propos étaient commentés par le griot prêchait l'anticommunisme, insistait sur l'inhumanisme, la barbarie du communisme athée. L'ancien combattant, le drapeau toujours haut, entonnait *La Marseillaise* puis *Le Chant des Africains* que tous les villageois, hommes et femmes, enfants et grands essayaient de psalmodier. La cérémonie se terminait par la remise des « cadeaux » des habitants « heureux et souriants » à leurs libérateurs, et ceux-ci, sans souffler, marchaient sur le village voisin. En trois semaines le RDA fut exorcisé et avec lui le Kominform de l'Afrique de l'Ouest.

Les tirailleurs demeurèrent quelques semaines encore à Soba. Un midi, leur clairon sonna ; ils accoururent, rallièrent le bivouac et se rassemblèrent. Il y eut un silence, une grande clameur le suivit, puis nous les vîmes démonter les tentes et sans attendre leur riz qui cuisait – c'étaient assurément des perpétuels tourmentés et malchanceux – ils partirent précipitamment, sans avoir eu le temps de nous dire adieu, pour très loin, d'autres continents, d'autres feux et d'autres répressions. Des années plus tard nous saurions que c'était pour Madagascar, l'Extrême-Orient, l'Afrique du Nord où ils tombèrent sur des hommes mieux que nous dotés en sexes qui émasculèrent les uns, torturèrent et égorgèrent les autres. Bien que les Balafrés fussent des cafres féroces, il ne se leva personne à Soba pour dire qu'ils avaient mérité les souffrances et la mort des exclus. Nous avons prié pour eux. Il nous a toujours manqué de savoir haïr et de comprendre que des malédictions des autres pouvait naître notre bonheur ; c'est peut-être pourquoi nous n'avons jamais pu nous en sortir en dépit de toutes les révolutions qu'on nous a fait vivre : le socialisme, le libéralisme, le parti unique, la lutte contre le sous-développement et la corruption, et les autres slogans que nous ne comprenons pas et que nous disons à satiété au fil des années. Est-ce notre peau ou notre religion qui veut ça ? Nous le connaîtrons un jour. Si c'est la couleur de la peau, publiquement nous dirons que nos sœurs éhontées des villes qui pour aguicher se blanchissent la peau ont raison. Si c'est la religion, nous demanderons au muezzin de crier un matin à Allah que cinq prières par jour et un mois de jeûne méritent, faute de considération, quelque pitié...

Longtemps après le départ des Balafrés, Béma resta à Soba celui qui parlait et dont on parlait : les griots le louangeaient très haut et le chantaient mieux. Il sollicita la Légion d'honneur, on la lui décerna afin qu'il fût l'égal de son père qui était le seul Nègre de la colonie à avoir cette distinction. Après la remise de la décoration, on lui demanda ce qu'il souhaitait encore.

« Rien d'autre qu'un médecin, un médecin comme en avait eu mon père quand il avait mon âge, un médecin qui me fournira les médicaments qui se donnaient à mon père, les médicaments qui renouvelleront mes forces pour que je puisse chaque nuit honorer tout mon harem. Avec la citoyenneté et la suppression des travaux forcés, les jeunes femmes n'obéissent qu'aux maris qui savent les appeler plusieurs fois dans la nuit. Un médecin qui connaît la potion qui facilitera la digestion du mouton que je me fais griller chaque jour après la troisième prière. »

Cette requête aussi fut entendue.

Sans avoir toute la prestance de son père – on n'égalera jamais Djigui –, Béma, à cette époque, fut un grand chef. Il ne lui était pas demandé de l'égaler, mais d'essayer. Si tu ne peux pas grimper sur les arbres sur lesquels ton père est monté, mets au moins ta main sur leurs troncs. Béma avait fait plus que mettre la main sur les troncs, il les avait montés à demi.

– Il manquera toujours, à tes tentatives, la force que seuls les bénédictions et les sacrifices paternels peuvent donner à nos projets. Ce que tu fais est précaire, seuls les sacrifices et les bénédictions paternels assurent la pérennité à nos œuvres, lui dit sa mère Moussokoro.

– Allah n'est le cousin de personne, répondit Béma.

Un matin, le commandant manda Béma. Se constituait dans la capitale, par des Noirs qui aimaient les Blancs et qui étaient reconnaissants envers la France, un nouveau parti appel le PREP (le Parti de la réconciliation pour l'émancipation et le progrès) ou le parti progressiste. Serait désigné président fédéral de ce parti le chef qui y ferait adhérer le plus de Nègres.

Béma se jeta dans cette campagne de placement de cartes comme un taureau, plutôt comme un hippopotame, le pachyderme totem des Keita. L'instituteur, un certain Mody Diallo, et le médecin africain, un Kouassi, tous deux originaires de lointains pays, sollicités, refusèrent de faire partie de la section du PREP de Soba. C'était un défi à Béma et au commandant, une entorse aux règles de l'hospitalité. C'est en plein jour, devant tout le monde, qu'ils furent obligés de quitter Soba, eux, leurs femmes et leurs enfants, à pied et sans bagages. L'exemple convainquit : tous les fonctionnaires, gardes et acheteurs de produits se précipitèrent à la permanence du nouveau parti où, devant Béma, ils abjurèrent le communisme athée et adhérèrent. Mais ce fut à cheval et par d'interminables palabres que Béma entreprit de reconvertir au progressisme les pauvres des quartiers et les paysans des villages.

Les malveillants, Kélétigui et ses codétenus, les ennemis de Béma, avaient traduit le mot progressiste par *progrissi* et les Malinkés n'avaient retenu que les consonances terminales, *sissi*, qui signifient « fumée ». Toujours par malignité, les mêmes avaient prétendu que les initiales PREP se disaient *prou* qui est le son de l'échappement d'un éhonté pet à un mauvais mangeur de haricots. Personne à Soba ne voulait passer pour un *sissi* ou un *prou*. On raillait les *sissi* et les *prou* en les désignant des doigts, s'avouer publiquement *sissi* et *prou* vous excluait de la communauté : les voisins ne venaient plus vous aider dans les travaux champêtres, on ne vous convoquait plus pour les palabres, la sorcellerie des méchants pouvait s'exercer librement sur vous et les vôtres, et vos enfants n'étaient plus acceptés dans leurs classes d'âge. Pour laver la réprobation et taire les calomnies, Béma fit égorger des sacrifices, appela de nombreux sorciers pour officier et leva de grandes réunions politiques. Il expliqua que les progressistes ne voulaient pas rasseoir les travaux forcés ni recommencer la construction du chemin de fer de Soba, mais exorciser l'athéisme. Le RDA était contre Allah, son envoyé Mohamed et son Livre, le Coran. Ce fut en vain : ceux de Soba restaient indomptables comme des sexes d'ânes, des maudits qui n'entendaient pas les paroles de sagesse. Ils continuèrent à brocarder les *sissi* et les *prou* et c'était intolérable.

Béma, parfois courroucé, montait à cheval, parcourait la ville et dans un détour coinçait des paysans qui aussitôt s'empressaient de proclamer qu'ils étaient progressistes (les Noirs sont lâches et menteurs) et qu'ils attendaient de posséder les cinq francs CFA de cotisation exigés pour adhérer. Le chef les conduisait et déboursait lui-même les contributions.

Les commissionnaires de Béma (les collecteurs et les ex-recruteurs) qui montèrent dans les montagnes ou se perdirent dans les pistes de brousse pour recueillir des adhésions libres n'eurent pas plus de succès. Leurs tournées ne furent pas faciles : personne n'assistait aux réunions et, plus grave, ils furent mal accueillis, même trois fois lapidés, alors qu'on croyait que tout le pays était soumis et résigné après les Balafrés.

Bambaras, Sénoufos et Malinkés n'avaient pas changé : ils restaient les mêmes maudits. Béma ne pouvait pas user son temps à les suivre : des besognes importantes l'attendaient. Aussi décida-t-il d'arrêter les opérations et commanda aux collecteurs de dicter au secrétaire général du PREP les noms de tous les notables, village par village. En tout, il y eut huit mille deux cent cinquante-trois nouveaux inscrits au parti et Béma déboursa les huit mille deux cent cinquante-trois *doromé* que les adhérents auraient dû verser. Béma avait donc de loin la section du PREP comportant le plus fort effectif.

La méthode !... La méthode !... Qu'en dire ? Rien. Ceux de Soba comme tous les Africains plus tard vivront l'ère des présidents fondateurs des partis uniques, dont certains décréteront que tous les habitants du pays sont membres du parti et prélèveront comme la capitation des cotisations qu'ils feront encaisser sans attribuer ni carte ni acquit. Avec les fonds jamais comptabilisés ou contrôlés, au nom du combat sacré pour l'unité nationale, de la lutte contre l'impérialisme, le sous-développement et la famine, ils se construiront des villas de rapport, entretiendront de nombreuses maîtresses, planqueront de l'argent en Suisse et achèteront en Europe des châteaux où ils se réfugieront après les immanquables putschs qui les chasseront du pouvoir. Cette pratique, qui veut vivre en paix en Afrique, comme le boa sacré du village dormant dans le creux du baobab sacré, doit éviter de la dénoncer. Et puis Béma n'eut pas entièrement tort : s'il les avait rencontrés, beaucoup de notables auraient juré (lâches qu'ils sont) qu'ils étaient des progressistes. Le succès du progressisme fit les grandes manchettes des journaux d'Afrique et de Paris. Les éditorialistes constataient son avance et le recul du marxisme grâce au dynamisme du nouveau chef et à la foi des populations en Allah. L'islam restait le meilleur antidote contre le communisme athée.

Ces analyses furent reprises à l'occasion du congrès constitutif du PREP qui se tint dans la capitale et qui porta le chef Béma à sa présidence. Cette élection triomphale fut annoncée par toutes les TSF et dans tous les dialectes. Béma eut les honneurs des premières pages des journaux et sur les photos le représentant, il était à cheval, enturbanné, le sabre arabe en bandoulière. Les commentaires le présentaient comme le sage de l'Afrique, l'ami de la France qui en moins de quelques semaines avait extirpé le communisme athée de nos territoires de l'Ouest africain.

Donc il avait réussi : il était un chef admiré, louangé et chanté par les griots d'Afrique et de France (on lui avait appris que les journalistes étaient les griots de Paris). Il avait la santé, la fortune et les nombreuses progénitures, était grand, fort et croyant. Que pouvait-il encore demander au Tout-Puissant ? Pas grand-chose s'était-il dit.

— Tout, avait répondu sa mère.

— Allah n'est le cousin de personne, avait répliqué Béma.

Parfois, les après-midi, en descendant du Kébi, les couchers du jour surprenaient Béma et l'enchantaient. Après les touffes des manguiers, se distinguaient des fromagers, les montagnes, le ciel et le soleil repartant. C'était une vue unique qu'on désirait posséder seul et pour toujours. En récapitulant la journée on s'apercevait qu'il ne peut exister de jour qui chauffe autant que celui de Soba. Aucune terre ne prodigue du riz, de l'igname et du mil aussi nourrissants ; aucune femme ne comblera plus que celle de chez nous. Qui a perdu le pouvoir à Soba a tout perdu, même le commandement de La Mecque ne saurait le consoler. En se laissant bercer par les pas du cheval, il se mettait à penser au Centenaire, s'irritait et s'écriait : « On l'a laissé régner sans partage et lui il ne s'évertue qu'à contrarier mes projets ! Allah qui n'est le cousin de personne ne peut soutenir de telle méchanceté. »

De la pente du Famakourou, on apercevait également dans les bas-fonds les cases des nouveaux installés à Soba (Béma les appelait les étrangers). De partout ils étaient venus, quittant leurs mauvais terroirs, et étaient définitivement restés parce que l'eau de Soba est la meilleure. Nous les avions tous accueillis. C'est une chance, un vrai sacrifice accepté que d'être né à Soba, un second d'être Keita, un troisième de se nommer Béma.

Du Kébi, on ne pouvait pas arriver au palais de Béma sans côtoyer le Bolloda de Djigui. Depuis les derniers événements, Béma n'avait pas pu passer au Bolloda et n'avait pas eu le temps d'effectuer la petite visite qu'un fils doit à son père : cela n'était pas une grande faute.

17

*Nous avons prié pour que la terre lui soit
légère mais nous nous sommes interdit
de lui dire adieu*

Hiri… hiri… asson… hiriasson, le mot était impronon-
çable pour un Malinké. Djigui n'était pas un corbeau qui
vole bas (il ne pouvait se contenter des mots *prou ou sissi*
pour expliquer les événements) mais un aigle qui d'un coup
d'œil embrasse. Dès les premiers incidents, Héraud était
arrivé au Bolloda impromptu et Djigui s'était redressé
surpris.

— Que se passe-t-il ? De Gaulle a-t-il déjà constitué ses
forces ?

— Non, depuis des temps de Gaulle est détrôné.

Le vieillard piaula un ha ! de surprise, choqué par l'ingratitude des Français, et resta un instant silencieux. Il
avait fini par avoir une réelle sympathie pour celui qu'il
appelait familièrement le grand guerrier toubab.

— Après la victoire, les alliés ne se sont pas entendus
sur le partage du butin de guerre. Les deux supergrands,
Staline le maître du Levant et Truman successeur de
Roosevelt, le nouveau maître du Couchant, se disputent la
possession de l'univers. Les Français, pour reprendre de la
main gauche les libertés généreusement données, se sont
empressés de choisir le camp des Américains, appelé
le « monde libre », et accusent ceux de Soba d'être des
Orientaux, des oppresseurs, des ennemis de la liberté,
des communistes. Un communiste, pour un Américain, est
un transgresseur de tabou, un chien enragé qu'il faut
abattre, un homme dont personne n'a le droit d'avoir pitié.

— Quels rusés font-ils, ces Français ! s'écria le vieillard.
Les esclaves ne choisissent pas leurs maîtres, sinon les
Malinkés auraient préféré un autre colonisateur. Les Fran-

çais sont des conquérants mesquins et calculateurs, ce ne sont pas là des travers dignes d'un peuple puissant et chanceux dans la guerre. Mais ils ne sont ni croyants ni Malinkés et ne sont pas tenus de respecter nos préceptes de dignité, et ils ont bien raison : tout est bon pour préserver une conquête acquise par le sang… Quelle est donc la loi du successeur de De Gaulle ?

– De Gaulle n'a pas eu de remplaçant, chaque jour le chef de gouvernement change à Paris. La loi commune de tous ces chefs est la réaction.

Le vieillard tordit les lèvres dans différents sens, sans parvenir à prononcer le mot qui était intraduisible. On l'ajouta au stock de mots politiques qu'on débitait sans connaître leur signification et, selon l'effort appliqué par celui qui voulait le dire, réaction devint *sigui ya son*, ce qui pouvait se traduire par « assois-toi en attendant » ou *hiriasson*, ce qui, sans avoir un sens précis, renvoyait à un malheur passager à cause de la consonance terminale *son*. Cette temporalité *hiriasson* fut confirmée par le commandant Héraud qui en partant annonça : « Je reviendrai à Soba, toute réaction est un incident de parcours de l'histoire. »

La politique du Bolloda face à la répression fut *sigui ya son*, s'asseoir et attendre. Il n'y a pas de vent, de pluie ou de sécheresse qui ne finissent par s'arrêter. Le Centenaire avait suivi, résigné, ce qui se passait dans le pays, il avait prié, convaincu que celui qui se confie entièrement au Tout-Puissant n'est jamais honni.

Après sa triomphale élection à la tête de son parti, Béma se vanta d'avoir tout le pays avec lui sauf son père ; ce qui n'était pas une parole : qui à Soba n'avait pas Djigui n'avait personne. Béma s'en aperçut quelques semaines avant les élections législatives quand il voulut commencer sa campagne par un grand meeting à Soba avec tout le bureau de son parti et des invités venus d'autres territoires de la Fédération et de Paris. De sa prison, Kélétigui parvint à faire circuler le bruit que le Centenaire demandait à tous les habitants de s'abstenir d'assister aux réunions des *prou* et de ne pas voter pour des *sissi*. C'étaient là des paroles qui n'avaient jamais été dites par le Centenaire, des mensonges. Pour que ceux de Soba ne les prennent pas pour des ordres, elles devaient être démenties.

Béma arriva au Bolloda à cheval. En fils respectueux, il venait se prosterner et s'offrir en entier à son père, lui présenter les trophées de sa réussite : l'honneur, la grandeur et le renom qu'il venait d'acquérir. Il les avait cherchés non pour sa modeste personne mais pour la dynastie des Keita et en premier lieu pour le Centenaire. Il savait, et il en était très reconnaissant, qu'il avait réussi grâce aux bénédictions et sacrifices de tous les aïeux Keita et, en premier lieu, grâce aux généreuses immolations, aumônes et prières du Centenaire. Djigui devait cesser de le bouder et publiquement annoncer qu'il était fier de lui, Béma. Dans un monde où tout est sens dessus dessous, le bonheur suprême pour un vieillard n'est-il pas de laisser le pouvoir et la force dans des mains fermes ? Béma se rapprocha et soupira :

— Oui, papa, dans ces derniers temps nos paroles n'ont pas toujours été à l'unisson. Cela devrait s'arrêter. Toute l'Afrique de l'Ouest est en passe d'appartenir aux Keita par le biais du grand parti, le PREP, dont la présidence m'échoit. Moi, Béma, je ne peux rien posséder qui ne soit pas à vous ; je vous appartiens en totalité. C'est mon frère Kélétigui qui nous oppose, il est en train de se soulager dans notre jardin commun. Il ment, sans honte ni crainte du péché et il vous attribue des paroles qui ne sont jamais sorties de votre bouche. Vous devez vous transporter sur la place publique où se tient mon meeting pour démentir les allégations mensongères de mon maudit frère. Votre présence à la réunion conviendra aux lois de l'hospitalité traditionnelle des Keita. Vous rendrez hommage à des étrangers arrivant pour la première fois dans notre ville, d'honorables personnalités venant de très loin, certaines de Paris et de Marseille.

Le vieillard, qui avait écouté couché, toussota et voulut se redresser : ses os craquèrent comme ceux du vieux serpent qui se réveille et s'étire après une saison de sommeil. Il parvint à se relever, s'assit et, d'une voix fluette et hésitante, parla.

— C'est vrai qu'on peut dire à un autre enlève ton prénom de mon prénom, mais jamais ton nom du mien, jamais ton totem du mien, jamais ton sang du mien. Béma, tu resteras mon fils quel que soit ton chemin, et nul ne parviendra à occasionner que ce que tu es, ce que tu réussis ne m'appartiennent pas. C'est pourquoi tu as toujours mes bénédictions, et mes prières iront toujours au ciel pour ta réussite. Tu ne peux pas être beau et moi paraître totalement laid, tu ne peux pas puer et moi passer pour sain et parfumé.

Le vieillard toussota encore, regarda le ciel ; ce geste lui donna de nouvelles forces : il se tint droit comme un rônier et de la plénitude de sa voix poursuivit :

– Mais on peut planter un fruitier sans ramasser les gousses, ramasser les gousses sans les ouvrir, les ouvrir sans les consommer. Le monde est toujours plus nombreux et plus large qu'on ne le croit. Allah peut plus que ce que tu connais ; trop de choses que nous ne soupçonnons pas sont vraies ; tout ce que nous pouvons concevoir est du domaine du possible. Personne ne connaît le monde en totalité : il ne faut jurer de rien.

A ce mot, le vieillard marqua un autre arrêt, fit des efforts pour se rapprocher de son fils et continua :

– Cependant, je n'irai pas à votre chose, à votre réunion (chose et réunion furent dites fermement d'une voix calme). Je suis trop vieux pour le faire, on m'a trop entendu dire ceci pour m'écouter dire cela ; on m'a trop vu ici (du doigt il désigna le sol du Bolloda), pour me retrouver là-bas. Si j'y mettais le pied, et cela ne serait bon ni pour toi, ni pour moi, ni pour une autre personne de ce pays, je deviendrais l'homme que l'on aura vu deux fois, et de cela prions tous Allah qu'il nous en préserve.

A ces mots les courtisans (il ne restait guère autour du Centenaire que des finis comme leur maître) portèrent les mains aux fronts et ensemble murmurèrent amen.

Béma s'expliqua ; il comprenait son père et lui donnait raison. Le Centenaire pouvait ne pas aller à la réunion et se contenter de signer ce papier – une feuille dactylographiée que Béma tira de sa grande poche et présenta à son père. Sur le papier, exposa Béma, était écrit que le Centenaire démentait les allégations de Kélétigui. Le Centenaire fit plusieurs fois non de la tête et d'une voix qui dissimulait mal un certain agacement répondit :

— Jusqu'ici nous ne nous sommes pas entendus. J'ai dit Allah, la possibilité des impossibilités, et vous me parlez de faits. A qui m'attribue des propos qui ne sont pas les miens, j'ai répondu Allah, Allah entend. A qui me prendra pour ce que je ne suis pas, j'ai redit Allah, Allah voit. Que vaut une trace de mes doigts sur ton papier ? Que peut-elle ? Que change-t-elle ? Les gens continueront toujours à répéter ce qu'ils croient. Alors que déjà se trouvent gravés chez Allah d'une encre indélébile tous mes actes. C'est pourquoi je ne signerai pas ton papier. C'est inutile comme la futile caresse de la brise sur le tronc du baobab.

Le vieillard changea de ton et conclut :

— Si ce sont à ces deux requêtes que se limitaient les raisons de ta visite, je vais avec mes bénédictions te laisser repartir à tes occupations. Nous avons, quant à nous, à célébrer le Tout-Puissant. C'est déjà l'heure de la troisième prière.

Aussitôt, le muezzin du Bolloda (un vieillard également terminé), les mains sur les oreilles, ouvrit largement, à faire rompre les nerfs de son cou, une gueule édentée. Un moment comme un piston descendit et remonta sa pomme d'Adam et tout à coup de son gosier s'échappa nasillard l'appel à la troisième prière.

Béma eut juste le temps d'enfoncer le papier dans sa poche et de remonter à cheval. Il ne pouvait pas prier avec les vieillards dont les *rakat* et les *wirt* étaient innombrables et interminables. Devant eux il ne restait que l'au-delà, alors que Béma avait la vie : un monde à réaliser et à posséder.

Le Centenaire ne le sut que le mercredi suivant, à deux semaines de la date fixée pour le grand meeting. De sa prison, Kélétigui envoya un messager pour lui apprendre que les TSF l'avaient annoncé. Une démarche inopinée de l'interprète le confirma. Il annonça le Commandant dont la voiture après la troisième prière s'arrêta devant le Bolloda.

— Je viens, moi le commandant Lefort, comme commissaire du gouverneur de la colonie vous féliciter et vous remercier au nom de la France. La signature de la déclaration, votre démission du parti anti-français sont des actes hautement sages et courageux.

Le Centenaire piaula comme un oisillon qu'on martyrise, c'était sa façon de se récrier, se redressa et de sa voix éteinte cria :

— Quelle déclaration ? Quel papier ? Qui l'a vu ? l'a dit ? Ce sont des menteurs ! des menteurs !

Le vieillard gémissait avec tout ce qui lui restait comme force :

— *Monnè ! Monnè !* Intolérable *monnè* ! Odieux *monnè* ! et tomba en syncope.

Tout le Bolloda se leva. Le Blanc effrayé leva les yeux : les regards autour de lui étaient menaçants, il fit quelques pas en arrière et rapidement regagna son auto qui démarra. Le Centenaire reprit connaissance, continua à gémir, à pleurer et à se mordiller les doigts de la main gauche. C'était le signe que Djigui était entré dans une de ses « terribles colères » qui ne pouvaient être éteintes que par des coups de dents vengeurs dans l'occiput du fautif. Le fautif était connu : c'était Béma qui avait déclenché le courroux du Centenaire. Mais Béma, alors qu'il n'était que le simple dauphin, avait refusé de s'offrir aux dents vengeresses de son père, allait-il, avec les titres de Massa et de président du PREP, fléchir ? Personne ne le pensait. Il fallait qu'une très impérieuse nécessité le contraignît. Le Centenaire le comprit et sortit la suprême menace dont tout patriarche Keita dispose et qu'aucun depuis la création de la dynastie n'avait encore brandie contre sa descendance : Djigui allait vivant entrer à Toukoro ! Toukoro, le village sacré. Immédiatement, un envoyé alla préciser à Béma que si, pour son malheur et celui de la dynastie, il n'arrivait pas sur-le-champ au Bolloda, Djigui aurait atteint Toukoro. L'entrée du patriarche des Keita à Toukoro signifierait qu'il aurait en abdiquant renoncé pour toute la dynastie des Keita à toute prétention au pouvoir à Soba : Béma perdrait toute légimité, ce qui aurait pour lui et le pays des conséquences catastrophiques.

Aux courtisans ébahis dont aucun ne croyait que la menace serait mise à exécution, Djigui lança la fameuse parole samorienne : « Quand un homme refuse, il dit non », et joignant l'acte à la parole sans attendre que le commissionnaire se fût éloigné, il commanda qu'on harnachât incontinent son coursier, le connu Sogbê qui, comme son maître l'était pour les hommes, était le plus âgé des chevaux. La jument comprit le sens de l'événement, amenée devant le Bolloda, elle se souvint des temps des splendeurs, joua à la pouliche, sautilla, se cabra, caracola et hennit. Les courtisans multiplièrent efforts et astuces pour hisser en selle notre maître qui une fois accroché retrouva lui aussi sa jeunesse, sa splendeur, se redressa sur les arçons, rassembla le cheval et nous cingla d'autres mots samoriens : « Les choses peuvent durer, mais il n'en existe pas une qui ne finisse par s'achever » ; « Quand on ne se convient plus, on se sépare ; le monde ne se lèvera pas à cause d'une séparation. »

Il allait éperonner et cravacher Sogbê lorsqu'il s'avisa que les Keita, après tant de siècles de règne, partaient sans les mots, les louanges idoines d'un grand griot. C'était inconcevable pour un événement d'une telle signification pour le Mandingue, la Négritie et l'univers entier :

— Où sont donc les griots ? Qui remplacera Djéliba ? Qui est le maître de la parole de l'événement ?

Un cri s'éleva :

— Moi, Djélicini !

Djélicini était un des nombreux griots qui, après la disparition du regretté Djéliba, fréquentaient le Bolloda. C'était un vieillard de grand talent à qui il manquait un bout de raison. Il restait toutes les saisons affublé de quatre boubous, tous les quatre loqueteux et de quatre couleurs criardes différentes, mis les uns sur les autres ; et en tout lieu il arrivait coiffé de trois bonnets phrygiens, tous les trois graisseux, enfoncés les uns dans les autres. En boitillant, il parvint essoufflé à hauteur de Djigui, se prosterna :

— Mon Seigneur, Djélicini est là. Authentique Keita me voilà. Je suis le Djéliba, le griot de l'événement. Il me manque une seule chose : le cheval pour vous suivre.

Le Centenaire se montra surpris et se retourna :

— Est-ce vrai ? Comment peut-il arriver que le griot du Massa de Soba soit sans cheval ? Qu'on lui offre un coursier.

Non loin de là on trouva, broutant sur la pente de Fama-kourou, le cheval d'un paysan, on le détacha et le tira jusqu'au Bolloda. Il était gousseau, pinçard et bouleux ; Djélicini ne s'offusqua pas de la qualité, immédiatement le monta à cru.

– Votre griot, Seigneur, est prêt, s'écria-t-il.

Le Centenaire se retourna, toujours avec l'accent samorien, déclama :

– Le départ est arrivé.

Les vieux courtisans loqueteux et les mendiants de détresse s'exclamèrent : « *Koutoubou* », le hideux muezzin lança : « *Allah koubarou* ». On fit remarquer à celui-ci que ce n'était pas encore l'heure de la prière et que, pour aucun autre événement que l'imploration d'Allah, l'appel à la prière ne devait être crié.

– Si, si, l'abdication des Keita est un événement exceptionnel, la fin d'un monde. Tous les croyants doivent en être conscients et méditer sur le pouvoir du Tout-Puissant, répliqua le muezzin, avant de se joindre à ses collègues courtisans alignés avec de longues lances des deux côtés des deux chevaux.

Le convoi démarra et commença ce retour des Keita dans leur Toukoro originel, retour que Sénoufos, Malinkés, Mossis et Bambaras de Soba, à force de l'attendre depuis des siècles, avaient cru irréalisable. Le début fut sans éclat comme s'il ne s'agissait pas de la fin de Djigui, des Keita et donc de tout le Mandingue. A quelques pas du Bolloda, Djé-licini, dont la folie n'altérait pas le talent, chanta l'une après l'autre trois louanges inédites des Keita. Il allait en créer une quatrième quand il constata la distance qui le séparait de Djigui. Le Centenaire ne l'entendait plus. Notre maître était envahi par les louanges et les cris des milliers de griots qui avaient chanté les Keita et, par-dessus toute la clameur, l'accent pathétique du regretté Djéliba Kanté. Les poèmes que Kanté avait créés pour lui, Djigui, et la dynastie des Keita ronronnaient dans ses oreilles. Les milliers de surnoms qu'il lui avait déférés : l'homme allaité par un lamantin, le buffle noir aux cornes chargées de nids et hantées par des nuées d'hirondelles, l'homme lion, panthère, tigre... retentissaient dans sa tête comme autant de déflagrations.

D'abord apparut le visage d'Allama, le fondateur de la dynastie, suivi de ceux des autres aïeux. Il parcourut son interminable vie : les guerres samoriennes, la construction du *tata* dont il s'apprêtait à franchir les ruines, l'arrivée des Toubabs, les travaux forcés, le train et les *monnew* qu'ils constituèrent, les famines, les épidémies, les voyages à Paris, à Marseille et à La Mecque ; toujours les *monnew*, beaucoup de *monnew*, et le dernier, l'insupportable que venait de lui infliger Béma, un enfant sorti de sa ceinture, de ses urines. Il regarda devant lui, il était à la limite de la vieille ville sur les ruines du *tata* ; il se retourna, il était suivi depuis la mosquée d'une foule grouillante. Tout le pays l'accompagnait, sauf celui qu'il espérait et attendait : Béma n'apparaissait pas, n'était pas là. Il ne redoutait donc pas d'être un usurpateur, n'appréhendait pas les malédictions d'un père, il ne voulait pas, même par pitié, donner la dernière fois une satisfaction de forme à son père. Le Centenaire resta figé sur place ; peut-être eut-il le désir de revenir sur ses pas, éviter l'irréparable. Bien que distancé de près de quarante pas, Djélicini, sur son cheval cagneux, vit son hésitation. Le Centenaire pouvait tout se permettre, sauf retourner au Bolloda : le griot le lui rappela dans un poème inédit :

> *L'hippopotame s'envase trop profondément*
> *pour revenir sur ses pas ;*
> *La parole du noble est une montagne,*
> *elle ne se reprend pas ;*
> *La mort est vertu quand la vie est* monnè.

Il ne restait au Centenaire qu'à éperonner Sogbê, se lancer vers Toukoro, passer les ruines du *tata*. Fut-elle intimidée par la foule des curieux accourus pour assister au franchissement des limites de la ville ? ou mesura-t-elle l'irréparabilité de son pas ? on ne le saura jamais : l'inattendu fut que la jument se cabra. Par quatre fois, le Centenaire lui commanda d'avancer : elle refusa. Djigui dans une terrible colère la mordit dans la crinière, vociféra des imprécations, sans succès. Devant tout son peuple le Massa se trouvait désobéi, trahi, désavoué et honni. C'était intolérable. Il se pencha, arracha la sagaie d'un proche courtisan et, afin que de loin tout le monde vît la lame flamboyante s'enfoncer dans sa gorge, voulut se redresser. A peine s'appuya-t-il sur les étriers que le cœur lâcha et qu'il s'effondra. La vie venait de quitter Djigui ; il ne passa pas les limites de Soba : les nombreux sortilèges qu'ils avaient enfouis dans le sol de la ville et le sang des sacrifices avec lesquels les Keita avaient arrosé ce sol ne l'avaient pas permis.

Le cheval sut que son maître avait fini, fit demi-tour avec la dépouille accrochée à la crinière. A quelque distance, le corps se décrocha et pendit. De la foule s'éleva une prière à la gloire d'Allah : des bras accoururent, arrêtèrent le cheval, dépendirent et recueillirent les restes de Djigui. Ils les portèrent vers le Bolloda. Spontanément, derrière eux, s'organisa un cortège qui s'allongea, interminable.

Des versets du Coran, des cris de colère, « Ils ont tué ce qui ne pouvait pas mourir », fusaient de temps en temps. De quartier en quartier commencèrent à péter des coups de fusils de traite comme le veut la tradition. Quand un géant tombe, ne doivent s'entendre en plus des prières que la décharge des armes à feu, car tout grand homme de chez nous est assimilé à un grand chasseur. Habituellement pas de larmes : on ne devrait pas pleurer ceux qui ont accompli les cent vingt-cinq ans. Ceux de Soba sanglotèrent parce que Djigui n'avait pas terminé sa vie : un *monnè* l'avait trahi.

Béma s'entretenait avec le commandant Lefort au Kébi lorsque les premières fusillades éclatèrent. Il crut que c'était une nouvelle rébellion et le cria. Le commandant fit sonner l'alerte, les gardes accoururent et se portèrent autour du Kébi où le commandant et Béma s'enfermèrent, de la prison, du dispensaire, du bureau de poste et de la place des armes où flottait le drapeau français. Il n'y eut pas assez de gardes pour protéger les autres bâtiments administratifs, pour investir la ville, pour faire cesser les fusillades. Le commandant lança par le télégraphe des SOS aux commandants de cercles voisins, au gouverneur de colonie, au gouverneur général, à tout l'univers. Il fallait des renforts, des tirailleurs balafrés : des émeutiers s'étaient rendus maîtres de Soba. Comme les premiers renforts ne pouvaient pas atteindre Soba avant une journée, une nuit, et une autre journée, nous pûmes librement, dans les règles de la tradition, commencer les grandes funérailles que nous devions monter à celui qui était le meilleur de notre race, le doyen des hommes et des bêtes.

Arrivèrent des hommes, des femmes de tous les villages bambaras, sénoufos, malinkés et mossis, mais aussi d'autres villages très lointains et inconnus parce que Djigui était un mort pour tous, une fête et une colère pour chacun de nous. On nous a accusés d'avoir dès le début allumé des grands incendies ; nous ne nous en souvenons plus, mais nous ne le nions pas, c'est possible : il y avait trop de monde, les fêtes et les cérémonies étaient innombrables comme Djigui l'avait été.

Les prières musulmanes occupèrent la mosquée où ceux qui savaient lire l'arabe psalmodièrent le Livre. Le Bolloda fut réservé aux fêtes païennes des lointaines rives du Niger d'où vint il y a plus de cinq siècles le fondateur de la dynastie des Keita. Les danses sacrées anciennes des castes et des races sénoufo, bambara, mossi, bobo, forgeron et dioula s'animèrent du Bolloda aux bois sacrés environnants. Ces lieux et bois sacrés furent enfumés et bruyants de tam-tams et de cris. Il était dangereux de s'y aventurer.

Au premier bosquet bondissait devant vous un masque à la tête terrifiante. C'était un Konon, Koma, Koro ou Korobia (on ne m'a pas encore expliqué, bien qu'initié, pourquoi les noms de nos masques commencent tous par *ko*, préfixe signifiant à la fois : derrière, ancien, chose, rivière, moi… dans notre langue alors qu'un masque incarne un des multiples génies, dieux et mensonges que nous avons créés afin de nous leurrer sur un monde injuste et inclément pour notre race). Pendant qu'interdit et suant de peur, on cherchait le souffle, le masque, rapide comme un fauve, allait, revenait, tournait sur lui et autour de vous, hurlait, crachait du feu et son louangeur trépignait et agitait la clochette comme un déménagé, débitait comme une cascade des paroles qui flattaient, évoquaient et fabulaient pour attribuer aux masques (et donc aussi à notre race) les mille miracles qui nous ont manqués jusqu'ici pour compenser nos faiblesses, venger nos ressentiments et intolérables *monnew*. Alors montaient, à la tête du Nègre apeuré qu'on devenait, toutes les angoisses ataviques : les lèvres desséchaient, on transpirait et s'acceptait vaincu et perdu. Aussi brusquement qu'ils avaient apparu, le masque et son louangeur s'éloignaient et s'embusquaient dans un autre bois. On soufflait, heureux et rassuré, car cela signifiait qu'on ne faisait pas pacte avec ceux que le masque recherchait : les méchants qui avaient vidé le corps du Centenaire de son double (entendez ceux qui l'avaient assassiné par la sorcellerie, comme si les *monnew* qu'il avait subis ne suffisaient pas). Recherche difficile et dure que les masques menèrent une nuit et un jour, mais ailleurs, comme beaucoup plus tard nos fétiches et masques modernes (le parti unique, le président charismatique…) traqueront les causes de notre sous-développement dans l'insouciance, l'indolence de nos villageois et l'inclémence de nos climats.

Ces masques qui traditionnellement foudroyaient les femmes et les non-initiés qu'ils surprenaient ont pu être vus sans conséquence par tous au cours des funérailles du Centenaire. Après Djigui, notre pays a cessé d'être ce qu'il était.

Tout se trouvait donc réuni pour monter à Djigui les funérailles dignes de son âge, de ses puissance, magnanimité et sublimité : sauf le temps. Il aurait fallu pour les funérailles d'un décédé aussi prestigieux trois vendredis successifs aux fêtes païennes pour qu'elles s'accomplissent dans tous leurs fastes et détails. Or c'était déjà trop que les autorités coloniales nous aient laissé, nous Nègres, occuper librement Soba une demi-journée, une nuit entière et une autre demi-journée, elles qui croyaient sûr comme la nuit succède au jour qu'il suffisait qu'on nous consentît un bout de liberté pour qu'instinctivement nous retournassions à la sauvagerie, à l'anthropophagie et aux orgies sexuelles. Et ce n'était pas la seule raison pour laquelle nous dansions, chantions et priions en hâte : il avait été prédit que les funérailles de Djigui ne pourraient pas s'accomplir dans leur intégralité. Le Centenaire avait tué de nombreux sacrifices et récité beaucoup de prières pour annihiler ce funeste sort. Avaient-ils été exaucés ? Nous fûmes édifiés quand la première salve éclata.

A l'heure de la troisième prière, les renforts de tirailleurs avaient atteint les approches de Soba. Ils s'étaient effarés lorsqu'ils avaient entendu nos danses, les jurons de nos colères, les fantasias dérisoires de nos impuissances. On les avait casqués, armés, ravitaillés et leur avait annoncé qu'à Soba une minorité de communistes, regagnés par la sauvagerie, saccageaient et incendiaient tout comme les bandes de Samory : la primarité était réapparue chez les Nègres. Le commandant Lefort et le chef Béma avaient sûrement été massacrés, émasculés et dépecés. Les tirailleurs devaient les retrouver, ou du moins leurs restes, et rasseoir l'ordre et la paix française par tous les moyens. Dès les premières concessions, les tirailleurs s'étaient balancés des camions comme des singes, s'étaient dissimulés derrière des arbres et dans les broussailles comme des fauves et tout de suite avaient encerclé Soba en bondissant de refuge en refuge. C'est alors qu'avait éclaté, comme les échos des tonnerres d'avril dans nos montagnes, la grande salve. Nous tûmes nos danses, chants et prières et (bêtes et gens) courûmes vers les cases. Les forces de l'ordre pénétrèrent dans Soba, l'investirent concession par concession, paisiblement en tirant en l'air. Mais des excités, des provocateurs professionnels tirèrent sur les forces de l'ordre – c'est toujours nous les Nègres qui n'avons ni agence de presse, ni TSF, ni journaux, ni porte-parole pour le dire, toujours nous qui tirons les premiers sur les autres. Les tirailleurs, c'est viril, répondirent au feu par le feu. Case par case, les autres quartiers de Soba furent reconquis le reste de la journée ; quand vinrent la lune et le frais de la nuit, des coups de feu sporadiques continuaient à déchirer la paix et le silence. Alors que les toits des cases finissaient de se consumer, le brouillard descendu très bas s'était mêlé aux fumées : rien ne se distinguait à dix pas.

On ne dénombra pas les morts et d'ailleurs c'était futile : toutes les victimes avaient été enterrées dans la nuit, y compris le Centenaire. Comme toujours, Djigui avait eu encore de la chance : ses restes avaient été dans la nuit transportés à Toukoro où ils avaient été inhumés dans le lieu qu'il avait choisi, au centre du cimetière dans lequel reposent tous les Keita ayant régné sur Soba, près

273

du harem où pleuraient et priaient toutes les épouses qui l'avaient « devancé ». Nous usâmes de la formule consacrée pour exprimer la durée de son règne : il quitta Toukoro et n'y rentra qu'après soixante-huit hivernages. Seulement il fut inhumé sans prières par des tirailleurs mécréants : ce fut un péché qu'il ne mérita pas. Nous promîmes de témoigner pour lui au Jugement dernier et restâmes assurés que ses mânes ne pardonneraient jamais à ceux qui commirent le sacrilège. Ni aux partisans de Béma qui ne purent jamais se disculper, ni à la colonisation (car la vérité, il fallait quand même un jour finir par la dire, elle rougit les yeux, mais ne les casse pas), la colonisation, ce jour-là, avait eu le tort de massacrer des indigènes qui voulaient seulement danser, chanter, prier, se souvenir et s'oublier avant d'en finir avec un grand homme. Nous ne restâmes pas longtemps à récriminer et à maudire nos ennemis : la bienséance, la tradition, ainsi que les préceptes de la religion exigeaient que, devant une tombe qui venait d'être couverte, on ne parlât que de celui qui vous avait quittés, et Djigui venait d'être enseveli (sans prières) avec beaucoup de nos coreligionnaires.

Nous proclamâmes d'abord que les paroles ne seraient ni assez éloquentes ni assez explicites pour exprimer la totalité de ce qu'avait été le Centenaire. Il avait trop vécu et cela n'était pas convenable, c'était pourquoi il avait fini à cheval, avait été enseveli dans une nuit d'incendie, de sang, de pleurs, sans prières, sans cortège, comme la bête dont, par respect pour le défunt, nous tûmes le nom. *Monnè ! Monnè ! Monnè !* Nous psalmodiâmes ce verset de notre résignation : « Allah ne se connaît pas et nul ne sait ni le monde ni sa propre fin. »

Il n'avait pas seulement trop vécu, mais aussi trop connu, parlé, s'était trop marié, avait trop procréé, trop dispensé l'aumône, trop tué de sacrifices, guéri trop de désespérés. Il avait été l'ami de Samory et nous nous rappelâmes que lorsque la défaite de celui-ci avait paru inéluctable, le Centenaire l'avait trahi en accueillant les Blancs nazaréens à Soba. Le pouvoir et la force de ces incroyants, plus que nul autre Nègre, l'avaient honoré en lui proposant un train et, plus que nul autre chef, il avait fatigué ses sujets pour servir le Blanc. Mais nous pro- mîmes de témoigner qu'il avait renoncé au train, avait combattu la colonisation et, suprême refus, qu'il était mort avec un non samorien entre les dents.

Que devait être le jugement définitif du Tout-Puissant pour un tel homme ? A y réfléchir, on devenait heureux de rester le minable que nous étions pour ne pas se trouver à la place de Dieu qui forcément doit trancher en toute jus- tice. Car comment condamner Djigui ? Et comment le sauver ? Nous laissâmes le Tout-Puissant à ses soucis et nous préoccupâmes des nôtres qui nous imposaient de tout dire d'un homme qui avait été le commencement, le mouvement et la fin de tant de choses.

Avec lui avaient fini les bois sacrés et aussi une certaine forme de l'islam, mais l'islam ne mourra pas, il est la der- nière parole qui s'entendra après le monde, a dit le Livre.

Oui, Djigui était un chemin récurrent, quand on le termi- nait et arrivait au sommet, il se déployait, s'éloignait, et il fallait le recommencer comme si on n'en avait rien dit. Allah lui avait conféré ce qu'il a donné à peu de prophètes : à la fois la fortune, la longévité et la nombreuse progéni- ture. Cela n'avait pas suffi : Il lui avait accordé encore d'être le patriarche le plus sorcier, féticheur et musulman du pays, le plus méchant et charitable, le plus aimé et haï. Il reste dans le pays l'objet de chaudes vénérations et, avec les indépendances, certains démagogues pour faire passer quelques contradictions et retarder de quelques jours le coup d'État inexorable qui, lorsqu'il ne les tue pas, les envoie à la retraite en Suisse ou en France, se réclament de lui, se l'approprient, le citent à toute occasion et effectuent de fréquents pèlerinages sur sa tombe. La tombe de Djigui reste aussi un lieu de pèlerinage pour les humbles qui, tou- jours en quête d'un Allah qui les a oubliés, croient le ren- contrer dans les restes du Centenaire comme dans toutes les choses qu'ils ne comprennent pas.

Oui, Djigui n'avait pas fini avec sa mort : vivant, il était mort depuis longtemps ; mort, il restait plus vivant que jamais.

Après son enterrement, nous répliquâmes. La répression une fois encore ralluma la révolte : nous les démunis, nous reprîmes encore les armes. Mais pour ne pas entretenir d'autres mythes, disons tout de suite que le soulèvement se termina chez nous par un nouvel échec. Échec total, sauf le dernier « non » que nous soupirions avant de mourir les doigts crispés sur nos fusils de traite, les dents serrées sur les injures de nos *monnew*. Nous ne gagnâmes jamais chez nous ; tous ceux qui moururent en mâles sexués furent oubliés. Ce furent les autres, ceux qui se résignèrent et épousèrent les mensonges, acceptèrent le mépris, toutes les sortes de *monnew* qui l'emportèrent, et c'est eux qui parlent, c'est eux qui existent et gouvernent avec le parti unique. On appelle cela la paix, la sagesse et la stabilité.

C'est là une des causes de notre pauvreté et de nos colères qui ne tiédissent pas. Le sous-développement, la corruption, l'impudence avec laquelle sont employés les mots authenticité, socialisme, lutte et développement, cet ensemble de mensonges et de ressentiments, qui révoltent, ont des causes profondes et nombreuses. Le jour qu'il nous sera permis de dire et d'écrire autre chose que les louanges du parti unique et de son président fondateur, nous les compterons et les conterons.

Après les événements, il avait plu : ce fut trop tard. Les pluies de bon augure arrosent le sol avant les fossoyeurs. Donc… sauf la clémence d'Allah, de difficiles explications attendent ceux qui sont tombés sous la répression.

La « belle Moussokoro », à la fois préférée de Djigui et mère de Béma, était dans sa peau de prière quand le départ et le suicide du Patriarche ont été annoncés. Elle prononça l'*alphatia* final, pénétra dans sa case, sortit du couffin les deux linceuls qu'elle gardait toujours à portée de main. C'étaient des linceuls bénis, trempés dans l'eau de la source sacrée de Zem-Zem de La Mecque, qui lui avaient été offerts par Djigui au retour de ses deux pèlerinages : un par pèlerinage. Elle employa le premier comme pagne, se voila avec le second, reprit la prière, resta dans la peau de prière jusqu'à la nuit tombante avant de prononcer un second *alphatia*. En dépit des coups de feu qui partout éclataient, elle quitta Soba à pied pour « devancer » son maître et époux Djigui à Toukoro, village de sinistre mémoire pour elle. Elle n'arriva jamais à destination, jamais on ne sut où elle disparut, personne à Soba, même pas son fils, n'entra dans la brousse pour savoir ce qui lui était arrivé. Ce n'était pas permis : nos traditions nous interdisent de rechercher ceux qui s'enveloppent de leur suaire avant de disparaître dans la brousse. De plus, c'était inutile : les gens qui nous quittent dans les conditions où l'ont fait Djigui et Moussokoro ne sont pas considérés comme défunts.

C'est beaucoup plus tard qu'un autre bruit courut ; mais il faut en douter : il ne fut jamais confirmé. Moussokoro aurait profité de la confusion générale pour assembler ses nombreux et inestimables bijoux, ainsi que ses richesses, aurait saisi un camion en partance pour Tombouctou où avec sa mère elle coulerait une douce vie de riche douairière. Personne ne se déplaça à Tombouctou pour enquêter. Ce sont des allégations sûrement fausses ; ceux de Soba qui n'avaient jamais aimé Moussokoro et qui sont nègres donc fabulateurs ont certainement, une fois encore, menti.

Quand la « réaction » arriva à Soba, on trouva inaudible et incompréhensible le charabia petit nègre du vieux serviteur de la France, l'interprète Soumaré. Il fut mis à la retraite d'office. Avant de quitter Soba et de rejoindre son Sahel natal, et bien que cela pût être mal vu par le commandant, une nuit, en catimini, Soumaré s'était rendu au Bolloda pour dire adieu au Centenaire. Le jour de son départ, il s'était trouvé beaucoup de personnes pour le saluer et l'accompagner car chacun savait que, chaque jour, dans ses cinq prières, il appelait la mort qui, seule, pouvait mettre fin au mal insomniaque qui le tenait perpétuellement en éveil. Nous avons attendu trois mois entiers sa visite après les funérailles de Djigui. Un matin, son premier fils Bakary, qui était commis au Sud, arriva à Soba. Il s'excusa et nous donna les raisons d'un si long silence et d'un si incroyable manquement aux règles de la tradition : eux aussi étaient en deuil. Soumaré, de son Sahel natal (à plus de deux mille kilomètres), avait eu prémonition de ce qui était arrivé à Soba. Cette nuit-là, après la dernière prière, lui qui ne parlait plus, avait plusieurs fois crié les

noms de Djigui et de Soba. Puis à la surprise générale
– depuis des lustres, il passait ses nuits dans la peau de
prière – il avait commandé qu'on lui préparât un lit. Il s'était
couché, avait trouvé le sommeil, mais ne s'était pas relevé.

Donc Soumaré… Djigui… Moussokoro nous ont quittés
la même nuit. Nous nous sommes acquittés de nos obligations à leur endroit : sacrifices, prières, etc. Nous l'avons
fait en hâte.

Quelques mois après, nous apprîmes – suprême *monnè*ǃ –
que le train n'arriverait pas à Soba. La prolongation du
rail avait été étudiée, un nouveau tracé décidé : Soba était
trop en retrait.

La Négritie et la vie continuèrent après ce monde, ces
hommes. Nous attendaient le long de notre dur chemin ·
les indépendances politiques, le parti unique, l'homme charismatique, le père de la nation, les *pronunciamientos* dérisoires, la révolution ; puis les autres mythes : la lutte pour
l'unité nationale, pour le développement, le socialisme, la
paix, l'autosuffisance alimentaire et les indépendances éco-
nomiques ; et aussi le combat contre la sécheresse et la
famine, la guerre à la corruption, au tribalisme, au népo-
tisme, à la délinquance, à l'exploitation de l'homme par
l'homme, salmigondis de slogans qui à force d'être gal-
vaudés nous ont rendus sceptiques, pelés, demi-sourds,
demi-aveugles, aphones, bref plus nègres que nous ne
l'étions avant et avec eux.

TABLE

Cinquième partie

Sixième partie

Les Soleils des indépendances

Seuil, 1970
et « Points », n° P 166

En attendant le vote des bêtes sauvages

Seuil, 1998
prix du Livre inter, 1999

RÉALISATION : PAO ÉDITIONS DU SEUIL
IMPRESSION : BUSSIÈRE CAMEDAN IMPRIMERIES À SAINT-AMAND (2-2000)
DÉPÔT LÉGAL : SEPTEMBRE 1998. N° 34964-2 (000931/1)

Don.

1c 01108